在世界的边边角角，
拾起散落的诗意。

这世界它足够辽阔,值得我们去亲眼看看。

看看这世界

LOOK AROUND THE WORLD

王小妮 著

人民文学出版社

图书在版编目 (CIP) 数据

看看这世界 / 王小妮著 .—北京：人民文学出版社，2014
ISBN 978-7-02-010406-2

Ⅰ．①看… Ⅱ．①王… Ⅲ．①随笔—作品集—中国—当代Ⅳ．① I267.1

中国版本图书馆 CIP 数据核字（2014）第 081369 号

责任编辑　陈彦瑾
责任校对　杨益民
装帧设计　李思安
责任印制　李　博

出版发行　人民文学出版社
社　　址　北京市朝内大街 166 号
邮政编码　100705
网　　址　http://www.rw-cn.com

印　　刷　三河市鑫金马印装有限公司
经　　销　全国新华书店等

字　　数　163 千字
开　　本　880 毫米×1230 毫米　1/32
印　　张　10　插页 11
印　　数　10001—15000
版　　次　2015 年 4 月北京第 1 版
印　　次　2015 年 5 月第 2 次印刷

书　　号　978-7-02-010406-2
定　　价　38.00 元

如有印装质量问题，请与本社图书销售中心调换。电话：01065233595

◆ 德国　南部小镇菲森的河
● 德国　南部黑森林中两棵死去的树

◆ 德国　一个穿铠甲的孩子在罗腾堡
● 德国　东德的车站

LOOK AROUND THE WORLD

◆ 德国　德累斯顿的一座桥
● 德国　韦斯特兰的海滩

- ◆ 德国　南部布谷钟店
- ● 德国　明斯特的一栋房子

- ◆ 德国　柏林动物园火车站旁中餐厅的筷子套
- ● 德国　火车票
- ▲ 德国　斯图加特盖林根小镇上海大酒楼的菜单
- ■ 欧洲　车票和客栈名片

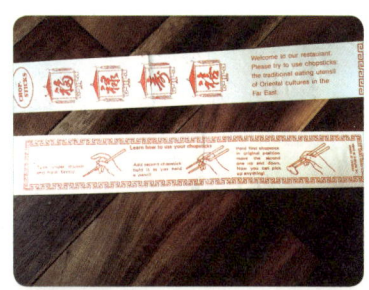

◆ 英国　伦敦街头的垃圾箱
● 英国　伦敦周末的跳蚤市场

◆ 英国　伦敦，奥威尔《1984》中真理部的原型
● 英国　威尔士羊

◆ 荷兰　阿姆斯特丹船屋晒太阳的女孩
● 荷兰　阿姆斯特丹花种商店

◆ 比利时　滑铁卢小镇，拿破仑战败地

◆ 澳大利亚　墨尔本老监狱
● 澳大利亚　墨尔本艺术中心门口

◆ 澳大利亚　墨尔本街头雕塑

◆● 中国　新疆，喀什老城

◆ 中国　新疆，过巷子的车
● 中国　新疆，做馕的人

◆ 中国　贵州，挂在墙上的农具
● 中国　贵州，小学校里的榕树

◆ 中国 贵州，一座寺庙
● 中国 贵州，水族妇女扛着成熟的稻谷

◆ 中国 贵州，街边

前　言

童年时，住的日式老房子。还没识字前，先认识的是世界地图，它贴在卸掉了门扇的日式拉门里，和床铺平行，很方便看，对于我，那是一幅比任何图画书都耐看的挂画。不同的形状，不同的名字，涂不同的颜色，它们都在中国以外，有的连在一起，有的被蓝色的海分隔着。

地图展示出那么多的未知平面，很多和我们平行存在的地域，世界很大，我们只是其中之一，不是中心，更不是全部，这是我对世界的最早认识。直到后来有机会踏上其中一小部分，才真切地发现每块另外的土地和那里的人们都立体而鲜活，虽然是同样的日月山川风吹水动，却有那么多的不相同。说两件小事：

有一次，我在斯图加特火车站刚下车，放下箱子想休息一下，发现有男士站在大约两三米外，一直看我，并不走开，后来才明白，他是在观察我是否需要和许可他过来帮忙，我不主动求助，他不会贸然走近。

东京火车站的复杂是有名的，一次问路，有陌生女士主动过来帮忙，其实，她也不认得我要找的入口。上上下下陪我走了很多路，问了很多人，终于找到了，她谦和地鞠躬告辞，好像一直是在接受我的帮助。

我们的感知经常不是装满大事情，而是不断被无数琐细小事给填充，它会致密无形地影响甚至塑造着我们。

2013年夏天，应约给中小学生推荐暑期图书，我推荐的十本书中，有《世界地图册》，虽然，我们的孩子们不能马上周游世界，很多人一直啃课本啃到十八岁，直到考上大学才第一次离开家乡坐火车，但能有一本世界地图做消遣做陪伴也许值得庆幸。

有个年轻大学生说：上了中学，他忽然知道了，原来"外国"不是一个国名，而是很多的国，原来他一直以为"外国"就是中国以外的另一个国，虽然他读书的乡村小学也挂有地图，因为和考试没关，都觉得地图贴在那儿没什么用，从没留意过，也听说过美国和英国，但是从来没想过美国英国和那个"外国"是什么关系。

另一个大学生，在2011年秋季学期获得了去台湾成功大学交流的机会，回来后，听她讲了很多见闻，最后她非常郑重地对我说：老师，以后只要有机会，你就要跟更多的同学们说，任何能走出去看看的机会都要珍惜，一定要走出去。

我曾经想过，这世界它足够辽阔，饱含着无数我们不知道的，无数微小细碎的攒集。虽然，看上去它缄默无声，却在我们有限的认知外，自顾自地深藏着积蓄着构建着，所以，这世界真值得去亲眼看看。

我只去过十四个国家，有些留有记录，有些没有，收进这本集子的是有记录的一部分。整理它们的时候，还是觉得原始记录不够详细，而当时没记录的，很快会忘掉细节，剩下来只是些干枯的概念和抽象的印象。细节才是最生动有趣和富有力量的。

  我第一次坐火车出省已经二十五岁，正读大学三年级，比现在的学生大好几岁，因为是"文革"后刚恢复高考的77级。到四十五岁才第一次出国，现在，很多"背包客"年纪轻轻已经走过很多地方，见识过这世界上的很多事情，能自由地去任何想去的地方，得有多好。我的学生晏子，在她二十二岁大学毕业那一年就办了因私护照，去年年末，趁着假期，她在泰国游历了一个月。

  当然，我们不只不够知道世界，也不见得很知道自己。飞机掠过山谷，即使很晴朗的天，也只能短时间俯看弯曲的山脊或反射阳光的河，和大地的距离大约八千米，不可能知道哪些皱褶里有人的踪迹，云贵高原，陕北高原，石头和黄土沉寂无声，消化、抹掉无数人的故事。在刚刚结束的2013年暑假，我的另一个学生第一次离开他的出生地海南岛，独自一人搭车上路，穿越多个省份，到了四川、甘肃、青海、西藏和北京，最后返回海岛，再见到我，他说他在甘肃乡下有十天没洗澡哦，好像这是他二十岁的人生遭遇到的最困扰最不可思议的经历：想不到他们连水都没有！

  只有最贴近，和人相关的细节才涌过来，帮助我们辨析自己，比如重庆巫山，宁夏盐池，贵州织金，陕西佳县。

  中国人的真正人生，恰恰不该从课本开始。

  在旅行中启动和打开自己，因为一个生命必须是自由的，开放的，不断去关注、发现和用充足的新鲜感去注入的。

2013.8.29

目录

Part One 出门在外

1. 英雄 … 002
2. 穷人 … 006
3. 森林 … 009
4. 左岸 … 012
5. 小镇 … 015
6. 收藏 … 018
7. 语言 … 021
8. 果实 … 024
9. 集市 … 027
10. 湖泊 … 030
11. 田野 … 033
12. 火车 … 036
13. 墓地 … 039
14. 老人 … 042
15. 河 … 045
16. 新闻 … 048
17. 钱币 … 051
18. 古代 … 054
19. 美女 … 057
20. 中国人 … 060

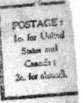

Part Two
看看这世界

在墨尔本

1. 大 陆 … 065
2. 澳华展览馆 … 068
3. 六个男孩的爸爸 … 071
4. 法庭旁听 … 074
5. 澳洲华人 … 077
6. 维多利亚女王市场 … 080
7. 欧洲人阳娜 … 083
8. 轻松和舒适的澳洲人 … 085
9. 乞讨者 … 087
10. 原本的主人 … 089
11. 华人开店 … 091
12. 我们该保留什么 … 093
13. 百姓和艺术 … 095
14. 跨国婚姻 … 098
15. 旧货店 … 100
16. 8月15日之夜 … 103
17. 在咖啡馆 … 105
18. 理想国 … 107
19. 墨尔本旧监狱 … 111
20. 人应该住在乡村 … 115

在美国

1. 牙膏与大学 … 119
2. 万圣节 … 122
3. 密西西比与哈得逊 … 124
4. 小镇哈密尔顿 … 127
5. 大学里的教师们 … 129
6. 听 课 … 131
7. 天使之声和赤脚大仙 … 133
8. 夜生活 … 135
9. 参观一间出版社 … 137
10. 穷 人 … 139
11. 旅美中国人 … 141
12. 平凡人家的早上 … 143
13. 黄色的孩子 … 145
14. 出门旅行 … 148
15. 淘 宝 … 150
16. 牛踩出来的城市 … 152
17. 美国梦 … 155
18. 金色池塘 … 157
19. 阿法的世界 … 159
20. 阿法学汉语 … 161

在欧洲

1. 在维也纳 … 164
2. 画家埃贡·席勒 … 168
3. 维也纳"疯子院" … 171
4. 在英国 … 175
5. 柏林没有墙了 … 181

Part Three
到西部去

去陕北

1. 收获大白菜的人们 … 199
2. 二坛守在崖畔上 … 201
3. "革命设立在佳县" … 203
4. 卖羊的农民 … 206
5. "鲁迅"端来了饸饹面 … 207
6. 一个摆摊的老太婆 … 208
7. 太阳照耀不到的老人 … 210
8. 抚摸笨布的农民 … 213
9. 猎猎生风的人 … 215
10. 窑洞前的一母一子一孙 … 217
11. 村长和游动医生 … 219
12. 没办法听到民歌了 … 221
13. 今天的人们 … 223
14. 在夜里看秦腔 … 225
15. 李震的窑洞 … 227

目 录 / 009

去贵州

1. 他们说他们一无所有 … 230
2. 睁大了眼睛的孩子们 … 233
3. 校长和他的儿子 … 237
4. 在黑暗里贴着悬崖走 … 239
5. 背煤的人 … 242
6. 深圳来的年轻人站在山坡上 … 244
7. 拉胡琴的人 … 245
8. 一年和一生 … 247
9. 追问 … 249
10. 远走高飞吧 … 252
11. 没吃成烤土豆 … 255
12. 大家庭在山里奔驰 … 257

巫峡的背后

1. 城 ⋯ 261
2. 山 ⋯ 265
3. 土豆 ⋯ 267
4. 床 ⋯ 270
5. 脸 ⋯ 273
6. 粮食 ⋯ 275
7. 腊肉 ⋯ 277
8. 电 ⋯ 280
9. 鞋 ⋯ 282
10. 信 ⋯ 284
11. 古城 ⋯ 286
12. 河 ⋯ 288
13. 领导 ⋯ 290
14. 钱 ⋯ 292
15. 家 ⋯ 295
16. 结尾 ⋯ 298

敬 畏

1. 大动物天山 ⋯ 301
2. 羊 下 水 ⋯ 302
3. 做馕的人跪着 ⋯ 303
4. 沙漠公路 ⋯ 305
5. 喀什人家 ⋯ 306
6. 清真寺里的老者 ⋯ 308
7. 头上别一只铁蝴蝶的小男孩 ⋯ 309
8. 盲人歌者 ⋯ 310

Part One

出门在外

英　雄

　　据《现代汉语词典》说，英雄就是"本领高强、勇武过人的人"。由于这种"过人"，让我们深知自己不可企及，看看身边左右，也全是凡人，倾慕英雄的感觉很容易暗自滋生。

　　住在德国的几个月中，曾经去比利时的布鲁塞尔，到了那儿，自然想到滑铁卢，看地图，滑铁卢小镇距离布鲁塞尔只有二十公里，于是决定坐火车去看拿破仑的伤心地。

　　车上遇到几个少年，见了我先生的波鞋，围过来，带点羡慕地连问哪儿买的。听说中国，惊得睁大了毛茸茸的眼睛。

　　NBA！埃弗森！他们大声感叹，久久徘徊，不舍得离开。

　　他们哪里知道，那鞋是盗版。珠三角一带作假的能力已经能穿越时空。有追星的中学生说，NBA球员今天上场比赛穿了什么鞋，深圳小店明天就有的买。

　　那天是周末，滑铁卢小镇大街上居然空荡荡，这是演着空城计？走到最繁华的街区才知道，镇上当天举办老爷车巡游，人都集中在这儿呢。问拿破仑，正兴奋等待车队出现的人们匆匆告诉我们：那边有巴士去。说着说着，老爷车队过来了，第一辆是黑色敞篷车，驾驶员是白胡子老头，其他的驾驶员也都把自己和车装饰得华丽又幽默，参加巡游的车有几十辆呢。

　　想想平时，见过的纪念碑不少了，中国的每个城市都会有几座。

·（上）滑铁卢战役纪念碑
·（下）滑铁卢战役示意图

天安门且不说，重庆的解放碑，长春的苏军飞行员碑，郑州的二七塔，而滑铁卢的纪念碑真壮观，它高高耸起在宽阔的麦田里，八月底，麦子金黄，大片大片铺向天边。远远看到那平地而起的锥形土堆，堆顶有逆着光的一座狮像。这座纪念碑建在 1826 年，是当地妇女们背篓运土砌成，高四十五米，有二百二十六级台阶，碑顶是一只铁狮子，有二十八吨重，用当年遗留在战场上的铁器铸成，它的前爪踩一只圆球，面朝着法国，表示对滑铁卢战役失败者拿破仑的永远的震慑，狮像底座上雕刻着拿破仑军队溃败的日期。显然，这座纪念碑本是为滑铁卢战役的胜利者所建，现在的人们老远跑来，爬石阶，登这巨塔一样的建筑，要看的已经不是谁胜利或者谁失败。

有铁狮的大土丘，日夜在高处俯瞰四野。1815 年，在这土丘周围拉开二点二五公里的战线，短短二十四小时里，留下了两万七千具法军士兵的尸体，两万两千具联军士兵的尸体。最后的胜利者望着这将近五万士兵陈尸的惨烈战场，留下一句话："胜利是除失败之外的最大悲剧。"而拿破仑最后说的是："一切都完了。"

同样是周末，滑铁卢战役纪念馆的参观者，明显比在巴黎荣军院看拿破仑墓地的要多。人们总是更仰慕悲剧英雄。曾经有部电影《英雄》，把得天下者简单地等同于英雄。天下，虽然足够大，但眼睛只看到天下的，实在是狭隘。

我最早认识的纪念碑是长春市中心的苏军纪念碑，纪念二战胜利。碑顶是一架飞机模型，下面一座圆形广场，很多的松很多灌木。这广场原本是上世纪 30 年代城市占据者日本人所建，而这纪念碑恰恰又是为纪念日本的战败加建的。几次回北方避暑都经过了那儿，过去它是开放的，早晨，锣鼓声淹没了其他任何声响，那儿几乎是座老年乐园，各种装扮的扭秧歌队伍，那么简单的音乐滑稽的舞步竟然带给人癫狂般的欢乐。古语说先天下之忧而忧，可我只见到先天下之乐而乐。时间流逝，流得无忧无虑，避苦趋乐是人的本性。

无论中国外国，十几年前都有过一段格瓦拉热，中国终于也与世界同步了，印有格瓦拉头像的廉价T恤，各种临街小铺都有的卖。而2001年的维也纳、柏林、卢森堡，街面上到处能见到这个游击者。从香烟广告，到明信片，到衬衫，到涂鸦。

我问一个德国孩子，那是谁？

他回答：明星。

在马克思的出生地，德国西部小城特里尔火车站里，明信片陈设架上，印着格瓦拉和马克思的都有，格瓦拉有四种，马克思有一种，那马先生还是张很变形的漫画。

通常，纪念英雄的建筑雄踞在城市中心，拿破仑本人不是把凯旋门矗立在香榭丽舍大街上吗，还有中国郑州二七大罢工纪念塔，等等。久而久之，一座城市也会审美疲劳，管它多雄伟气派，时光有足够的力量弱化它，把它变得全无特指，谁管它在纪念着谁呢。约人在那附近见面，几点几点不见不散，呵呵。而那些伤心地战败地，二十四小时里失去的四万九千个生命，默默抚育着麦田每一年的金黄。人们需要新的英雄了，所以孩子们盯着别人脚下的一双鞋说：NBA！

穷 人

穷人，按通常的理解就是穷途潦倒者。衣不蔽体，食不果腹，生活在水深火热之中，过去常这么形容。

我把这世界上的穷人分成两种，主动的受穷者和被动的受穷者。

早几年，在黔西南山区，四壁漏光的茅草屋里，见到只靠一石钵红辣椒下饭的一户农民。十年前，陪朋友去河南洛阳附近的一个小村子替人相亲，见到家徒四壁，盛水的缸都没有，这一家人的穷困是因为癫痫病。曾经在郑州住过一段时间，见到四个来自河南平顶山的农民，是从街边用工市场临时招来的。他们要清理半个足球场大的空地，再种草种树。日落日升两个月，四个人晒得黑炭似的，夜里他们共铺一条棉被，睡在一间空房子的水泥地上，眼看到了必须赶回家割麦的时候，因为拿不到一共两千元的报酬，每天，他们蹲在新种出来的花池边上叹气。

去日本才知道了"露宿一族"。朋友带领去大阪的大阪城公园，专去看看他们的生活。是深秋时候，银杏刚熟，地上很多银杏果。路边一不高的蓝色帐篷中钻出个蓬头垢面蓄胡子的，大约四十岁，衣衫松散不整，目中无人地走过，去树下捡银杏果。据说新鲜银杏果剥出来火烤，最适合赏月，下日本清酒。仔细看树林中，几十只蓝色帐篷重叠错落，那是个好天气，帐篷都卷起布门帘晒着太阳，他们就是露宿一族。朋友说，这群体中，不少是有过充足薪水和完整家庭的男人，一夜间突然看破红尘厌世离家，要试过一种完全不同的生活，从白领变成露宿者。

· 汉堡一个露宿者

去过大阪城公园后，对日本离家出走者有了兴趣。他们人数真不少，河边最具规模。也有常驻人行天桥、人行道边的，铺块硬纸皮，撑把布伞，大白天里蒙被躺着，做着白日梦。

旅居日本多年，在一所大学任教的朋友说，真羡慕他们！

我理解朋友说的不是假话。这些离家族过上了最简单纯粹的生活，终于能享受到无人逼迫的绝对自由了。

德国南部城市斯图加特的火车站，奔驰车的标志挂得高，它就那么日夜俯视这小城，奔驰车总部就在这里。忽然，各种颜色的广告旗帜后面钻出两个年轻的小姑娘，做手势讨要香烟。接过来自中国的烟卷，也不看牌子，也没什么客套，急猴子似的转身就走，蹲到街边的角落里去点火。出斯图加特火车站，有座遍布涂鸦的天桥，那下边总能见到一伙以桥为家的年轻人，大热天的，浑身黑皮衣裤，脸上随处打钉，常向经过的行人要钱买啤酒。见我几次，直接伸手说：马克！啤尔！正是欧元即将流通，马克就要撤市的时候。

德国的火车沿线，有些住简易木屋的，把火车经过的空地种得花红草绿，自己坐在花间看火车。以大学历史悠久著称的小城图宾根郊区，临近黑森林，有条小路据称是黑格尔散步的必经之路，我去的时候，那一带居住着十几户外国难民。一排平房，房顶飘着海盗旗，没任何植物的院子里停着大排量的摩托车，床单飘飘，婴儿正在学步。听说，这些难民依赖救济过得很好，年轻力壮也不再想工作。

有人说高福利国家没穷人，有人会说德国当然富裕哦。在波恩德国历史展览馆，看看二战结束初期的平民生活吧，补丁摞补丁的大衣，排长龙领取配给面包和土豆的妇女。让人惊奇的是，展柜里那些印刷简陋的小纸片，就是德国人曾经使用的配给"票证"，和中国物资匮乏时期发放给城市居民的"票证"很接近。原来贫穷匮乏的不止是曾经的我们。一件件看那些似曾相识的实物，真觉得人与人之间并没有很大的差异。

中国的贫穷后面，随之而来的是跃跃欲试，不甘落后，他要抗争要咸鱼翻身：为什么别的人能过上好生活而我没有？他要追逐物质，有了原始积累以后，永远想要更多更多。事实上温饱也害人，新的烦恼紧随其后。太多的人不愿意享受平静安分，总要找到他认准的某个幸福目标去折腾。

穷，就是某种匮乏。或者是钱，或者是精神，或者是自由。有机会该去印度，看看恒河边无所求的信徒。

森　林

森林是个什么东西呢？

恐龙时代，人类原始部落时代，那时候的森林平行于甚至大于一切生物，它比人类悠久，又长久地受难于人类，忽然间，全世界都意识到要保护环境保护森林，听上去众口一词的，它这是弱势到只能受恩惠于人类了吗？

曾经给一个住波恩的朋友打电话，他家人说他带孩子去森林散步了。想想好笑，难道森林是那么容易去的？到了波恩才发觉，这个只有三十万人口的小城，竟然有九百多个公园，所谓的森林紧挨着朋友家的栅栏。

中国人现在有了警醒，突然懂得了活着也要追求质量。凡城市中能挨到自然景物的地界，地皮会不断叫出高价，一旦楼盘起来，楼价也升得快，无论是萦萦杂草湿地还是树丛。郑州有一个房地产项目叫"郑州森林"，大路两旁粗壮的法国梧桐搭肩成荫，可那只不过两排行道树，怎么能叫森林？那一带曾经是重要宾客接待地。杂草深处留有一段铁路，一节绿皮车厢静静地停着，据说是上世纪60年代毛泽东乘坐过的专列。说起来，"郑州森林"这个词让老郑州人伤心。上世纪50年代，这座中原城市的绿化率在全国城市中排第一位，经过多次砍伐扩路开发，街树们没了，特别是梧桐所剩不多。

另一个直接以城市命名的森林，是维也纳森林。维也纳大学中文

· 大蘑菇

系主任就出生在那一带，他曾带我们在林间散步，小路上是前一年落地的核桃，新的还在等待成熟，正挂在树上。听说经常有维也纳人整天徘徊在林子里，看松鼠进出树洞。我问这片森林有多大。主任能说中文，他登上高地指给我：那里是波兰，那里是匈牙利。在这三国之间，黑森森的树尖相连，风吹拂不绝，原来它们这么自然地相连，好像站在北京景山上指点：那里是昌平，那里是通县。而这片让维也纳人自豪的森林也曾经是浸血的战场。据这位主任说，奥地利人在波兰的协助下，就是在这里反击土耳其人的进犯。

德国南部黑森林地区，在松林中开出来的小城弗洛伊登斯塔特，完全被密林包围。坐森林小火车可以到达。城市中心广场并不比我现在住的居民小区中心广场大很多，当地人说，镇上人口只有一万。站在广场中心，任何角度都能透过楼隙看见没有边际的松林。住在这种地方才是不知有汉，无论魏晋。

书上说吃在法国，穿在英国，住在德国。表面上看，人们未来的居住就该学德国。我们在斯图加特郊区住的索里图德宫，当地有人叫它皇宫，它周围是走不到边的树林，多是橡树，间杂小姑娘似的白桦。到秋天，噗噗啦啦橡子果落下来砸头。宫殿后面一片林子里钉有一块木牌，上面画一只鹰，树林深处也有同样的木牌，画了一只蝴蝶。开始并没特别注意这些标识，后来才知道，标识上的注明是提醒人们这里有鹰或者有蝴蝶。如果鹰少见，难道蝴蝶也稀缺？随后才发觉，德国是如此的"净土"，这干净让人害怕。我们住处周围没有蚊子，没有青蛙，没有蜥蜴，没有蚂蚁，没有蜜蜂，也没有蝴蝶。除了人，和被人牵着的稀奇古怪大如豹小如鼠的宠物们，仔细观察这些密林里，只有植物，没见动物。问了留学生，才知道今天德国人特有的困惑，这些森林，大多数是二战后人工种植的。战争结束，人们渴望平静安定的生活，大规模的人工绿化的结果是，自然生长的杂木林被砍伐。成片地飞机播种松树和橡树，一年又一年，喷洒强力杀虫剂，动植物的生态链食物链被人为破坏。有人说这是文明后的错误，而今天的中国，很多地方正重复着德国当年的错误。

人为了森林而制造森林，致使今天的德国孩子们，在标有蝴蝶的林子里也很难见到蝴蝶，那两片彩色叶子般飞舞的小生命，在德国成了珍稀物种了。

左　岸

　　正宗的左岸当然是巴黎塞纳河的左岸，但是这几年来它被"光环化"，被随意移植到了追逐时尚的中国，这个词被无限复制。各城市的楼盘、咖啡店、街边小书店等等，多喜欢跟风，谁都可以挂个标签，叫左岸。

　　左岸有什么好，是风不肯吹往右侧，还是太阳只照耀水的左边？

　　有一年春天，在西安老城墙外一家陕北风味店，提个茶壶的伙计专门被喊来唱过民歌出去了，同桌的女孩说，她一生的理想就是去一趟巴黎，找家酒店，在塞纳河的左岸住一夜。她没说的意思是，对她家乡这些直起嗓子嚎民歌的很不屑。

　　真到了那个左岸又能怎么着，人就升华穿越，不再是原来的那个自己了？去塞纳河边走走，多数是没任何事情发生，巴黎还是巴黎，你还是你，衣服还是中国制造，心里堆积的还是陈年记忆。

　　我们刚到巴黎，有朋友来接，绕着塞纳河的主要名胜走了两圈，末了递上一份精心打印的行程表，念着这个宫那个宫都是必须看的。可我心里想的是没有什么是必须的。

　　巴黎储有太多的故事，造出太多的殿堂，引诱游人，像进了深宅古寺的游僧小和尚，每一座佛都要去拜一拜。朋友住在市中心，直夸他的位置好，说他是住在巴黎的心脏，他餐桌靠着的墙壁要是开个洞，正好看见埃菲尔铁塔。他每天清晨只要几分钟过塞纳河，去它的左岸

· 塞纳河边的书摊

上班。哦，他又是说的左岸。

第一天真的带上行程表，先去卢浮宫，那个似笑非笑的蒙娜丽莎大扫兴，一大团游人闪光灯包围着，不得近前，想想干吗非看她呢。乱走乱走，撞上了被称为卢浮宫三大镇馆之宝之一的《自由引导人民》，原画真是大幅，可惜挂得太高，也不能靠近。离开卢浮宫，开始被内心的自由引导，不再听行程表的了。到蓬皮杜中心前广场闲待了半天，听流浪歌手轮番演唱。跑到罗丹家的院子深处躺椅上看天空，在沿河的旧书摊上翻翻年代久远的画报书刊，去圣心教堂后面观摩水平参差不齐的街头艺人给游人画像。

抛弃了行程表，才发现了巴黎天空的特别，云团匆匆，又盛大又多变,更值得久看。记得电视直播法网时候,主持人常拿巴黎的天气多变说事。

在中国,见到类似好云彩的地方太少,记忆里,只在呼伦贝尔、丽江和海南岛遇见。有好云彩也有好空气就是幸福,我可以不看蒙娜丽莎,却不能不望远不呼吸。这世界多少多少的好东西,都值得我们去知道和神往,不要学别人只念叨一个左岸。

临别时候,那个每天过左岸去上班的朋友说,等他老了只有一个理想,租个旧书摊,永远伴随着浪漫的塞纳河以了却残生。曾在深夜路过塞纳河边,那些旧书摊早收了,木箱子们就在原地静静地折叠合拢,没有被路灯照到的那些木箱,真像简陋扁小可怜巴巴的棺椁,一个个半悬在夏天闷热的河边。没对那朋友说到棺椁的联想,别破坏了他日益憧憬的小资晚年。

左岸,持续它的不落伍不日常,更有不屈服,那是别人的世代积累,能随意转换成我们生命中的不可承受之重?我没看汤姆·霍伯新导的片子《悲惨世界》,主题曲《你是否听到人民的歌声》倒是听了很多回。中国人自有的沉重记忆都还在,都还没去梳理和考证。人民还都没有唱歌。

只对左岸倾心的人们,哪儿舒服自在不俗套,哪儿就是你的左岸。另外的人还是更遵从他自己的生活记忆和责任,他的心或者需要交由更奔腾粗粝的河水和堤岸。

小　镇

　　曾经收到一个陌生人的来信和一叠他写的诗。写信人没有署名，自称"业余作者"，信中形容了他生活的地方："我这个小镇街道泥泞，尘土飞扬，如果你路过，根本不会走进它。"他信中的小镇叫郭家店，当时想，将来如果去北方，要去看看终日在泥泞尘土里写诗的这个人。

　　那以后不久的两年中，给我印象深刻的中国小镇有两个。

　　一次，开车经过107国道湖南段，是个晴朗的下午，进入汨罗县地界，车开不动了，前方满是穿梭的行人，农用车，拖拉机，路面完全被塞死。我们停下来，人们围拢的中心是平地搭起的戏台，背后插满令旗的演员在台上又唱又旋转又舞着长枪，汇合着机器声人声锣鼓声。拥挤的当地人格外投入到戏中。我们混在人群中听了一会儿戏，听到有人说，这戏要唱三天，缘由是这几年，镇上有七条人命死于家门口这条国道，要请剧团大唱三天破破这晦气。

　　相隔不过一年，又在冬天去山西，本来只是开车路过，偏偏误转进了一个不知名小镇的闹市，它在著名的洪洞县境内。突然间，乱哄哄走在街心的人们向路两侧紧急避让，十几个年轻人各牵一条狗当街而过，藐视一切的傲然，真的是带狗长街行。停下来问，说是镇小学校操场上，马上将有一场赛狗，现在是参赛前主人带着狗选手沿途展示实力。狗队伍来得急，路边摆摊的赶紧退后，临街店铺拖着绣花喜鹊的大红棉门帘，人进人出，有动有静，或收或张，这就是小镇子上

· 德国明斯特肖平根小镇的红绿灯

人们的乐趣吧。

湖南汨罗和山西洪洞，两地有一样类似，留心和戒备陌生人出现在镇上，所有的眼睛都在暗处瞄着，但不会主动招呼，更不会示好，除非去关照他的生意。

2001年，经过荷兰与德国交界处的一个小镇，需要在那儿停留三小时后转车。一出车站，迎面来个小伙子，中学生模样，德语加手势，表示能一起跳一下舞吗？莫名其妙转了几圈，小伙子又笑又害羞地跑了。不远处小广场上有他的同学，正排成一列拍手给他鼓励。这个镇子很小，转过一圈回来，发现这伙中学生还在，火车每带来几个客人，无论男女老少，都有学生邀请跳几下舞，他们是以这种方式向光临小镇的客人表示友好，还是一次精心策划的成人礼？准备离开小镇的时候，他们也结束了活动，走在队伍最后的两个女孩抬一长木杆，中间挑一只绿漆铁桶，桶里晃晃的插根黄瓣小葵花，消失在镇子深处。

德国中部小城明斯特附近有个小镇，镇上有人去世前留下自己的几幢房子，希望这里能成为向全世界各种族的艺术家思想者提供冥思的地方。到那里看一个国内去的朋友，要坐一段乡间大巴，刚下车，就闻到小镇上四处弥漫开的牛粪味儿，新鲜又浓重，是在北方开阔旷野中才有的那种大自然的味道。朋友说，在德国的中国人不少，但在这一带却只住着他一家三口，他们是这小镇的客人。如果不是亲眼见到，谁会相信在这么偏僻的角落，有一扇向全世界艺术家敞开的、带点牛粪味儿的大门。

有个德国小镇上，有间无人看管的自助书店，几排书架沿房屋外墙搭建，是露天的，有大屋檐遮雨。任何人都可以来这看书，可以选中架上的书，把它带走，按定价把钱币投进书架旁的木盒子里。听说书店主人是个荷兰人。他偶尔会坐火车来小镇，整理书籍，收取书款。

德国东北部有个原属于东德的小镇斯特拉尔松德，它几乎是座被废弃的空城，火车经过那里，除了我们，既没有上客人，也没有下客人。无人的街上，卖屋告示随风飘荡，一直走到镇中心，落满暗红色叶子的橡树下，有两个老人，用诧异的眼神盯住我们，背景是灰暗失修的老教堂。年轻力壮的都跑到西部去讨生活，被半遗弃的镇子在当时的东德很多。

大地上不同的小镇们，各自延续和更替自己的故事，默默持守着，没有一个和另一个相同。

收　藏

　　对收藏我没什么兴趣。一个人日复一日活着，已经够繁琐了，何必拖带那些多余的累赘。但是，总有些东西，它来到你面前，不由得你不喜欢。

　　在河南武陟乡下，看见农民老屋里摆着织布机，过去摸摸它，好结实的木头。他们说不是啥好东西，就要劈柴烧火了。那是架多么好的织布机，浑身都是桃木的，磨得油光平滑，是这家老太太早年的陪嫁。我说，烧了太可惜。老太太说，不中了，啥可惜，用不成又光占着地方。我围着它转。老太太说，你稀罕你搬走它。我真想收留它，又实在没处安置。收集乡间明清旧物的人说，类似的织布机在河南山东山西都有，很多就是当劈柴烧了，这东西没有人收。曾经在贵州，当地电视台的朋友说黔西南深山里的少数民族长角苗女人都用一种很别致的织布机。那几年，很想有一间空旷的大屋，专门摆放各种古老的织布机，这愿望当然没实现。离开武陟，那位织布机的主人送我一块早年织的粗布，厚重密实，配色丰富又斑斓。

　　织布机可是好东西，它背后是唧唧复唧唧，月夜叹息，灯捻飘摇，竹梭摩挲，一架机连接了几代妇人。

　　另一次动心，是很想买一块柏林墙。柏林有座私人博物馆，叫查理检查站博物馆，也叫"墙"博物馆。它的前厅里，立了两块柏林墙碎片，大约二十厘米宽，五十厘米高，每块标价三千六百马克，在

· 卢森堡跳蚤市场

2001年，这个价钱相当于一万五千元人民币，不便宜，但是喜欢，真想搬走一块，可是实在太沉啊太沉，不可能把它搬回中国。花了大半天时间看有关那堵墙的展览，离开前还是围着它转来转去，看那涂着各种油彩的一块水泥。

听说很多领养婴儿的人，希望婴儿长大以后，对自己的身世全然不知，而收留一件东西恰恰相反，总想透过物件追究它背影里潜藏着的一切。

荷兰小城亨厄洛的旧货店里有中国的斗，斗壁上描着"日进斗金"四个汉字，喜欢那斗，有敲起来当当响的木板，不知道它是怎么来的荷兰。在中国东北一个小镇很清冷的傍晚，见一女人卖木头鱼，过去问，是山东老习俗，做面食的模子，当时很喜欢有一柄木头鱼。

真玩收藏的不屑于这些，杂乱不一，不成体系，不叫收藏。并未出口的话是，这玩法儿太业余，玩的净是些不值钱的。

招人喜欢的常常不单是物件，作为记忆载体，它们留存着无数的旧故事。

有人爱好追逐新款数码相机，家里存了五部以后，他说，跟风真是跟得累，新潮流永远追不上。相对好追的是旧时日，所以，我喜欢旧物店和跳蚤市场，随便什么都去摸摸，好像大家都是认识的，互相能说话似的。

一次在卢森堡街边吃午餐，面对一个不大的中心广场，假日里的人们搬出各种旧物，把这里变成个满满当当的跳蚤市场。一个五六岁的男孩刚刚得到了一身中世纪铠甲，一手持盾，一手提刀，小人儿直接入了戏，像个在古代的街头巡游的武士。

我们这么多的超大都市，到处闪烁霓虹灯，到处赶时尚的店铺，滚滚车流加滚滚人流，如果在终日的沉闷疲惫里忽然钻出一个骑马的堂吉诃德，或者跳出一个舞金箍棒的孙猴子，该多么好玩。收藏不一定非得是保留某个值钱的物件，它没这么狭义。

语　言

任何两个路人使用他们的地方方言吵架，旁观者都很难完全听懂，作为北方人，在秦皇岛和济南都曾经留心听过，当地人真说起方言了，真的听不懂。贾樟柯说过，他刚从山西到北京，听不懂北京人说话。我出生的城市向北二十公里，两个农民说：夜格儿夜黑儿。很多城里人不知道这几个字的意思是：昨天晚上。

小说家金仁顺曾经问我：什么是嗓葫芦？

我说：就是喉咙，东北农民这么叫。可是同样生活在东北的金仁顺却不知道。

去陕西佳县，假如没有老家在榆林的朋友做翻译，根本听不懂当地人的话。佳县乡下有个老人，是延安时期农民歌手李有源的儿子，跟朋友去他家时候，他已经瘫痪，要由孙子来抱他到院子里，才能看得到天上的阳儿。他围着棉被在阳儿下，他的窑洞里面空空的只有炕和镜框里他父亲的照片。他父亲当年唱《东方红》的歌词，估计是用的佳县方言。

方言是个活的宝物，特别是和普通话书面语对比，更显出生动鲜灵，它才是活蹦乱跳着的人的语言。河南人把做事不牢靠不地道叫：真是没材料！形容人的综合能力不够，他会说：模儿不中。这说法是把人都想象成从模子里扣出来的，模具不过关，产品自然不可能合乎规格。各形各色的方言顽强地活跃在它的地域里，大喇叭一说话，压

· 德国邻居一家的周末下午

住了这些世代相传的土语,所谓的字正腔圆,听着真是干瘪枯燥,没味道没兴致。

我们刚进大学,被分配学习日语,第一年恢复高考,教师们不足又匆忙开课,给我们教日语的教师原本是俄语专业的,大家跟他学得艰难痛苦,常调侃嘲弄,说他那发音不是东京腔,是大阪腔,土气。其实当时谁听过东京口音和大阪口音。十几年后,真去了东京和大阪,学了一年的日本语忘得干干净净,有一次猛然冒出一句,居然是句广东话。这算什么语言能力,把粤语当成了日语。

就这样被降落在了法兰克福机场,学了三句德语,五句英语,热心的留学生帮我们写了一些汉语和德语对照的日常用语卡片,后来的三个月里一次也没用到过，因为很快就发现了沟通的捷径，图画和手势才是真正的世界语。

在凡尔赛宫一家露天酒吧，上了的咖啡却没拿牛奶，服务生过来时，在餐巾纸上画一头牛给他看，服务生是高个儿，俯下身专心看图，居然没看懂，只好给牛添上乳房，他还是很抱歉地笑，表示没懂，巴黎人也太没想象力了，最后画出三滴正下落的奶，他才恍然大悟，欢快奔跑着去取奶。这个巴黎小伙子太笨了。

以图画代替对话，在朝鲜不灵，和普通朝鲜人总是相隔十米以上的距离，没有任何接近的机会。平壤街边一个黄土腾起的篮球场，小伙子们投篮正欢，看见拉着我们这些外国人的旅游大巴停靠，很快抱起球悄悄解散，等我们下了车，空空的只剩了尘土还没消散的球场。

只要想交流，画出来的语言不只限于表达简单的需求，在莱茵河游船上认识一个美国游客，双方靠一个小本子一支笔，聊了很多，从二战到好莱坞到新款数码相机的功能。

从纽约回来的飞机上，邻座是个日本人，刚坐定就拿出小本子，写些繁体字，为上一代人给中国人带来的不幸道歉。后来和他在纸上谈了很多，他是来自东京的画家，想在纽约开画廊，可惜这次没找到合适的场所。跟他学画的学生中有中国人，他们好学，画也好。飞机越过白令海峡时他一直在舷窗那儿看，然后，在本子上画冰山，隔一会又在本子上写字，递来给我，写的是：壮观！凄美！

画出来的"世界语"在朝鲜行不通。因为它拒绝，世界这么大，只有在朝鲜，我们是真哑子。

果　实

　　东北有一种草本植物，矮矮的，开白花，果实不大，秋天果熟微黄，味道甜。过去是野生的，路边的野马莲野艾蒿丛中常有。女孩们喜欢它的果子，栽种在院子里，俗称"洋姑娘儿"，也有叫"姑鸟儿"，学名"酸浆"，据说可入药。这几年常在南方的水果店里见到卖相漂亮的"姑娘儿"，显然是改良品种，人工种植中一定加过很多化肥，果实变得很大，味道远没有野生的甜，有的超市说它是"美国珍珠果"，也有叫"金圣果"的，还有挂标签做特别介绍的：来自原始森林，纯绿色食品，治疗某种某种疾病。一番忽悠，看得人愣在柜台那儿好一会儿。

　　几年前看到一组数据，整个欧盟国家的绿色食品种植比例是百分之一点九，德国是二点六。在中国，真正种植绿色食品的面积有多少，判定标准是什么，原始森林在哪里，我真的不知道。

　　上两代的老人讲到长白山区漫山遍野的野果"山枣子"，总讲总讲，感觉那就是传说中的仙果，好吃得不得了。有一年深秋在东北的辉南县林区见到了，杂木密林中，有火山口，有个盲人，不知道他在寂静中坐了多久了，终于听到有人声近前，忽然朝我们高喊一声：山枣子咯。那果实灰灰的一撮捧在他手上。盲人说：节气过了，都搁陈了，赶不上前一茬的好吃。那盲人天生一双白眼睛，我们买下了他的全部山枣子。

　　可能是不新鲜了，想象中要多甜有多甜的山枣子并不好吃，仔细

· 住处窗外的果子

想想，凡能到今天还任它野生的果实们，不可能有多么好吃。正像现在超市里卖的"野生蓝莓"，到北方山区，大片的土地挂着"蓝莓基地"的牌子，所谓的野生多名不副实。

果实努力成熟努力生长，本意当然不是给人吃，但是，人要吃它。用北方农民的话说：钻心摸眼儿，就要琢磨那一口。

中国古代寓言中的傻老汉愚公带领全家人移山的地方，有云台山风景区，一个秋天和几个朋友去玩，偶尔见一些高树上结的柿子，红得好看。有游人急着问，能不能吃？当地人回答：咋不能，能吃。听说能吃，游人的兴致来了，又捡又摘又打，青的红的，装满了浑身的口袋。可怜的柿子们随人四处旅游，晚上回到住处，全部揉烂，黏黏的，哪里还能吃？但是，没人为那阵狂热的采摘悔悟。人们已经习惯了，只要见到树上有果实，本能地停下来，一定想办法要占有它。

在德国斯图加特的城郊，秋天的草地院子道路间，有些果树，季节使果子们争着显现，前一天看它们发黄或者发红，第二天已经落地，第三天成泥，经过树下的人和车，并没见谁去特别留意它们。我们住的窗口正对一棵梨树，落了一地的黄梨，试过它的味道，和超市里每公斤四点九九马克的梨子区别不大，但是，任它落地烂掉，没见人捡。那一带还有一种青苹果。森林深处，层层落叶下埋着一层陈年的核桃，试着砸开一个，皮薄而肉多。

想象原始人的习性，大约是走出门去，又仰头远望，又低头洞察，绝不错过任何可以填饱肚子的东西，不然，注定挨冻受饿。曾经很有知名度的东北师范大学附中，它的校办食堂在上世纪60年代挂有一条横幅，写的是："常将有日思无日，莫待无时想有时"。饥饿记忆远去，它不会四十年不变，一直悬挂到今天，但是，类似的感受在中国人心里还深藏着，饥饿感，不安全感，还没有散去。

人只是从人的角度去想事情，全不管树木果实的感受，据说生物链决定了这一切，但是所谓的那个链，或者只是人类某一时期的强词夺理。

集 市

喜欢悠闲地逛逛集市，越乡村越土气，才越好玩越稀奇。

不过二十几年的时间，中国的城市造得"千城一面"，几乎被马赛克和水泥通体覆盖了一遍，街上的自然集市几乎没了，据说是为了城市卫生和市容景观。走到很偏远的乡间，还能看见些天然的原本的味道：一块钱一双草鞋，八块钱一把镰刀，五毛钱一叠多色皱纹纸，拖拖拉拉一大堆辕马身上的木鞍皮条全套披挂。

呵呵，在那些生动有趣的地方，有些物品被拿到了集市上，才成了商品，有些人要走在集市上，才打扮成个人样儿。有一年在贵州山区见到几个抹了亮光光头油的小姑娘，穿得漂亮又郑重，急匆匆地跑十里路去赶场，说去买盐巴，我看她们更像去集市上展示银质头饰和彩色绣裙。

街边临时冒出来的小摊贩，挑担子那类，有点像"快闪"，广东老话称作"走鬼"的，放下担子就开始叫卖。曾经在一个大风天，路过河南洛阳的市郊，公路边两个干巴巴的人守着一只筐，缩在昏黄的墙角。问卖的是什么，一个挺起身来说：馍！又一个也挺起来说：水，娃哈哈！都是说的方言。揭开防尘土的棉被一角，筐里是白胖的饿面大馒头。矿泉水瓶也在棉被底下，掏出一瓶，灰尘多得哦，像出土的文物。如果正饥渴，伸手到棉被下面，就摸出了馍和水，该是多大的幸福。而三十年前的1983年春天，在广西南丹的小墟市上，我看见

· 从集市上回来

过头上插根长鸟翎的瑶族小伙子卖自制的火药枪,有人用一包云片糕能换一只农民自制的木刻烟斗。那种惊喜稀奇和民风淳朴怕很难再有了。

  欧洲城市的主要街区在周末多有农贸集市,琳琅满目都是自家产的。我们在德国的临时住处不远,常有一对老夫妇开来一辆小货车,每日半天卖水果蔬菜,他们的货都来自家里的田地。老头不会讲英语,不知道世上有个叫北京的地方。听他讲的德语也有很怪的腔调。他棕灰色头发,穿着邋遢,我们叫他东欧人。小货车停在三岔路口的草地上,菜和水果都在白茬木箱里,一字排开,有时候也有几束正开着的剑兰,他还卖过刚成熟的向日葵花盘,大朵小朵参差不齐。老头收钱,总是退回找散的零头。明知道语言不通，仍旧对我们滔滔不绝大声说个不停。而他的老太太从来不出声，坐在树下，打理那些菜，神色有点幽怨。

按传统习俗，中国的集市也是平民的节日。河南中牟有个村庄，夏天的集市上搭戏台唱豫剧，听戏的全是老人。老汉和老婆不同，老汉找辆机动车，躺在车厢里袒身露腹闭目欣赏，老婆们更投入，紧围着戏台坐，探着上身，紧盯台上舞动的红绿戏袍。

去瑞士北部小城巴塞尔的那天，正巧遇到它建市五百周年庆典，因为城不大，那规模在中国人看，也不过一个县城的赶集赶墟日，穿传统服装的艺人牵着打扮漂亮的白马过斑马线。有轨电车上，坐着抱圆号的街头艺人，中国外国，喜气洋洋都是一样的。

波恩市中心广场的周末集市据说很有历史了，水果蔬菜都摆在漂亮彩棚下，品种多又新鲜，逛集市就像个节日。如果不是波恩人指引，绝对注意不到在街心，有根并不显眼的金属立柱，不高，顶端一个圆球，很像个惊叹号，原来是中世纪的耻辱柱，罪犯会被绑在上面公开示众。波恩人并没有因时过境迁而拆除它。

耻辱柱还在，而城市中心集市的另一个作用不在了。曾经，有部讲述清朝末年镇压义和团的电影《老少爷们上法场》，当时中国的法场也是设在闹市中心，用来警示和威吓平凡小民，不遵听皇命不依法行事，小心当街示众斩首。无论中国外国，恐吓震慑曾经是一样的。

湖　　泊

　　住在德国另一个城市的朋友坐两小时火车来了，他是带着擀面杖来的，我们要共同包一顿饺子。如果没有中国擀面杖，我们还得继续拿细酒瓶擀面。吃过了中国饭，喝过了中国酒，朋友说，这附近有一个熊湖，很值得一看。随后的一星期，找到熊湖成了大事情。树林茂密，走在里面，常常整天见不到一个人，只好凭着感觉乱走。途中遇到个跑步的小伙子，背后像扎武装带，满满地扎了一排，远看像排手榴弹，细看是几支矿泉水。遇见他几次，总是一个人孤独地跑。

　　传说中的湖哦，不知道在哪儿。秋天了，橡树核桃树栗子树的果子噼噼啪啪，又砸头又硌脚，路上采了我见过的最大蘑菇，直径有三十厘米，挺着灰白色的大伞。举着蘑菇走，终于见到了湖，当然没有熊，很多野鸭子在红黄绿各色树叶的粼粼倒影里划水。湖边有一个小酒吧，两层，有人坐在二楼露台看湖水，有人坐在水边晒太阳。找到熊湖的那一天，湖水边大约有三十个人，好像生怕惊动了熊，一点声响都没有。

　　离熊湖几公里有很大的停车场，所有车辆都停那里，不能再接近湖。除林间偶尔有原木的秋千木椅外，没其他设施。从公路走到熊湖边，至少要步行走一小时的沙石路。林间有几户人家，外墙上挂着鹿角、猎枪和松枝。

　　又一年的秋天，早回了国，在东北看了长白山脉的火山湖。夜里

·汉堡的天鹅和鸽子都来要吃的

听当地人讲各种熊瞎子的故事,在中国的东北部更应该有熊湖,大约一百年前这里还相当蛮荒。

德国的纬度和中国东北差不多,在德国中部平原上,旷野中有浓烈的青草香,一下子就想到中国东北丘陵地带的草味。特别在秋天,湖水山色红叶,大自然的景物相似,只是居住着不同的人。

10月的东北,旅游长假一过,山林凄冷萧瑟。紧临火山湖修建的宾馆急着撤离山区,锁门过冬,松林间拉根电线,整日整夜突突的洗衣机响,脏水冲卷落叶直接流进湖里。

德国人以严谨安静著称,有人调侃说:德意志啊德意志,得到了意志,失去了激情。而中国人的激情实在太高涨了。正准备下山"猫冬"的宾馆服务员听说我们来看湖，有点奇怪，说，来我们这儿的客人都是成天成夜打麻将，一汪水有什么好看，就是拔拔凉的呗。

中国东北有松花湖，10月中旬去，建在水边的简陋木屋全上了锁。说服老板开一间"最豪华的"，这豪华房的天花板黑压压爬满快冻僵的瓢虫，有电视机，没卫生间。在德国刚好相反，可以没电视机，干净的卫生间是必需的。在德国住家庭旅馆，常常会感到是去一户人家做客，主人会送过一份果盘，几粒糖，或者一束新鲜的野花。在松花湖过的那一夜，老板摸着黑，送过来一只超长手电筒，还专门叮嘱，出门就可以方便，不要走远惹得狗叫。

不要羡慕别人的东西，你自己努力了，也会拥有和他相似的，我的长辈这么告诉我，但是，我怎么告诉我的孩子？

田　野

　　田野不同于荒原，田野是熟土地，有人耕种收获，有人操劳管理，一季季看着它由青变黄。所以同样的山形地貌土质雨水，劳作者不同，他的付出和期待不同，他脚下的田野也不同。我们都知道东德和西德在上世纪80年代末统一，我去德国是柏林墙倒塌十几年之后，没想到两边的反差依然那么大。凡原东西两德的衔接地带，不用寻找当年的哨所沟壑隔离带之类遗迹，大自然的界限已经很分明。从莱比锡去法兰克福，坐欧洲快车的途中，会忽然感到车窗外的景色变了，原本稀疏发黄的秋天大地上，树木变密，草绿了，奶牛和村庄多了，看地图，这是进入前西德了。

　　整个前东德地区近于无人区的辽阔乡村之间，串联着一些小火车站，同一站台上常常可以见到两种不同的垃圾箱，一种是金属的，高大圆形，和柏林街头的一样，差不多距离十米左右会另有一个矮小破旧的水泥垃圾箱，油漆脱落斑驳。它们相隔不远，就像曾经的两个德国各自站着。原东德境内火车站的外墙，隐约还能看到将要褪尽的花体字的旧站名，同时又会有新的站名，在墙壁上清晰赫然。

　　跟随旅行团去朝鲜，是2002年的5月，中国辽宁南部农田里的玉米苗已经长到十厘米高，田垄整齐，绿色漫过连绵的坡地。由丹东过鸭绿江大桥进入朝鲜，一路向南，最后到朝鲜和韩国军事缓冲区板门店，途中见到田里细弱的玉米苗都刚刚钻出土，看看大地，它还远

· 秋天捡拾野果换钱成为习惯

没有被绿色铺满，田畦不整，有时候见到挖地的人群，几十人的集体劳动，田头插彩旗，见到朝鲜农民特有的农具，一把铁铲，需要两个人协力使用。人群集中的地方有木杆，杆上面朝不同方向吊几只大喇叭，正广播中。简易草棚下停着拖拉机，看上去久不使用，在田里没见到工作中的机械。在平壤买到中文版的《朝鲜概况》中说，因为柴油短缺，多年来，农业机械没法使用，自然灾害加上缺少化肥，农作物收获很少。坐火车穿过朝鲜，很少见到乔木，山坡光秃秃，田野间河道干涸，偶尔有单独行动的少年，看样子像在寻找野菜。

因为早年的插队经历，我关心土地的出产和农事，我相信土地的慷慨，只有很少的时候它拒绝给予。中国中原的农民每年在黄河河滩里种小麦。我问过当地人,不怕水淹?他们说,十年能收九年,九年都是白得,哪一年大水淹过来就看俺的命了。他们还会特别补上一句:淹过水的河滩恁肥沃。

中国的河南,人口众多,可耕种的土地人均不到一亩,村庄间常常因争地争水灌溉起事端,而豫地多平坦,出门就有路有车,哪个农民不再想跟土地要吃食,抬一下腿就上车进城另谋生路去,人和土地的关系从来没这么冷漠和随意。曾经在郑州新开通的一条道路上,一大早,看见一少年牵着自家养的花奶牛,走在崭新的快车道上。少年叫卖"鲜奶"。有路人说,这才叫新鲜啊。是哦,什么细菌都有,都新鲜极了。

地球上相当多的人们离不开田野,他们辛苦劳作,年复一年跟它要食物。我们常会在图片影像里看到欧洲大地的绿,德国有很多土地只种植牧草,大片的青草长到十厘米,割草机轰轰隆隆开过来给草场"剃头",像夏天里淘气的男孩,被按住头,剃个秃瓢。割草机过去,大地变矮了,很快它会吐出一个个大草卷,慢慢在日光中晒干晒黄,成为牛的饲草。很少看到种粮食的土地,据说,德国人更倾向食品的进口。而二战结束后,持续十一个月的1948年柏林大围困,饥饿的柏林市民在公园里开荒种土豆,不过是几十年前的故事。

火　车

坐火车出远门不再是现代人的首选，人们总是急得要飞。现在有了高铁，它总是会告诉你，将有多么快地送你到达目的地。前几天我说坐绿皮火车，一站一站慢慢晃的感觉也是享受。有人问，绿皮车还没淘汰？

欧洲铁路的慢车有点像中国的绿皮车，由于车速慢，坐的人少，常常整节车厢都空着。闲人坐慢车最方便，可以在火车站取一本时刻表，或者时刻表活页，临时决定去哪儿逛逛。可以选择各种优惠票，比如德国火车的周末特惠，在星期六零点到星期天夜里十二点间，一张票可以五个人同行，鼓励周末家人一起出行，也鼓励不开私家车。

坐火车可能发现的有趣的事，比坐飞机要多很多。

有一次，从斯图加特出发，对面坐个犹太小伙子，精致的小帽子，外加严谨的制服，再外加修饰整齐又黝黑的小胡子，他始终努力地弓着身子，钻研一本不厚的精装书，几小时里，车窗外的风光，车厢里走动的人似乎都不存在。另一次，半路上来一位年纪超过六十岁的老太太，独自一人背双肩包，全副登山者打扮，坐稳以后，慢悠悠取出自制午餐，一根黄瓜，一片面包，一瓶水。她就坐在我对面，一举一动都没法避开，我暗暗想，她的孩子在哪，其他家人在哪，目的地在哪？某一站，拥上来一伙年轻人，每人提辆登山车，自行车和狗都可以上火车的。去小城弗洛伊登斯塔特那个上午，见一彪悍老头，呼呼

· 关于火车的记录（德国韦斯特兰）

呼呼呼牵着五条狗上车，那些狗都足够高大，感觉他是带着五只狼扑上了火车。

火车上的德国人是沉默着的，连耳语都很少听到。有一次例外，从弗洛堡上车往北行，一大群戴红黑长围巾的男孩上了车就唱，是法兰克福足球队的球迷，要去现场看球助威的。下火车以后，我也去专卖店买了条法兰克福队的围巾，围巾和球队成绩无关，拜仁慕尼黑的和法兰克福的价格相似，大约人民币一百块。

火车这东西在美国是落伍的交通工具，在德国也差不多，坐慢车出行的人越来越少，欧洲快车倒是常常满，全因为它快。

想体验真正的中国，不能错过那些小县城小镇子，就是要坐绿皮火车慢慢晃。2012年夏天，从深圳去昆明就坐了慢车，火车开出广州站，经粤西到广西再到贵州，很多的山地，生长着矮小的玉米，偶尔一棵正开放的葵花，车上多是打工返乡的人。十几年前从郑州坐火车去济南，见识了一种车上小电视，九英寸屏幕的。列车员提着它向乘客推荐：看美国大片了，十五块钱看九十分钟。有人真的租了一台，小机器一开，七八个人堵住过道，头凑在一起看着好莱坞。那次，见到乘警在餐车上严厉训斥十几个女人，年轻的年老的都有，挤站在一起，乘警的表情很气愤，女人们倒是嘻嘻地笑，像乘警的姐妹，后来，全被呵斥蹲下，挤在小角落里。停靠一个小站，她们全被赶下了车。我问乘警怎么回事。他说，这些都是在车厢里穿行偷偷出售自制食品的。乘警叫她们"地下工作者"。他还说，一旦有旅客吃坏肚子投诉，就得由列车承担责任。有人在旁边说：不管还真不行。乘警马上回应：是啊是啊。可是，现在绿皮车经过的小站台上，再没有拥在车窗，叫卖土特产的小贩，坐火车缺了很多滋味。

另一块大陆上的人群太沉静了，简直是不存在的静，而生长在我周围的人群，又实在太喧闹，前者静而持重，后者吵而随意。同样是火车，坐车的人们是这么不同。

墓　　地

什么人会惧怕墓地，或者是内心感觉离它还遥远的那些青春年少的孩子们。当人一点点地有了年纪，它就再没那么可怕。顾城死去二十年了，当年他写的题目叫"墓床"的诗，把死写得多么平静。

我最早看到的墓地在北方城市一座广场的深处。当时那广场和建筑都属于一所大学，更早的时候，那儿是日本人占据时期城市规划中预留的一块"宫廷建筑用地"，战事迫使它停工，日本战败的时候，它只完成了地下部分，楼房是上世纪50年代后起的。刚上小学时，在那里参加过全市规模的国庆庆祝活动。1967年，楼房周围做过临时墓地，黑压压的松林里，白幡飘摇，花圈零落，听说埋的都是那一年参加武斗死去的红卫兵。当时经过那片广场，很害怕，不敢贴近树林走。不知道后来它们迁到哪儿去了。

重庆沙坪坝公园深处的红卫兵墓地，在2001年去过，几十年过去，墓园荒废得古迹似的，藤草连天。粗糙墓碑上还保留着当年的口号，水泥碑体上写着当年他们"英勇献身"的事迹，一切都保持着原貌。偶尔一座墓碑前有几支新鲜菊花，相当多的墓碑半坍塌了，有的已经倒掉，有些角落，茅草已经完全掩埋了道路。进去的时候没有遇到人，后来忽然听到声响，几个五十岁左右的遛鸟人，往墓碑间的高树枝上挑挂了鸟笼，笼子周围蒙着大红的绒布，那个红，在这些特殊的墓碑间显得刺眼极了。仔细看了几块碑文，许多人死的时候不到二十岁。

· 维也纳最大的墓地

有一块墓碑上写的是"生得伟大,死得光荣"。这是现在仅存的红卫兵墓地了,听说,重庆红卫兵墓地也曾经传出将被拆掉的消息。

有个德国朋友,早听说他喜欢带人看墓地。果然,一到维也纳,他就建议去维也纳的公墓转转,因为,那里有莫扎特等名人,有的是死后葬在那里,有的只是留有墓碑,听说莫扎特墓就是后一种,他的遗体究竟葬在哪里好像并没定论,能肯定的是,他不能再弹奏钢琴了。人们为追念名人,以墓园的方式把他们集中在一起,墓园也就跟着死者生前的声望而生辉。

无名之辈们,那些平凡的人,无谓死亡的红卫兵们,葬在哪里都默无声息。在阴沉浩大的维也纳公墓里随意走,偶然发现了一个女人的墓碑，她一生中最值得一提的是到过中国西藏，回到奥地利后，她把在西藏的见闻写成了一本书。

在欧洲，许许多多的小型墓园被后人们用心打理，明媚精致又亲切，改变了过去墓地留给我的阴森印象，我会愿意去看看墓碑上的字，好像认识一个新的人。曾经在斯图加特郊区，有一天，穿过一个私家养马场，本想探索穿过密林里去小镇的路，碰上一块只有几十平方米的墓园，低矮地有木篱笆围着，有一扇木门，门上一把锁，并没锁着，象征性地挂着。和那些简直是美丽花园的墓地比，它孤零零隐匿在树林间。仔细看过每一块墓碑，他们都是当地人，都在二十多岁夭折，死亡时间都是上世纪40年代初，显然正是第二次世界大战期间。有的墓碑长久没人来过，只有一座墓前残留着几束枯干的花。

在中国中原一带的麦田间，常能见到独立的土坟，微微突出在春天发绿的麦苗下，用不了几年，风雨侵袭会让土坟消失，它会沉降到冬麦以下。当地人说，这种坟是在等待未亡人，丈夫或者妻子，等待对方过世后，再一同深葬，入土安息。

中国红卫兵和德国士兵，他们没有什么伴侣儿可等待，生命太短促，年轻的他们可能还没来得及爱，就死如草芥，这一切来得太快，谁又有能力和机会做出他自己的选择？幸运的那些还留有墓地，不幸的什么也没留下。

老　人

一个法国姑娘对我说，她非常喜欢中国苏州，喜欢看那些老人家们在自家天井里摇扇子打哈欠的模样。在德国，她是第一个对我讲中国话的外国人。在住处的洗衣房，她正从洗衣机里用力抽出一条小地毡，见我进门，她抬起头突然说：你好。

可能是久不见中国人，她兴奋得手里的地毡都掉了。她到过中国南方，喜欢中国园林艺术，她正和一半德意志一半法兰西血统的丈夫一起在这里做装置艺术。很多天，我都在窗口望到他们在大草坪上摆弄巨幅白布，变换各种形式，围草坪围树木，然后拍照。

还是第一次听外国人这样描述和羡慕中国的老人。十几年前，走到乡村和小镇子上，最自在的确实是这些不再为一日三餐忧虑的他们，在河南花园口黄河边，陕西咸阳的乡下，浙江溪口的村口都见到过上年纪的老人，手握一把纸牌或抚弄麻将消磨时光。随着进城务工的青壮农民逐渐增多，乡村老人很难再悠闲，他们要重新吃辛苦，把留在乡间的孙辈们带大。

虽然很多国家都已进入了老龄化社会，但同样的老人，却很不相同。中国和德国的反差算大的。我见过八十岁还"打工"帮邻人带孩子的贵州乡下老太太，另一些中国老人把力气和热情用在唱红歌跳广场舞，扩音器音量一定要放到震天动地。德国的老人正相反，他们异常安静，所有场合都鸦雀无声。街边，经常能见到穿浅色裙套装的德

· 萨尔兹堡火车站一个乞讨者

国老太太，银发，手握几枚硬币，在公交站等车，目视前方，能伫立二十分钟纹丝不动。

在东京和京都地铁站，我都碰到过被急促行人裹挟着跌倒的老人，有一个老头紧跟着人流，突然被台阶绊到，直接扑倒在我面前，我顺势想拉他一把，他反而非常敏捷地挣扎起来，头也不回继续走，而且走得更快，好像要强迫自己绝不掉队。

由东京到横滨的高速公路收费口，带我们出行的同学要停车加油。车刚转向加油站，白发白须的，迎上来一老头，笔直地立着，朝我们的车大声问候，然后加油、收钱，又立定再见，动作麻溜极了。我问同学，如果知道自己父母做这份工，子女会不会不舒服。同学说：日本就这样，你要珍惜这份工，必须拿出一百二十分的努力，半点懈怠都不行。

后来又遇上两个日本老人。一位是汉学家，《废都》和《红高粱》的日文译者，他说带我们去京都最著名的寺院，但是，先转到了京都大学，当年他作为在校大学生，参加了日本的"文化大革命"，他指给我们他那一派"红卫兵"扔燃烧瓶的地点。看过寺庙后的夜里，在小酒馆喝清酒，听了他许多当年的"斗争事迹"。

离开日本前的最后午餐，邻座突然出现一个躁动的老头，模样相当老了，衣着破旧不整。夸张地举着盘子叫店员，又敲碗，又耍舞餐巾，我以为是个闯进餐厅的精神病人。同去的留学生推测这人是故意挑衅，引起周围的注意，借机羞辱中国人。老头讲话带怪异的卷舌音，不像日语，倒像俄语。留学生说，这很像黑道上的发音，老头借此胡言乱语。店员过来想劝走他，他揪着很脏的胡子倚住门不走。这是碰到了一个老顽固。

无论怎样的老人，都不得不承认，这是一个彻底的年轻人的时代，从没人经历过和预想到代际的新旧更替这么快这么具有颠覆性。五十年前，人们遇到疑虑困惑，会毕恭毕敬向长者讨教，今天的老年人面临的只能是被最严酷地抛下，他们也要开始学会做个边缘人了。

河

我曾经见到一条河,在贵州西部山间,水流湍急窜动,白浪翻滚,流速惊人,水涌的幅度,巨大的响声,都像一条活生生的猛兽。

山里人说这条水最后会流进长江,看着眼前这活蹦乱跳的水,原来它的最后也是归于浑浊和平淡无奇。记得萧军写过他家乡的大凌河,他说那河水是哗哗哗响着的。从北京动身,开车向东北走,全程走的京哈高速,在辽宁境内没见一条像样的河,大凌河几乎是条枯水,后来上网查了,那一年正是大旱,辽西九成的河水断流。

第一次见到大河,在上世纪60年代,正是课本上所谓"三年困难时期"。我还没上小学,随爸爸坐了很久的车,来到一条河边,突然两个快步如飞的大人过来,两人扛一条木杠,杠上拖一条大鱼,它的头翘着,尾巴哗哗扫过草地。那条河叫饮马河,是从满语"伊尔门"转化来的,满语意思是"阎王",因为它常泛滥。现在,人们都还喜欢吃饮马河水浇灌的稻米,有大鱼的事情当然早不提了。

当年国民党决堤阻挡日军的黄河花园口南裹头段,2000年,我们在那里看黄河,有三艘渔船刚停靠,登上其中一条木船,询问渔家的日常起居,他们说祖祖辈辈都做船家,从没在岸上生活过,终年随着黄河走,三条船都是自家亲戚。船上有发电机,有煤气罐,有摩托车,有吃奶的孩子,有半大的狗。跟他们买了黄河鲤鱼,全身的红鳞,夜里打上来后,装在网里,贴着船沿沉在水里。正说话,渔民的孩子

· 夜里的塞纳河

发烧了,说前一夜掉到河里,受了凉,急着去岸上看医生。

2002年再去黄河花园口段,渔民、渔船全不见了,沿岸一条挨一条船,是水上餐厅,泥地上拖着引上船的电线,卖的也是黄河鲤鱼。当地人说,这河里哪儿能有这么多的鲤鱼,是人工喂养的,捞到网子里,来黄河边卖就是了。黄河边的人除了关心鱼,更关心河水泛滥,黄河堤岸上隔一段会垒起一垛石头,以防水患溃堤。可2002年的黄河之浅,浅到什么程度,有个人玩横渡的,很悲壮地下水,游了几下就停了,水太浅,蹚着水就走到了河对岸。到了2003年,黄河却在河南兰考段决了堤。

见到莱茵、多瑙、塞纳这三条河的时候,感觉它们都水源丰沛,风吹过，水快溢出来了，河面满满的，看上去很驯服，平平安安的。在法兰克福经过的美因河，把城市分成两半，它在这里和莱茵河汇合，一次在河边散步，哗哗啦啦一辆自行车载着两个年轻人直冲过来，大概是啤酒喝多了，两人跳下来，把自行车抛进河里，就狂笑着跑了。当时我想的不是这水下有多少自行车，而是为什么没见它有水患。后来，在新闻里看到德国北部的易北河发大水，德累斯顿和莱比锡被淹，艺术品受损严重，这两个城市都在原东德境内，我见过那些年久失修的宫殿，黑乎乎的影子倒映在丰满的河水中。德累斯顿的易北河，曾因河谷风光和沿河古建筑，被列入世界遗产名录，2009年，由于当地批准兴建一条六百三十五米长的桥梁会破坏河谷景观，德累斯顿被从这个名录中除名。

　　有一年在中国陕北看见完全干枯的延河，有人在河床里骑自行车，也有堆放的货物，当然，人们不会把延河从现在的中国河流名录中除掉，没准哪一天它会水势汹涌。另一年，黄河小浪底放水，我去看过一个下午。沿河好多农民都赶来看水，河岸上层层叠叠蹲满了人。年轻的父亲托着婴儿，让孩子的小脚忽高忽低去黄水里荡一荡，婴儿在乐，笑声清脆响亮。

新　闻

受邀参观日本电视台《每日放送》的大阪分部，那天是2000年的11月8日，负责接待的是个沉静的中年男人，据说他多年前因报道日本登山队攀登珠穆朗玛峰而知名。看过演播室，进了分成格子的工作间，大约十几个编辑在自己的格子里忙着。突然，所有的人都站起来了，本来安静的室内变得不安和慌乱，隔着玻璃，能看到有人在录播间着急地讨论什么，随后，正常电视节目中断，人们紧盯各角落里的电视监视器，屏幕上全部是一女人被押解的图像。有人说：天啊，抓住她了！

押解中的女人就是日本政府和国际刑警通缉了三十年的国际性恐怖组织"日本赤军"最高头目重信房子，作为重大突发新闻，电视节目改为直播。从屏幕上那看来普通的中年妇女，多年来和多起国际性恐怖事件有关，在被捕前，人们一直以为她潜藏在黎巴嫩。

由于事发突然，当晚和旅日朋友去见一位早年的日本"红卫兵"，他们整夜都激动地谈论"日本赤军"。接触到更多相关资料是回国后，如果没有在《每日放送》的那个下午，怕是很难关注那段缘起于上世纪60年代中后期的日本历史。

我们并不知道新闻事件会在什么时候出现，它不像火山台风地震还有预测的可能。它说来，咣当一下就来了，它的内在酝酿和策动，都是隐形的，而历史恰恰是被无数不可知的事件推进。当一个人身在

·"9·11"第二天在斯图加特的早上看见降半旗

国外时，突发新闻会加多一层神秘莫测。

"9·11"事件发生的当时，我正在德国，正和远在中国的朋友通电话，忽然电话那边的对方没声儿了，隔了一会儿，他只说了一句：飞机撞大楼？好像还是真撞啊！听得出，不是对着话筒说，他忘了正在讲电话，只是惊异中的自言自语，然后电话断掉了。随后十几个小时，网络、电话全部失灵，能猜测是出了大事，但是无处求证。一封邮件发去纽约，对方在六小时之后才收到。当时，我们住的那栋有四百年历史的老建筑里，只住了一对法国雕塑家，一个日本画家，一个不明国籍的卷毛闲人，平时互相只点头致意，整栋楼里没有一部电视，那种感觉好奇怪，完全被隔绝在世界之外，不知道发生了什么。

9月12日早上出门，林间有薄雾，向下俯瞰远处的斯图加特城依旧安静，反身看到我们的住处降了半旗，证实了电话里说的飞机撞大楼是真实的。

不断的新闻事件，像用积木搭建楼阁，突发事件是其中不可缺少的重要木块。那年9月12日起的半个月，不断有旅德的中国人来电话，他们想讨论："9·11"后的世界格局将怎么变化？国内的人会怎么看"9·11"？是从他们口中，才逐渐知道那些发生在世贸中心的恐怖细节。

因为看到欧洲乡村的安静闲适，曾经建议旅居法国的朋友也搬到郊区去住。这朋友立刻变得少见地郑重，他说：这里不是中国，我过来巴黎十几年，哪一天不在为进入他们的主流社会努力，永远不要想搬出城市中心，这才是巴黎人的想法，特别像我这样的中国人，哪敢住到乡下，把自己变成个边缘人？

我一下子理解了文化人旅居在外的感受，他不是在华人聚居的美丽城开餐馆开理发馆的，他必须保持对当地社会生活新闻事件的高度敏感和参与，那是他必须承受之重。

钱　币

澳门一位大学教师挺自豪地告诉我，全世界上唯有澳门，能把一位葡萄牙诗人的头像印在当地纸币上，为了让我看看那诗人的面孔，他在澳门的茶餐厅里左右打听，可惜没找到一张实物。

诗人即使上天堂也没什么稀奇，何况只是上了钞票。

剩在手里花花绿绿的十几个国家的散币，因为使用时间短，又很快回国，卢布荷兰盾马克等全混了，这些漂亮的花纸，变得和价值无关。没去过意大利，没有它的里拉，里拉的开张和面值都大，却不值钱，在兑换外币的"两替"窗口，递进一张美元，退出来的是一大堆里拉，常让人想起老人讲的民国末期金圆券贬值，一万块钱一张的纸币，装满一面袋去街上，才能买回几斤小米。

可惜的是从朝鲜回来没带兑换券，在朝鲜不能用人民币，必须换兑换券，换来的是些印刷粗糙图案简单的纸条，很像中国曾经定量定期发放的票证，朝鲜兑换券略微大一点，感觉实在不像钱。当时换了一些，不知道能买什么，很多买了中文版的朝鲜书，书价相当于港版书，因为是卖给"外宾"的外文版。有人偏要付人民币买一种长把银勺，外国人专用商店的售货员说：不行！这句中文，朝鲜女售货员说得不错。

2008年在伦敦，本想拿人民币换英镑，已经到了街头的"两替"窗口，有人刚取了英镑出来，脆脆的正在清点。可突然意识到从中国带出来的人民币实在有些脏污，犹豫一下，没有走近那小窗口。最后那些人民币

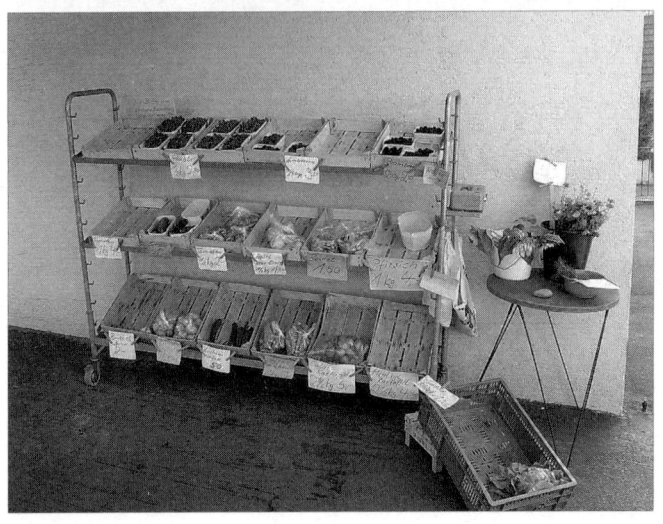

- （上）德国街角无人打理的菜摊和黑色小钱盒
- （下）德国一无人打理的小菜摊和钱盒

换给了一个留学生,把它交给另一个中国人,或者在感觉上能好一点。

走在中国乡村集市上,从农民手里递过来的纸币,是在提示我们,什么叫"血汗钱"吗。曾经有一星期的时间,经河南洛阳,再经风陵渡转东去山西,开着车,没有任何目标,在太行山区随意走,晋西南进晋东南出,最后,留在手上的是山西留给我的特殊礼物:边角磨毛了的,图案不再清晰的,五块或者一块面值的一沓油腻的纸币。和柜员机里吐出来的人民币比,山西之行带回来的钱真是厚实,有点黏,颜色凝重。这些山西的馈赠,反证了人民币在当地该多被珍视被金贵,无数只手的无数次摩挲,渗进了泥土油污煤粉面粉,这一大沓钱,变得比钱还值钱。

在山西解州关帝庙对面小店吃过一顿饭,主食是面饼,菜是羊汤面条,收一块五毛,我递过去的是一张五十块,饭吃完了,老板娘跑出去找散还没回来。

到了洪洞县苏三监狱对面又吃羊汤面,店家不停地说:洪洞县里面有好人!这个上了年纪的好人正一张张在手里捋平纸币。

电视剧里的山西总是高墙灰瓦下的大户钱庄,一个高考前专程去寺庙烧高香的年轻人总给我讲五台山,而我记忆更深的是电影《盲井》里的情节,是新闻图片中刚出煤窑的矿工。所有这些都离不开"钱"字。

有一次在上海衡山路,一家小杂货店窗口,店主是一对老夫妇,两人都拥着棉衣,正把一毛毛的硬币五枚一叠,用胶纸卷起缠紧扎牢,夕阳照上去,银银的整齐好看。另一次是6月,在重庆街头卖给我一束栀子花的中年男人,穿条肥大短裤,迎前两个裤口袋上,赫赫然各印着一张一百美元的图案,好像印上了钱,那裤子很美了。

古　代

在杭州，绍兴，开封，南阳，总是问当地人，哪里还能看到当年的样子？

开封人说，大铁塔是宋朝的，但是底座早被黄土埋没了，古老的开封在地下埋着呢。看过鲁迅故居，除了水井，哪个是当年的物件？游人走到房屋后面的花园，一定不会是鲁迅童年记忆里的百草园。上世纪90年代末去河南西北济源的王屋山，居然有个农家院子，有文字标出是"愚公旧居"。我问当地人，愚公就住这儿？他们嘻笑着都跑开了。当地人根本不关心愚公是个谁。

我们轻易就毁了真的古代，用几十年涂掉了上千年，然后又轻易造出一些假古代。现在或者只能从百年前遗留下来的老照片里，惊讶地看到曾经的古塔古桥古寺古镇。

常常是那些古老的东西，引领和连接我们的记忆，提醒着曾经的出处，使我们不突兀也不孤立地待在这尘世上。

在德国西南部斯图加特近郊有座宫殿，建于1767年，是当时的符腾堡公爵的夏宫，建筑群保存得很好，它由主宫和左右围绕主宫的两排半弧形附属建筑组成。在附属建筑里，我曾经住了几个月。主宫殿有对外开放日，我跟着游人去参观过。它是洛可可风格的建筑，很多精致繁缛的装饰，虽然长时间没人居住，依旧堂皇富丽。主寝室中有两只来自中国的瓷瓶，一只有明显的拼接痕迹，不知在什么年代被

· 击剑表演，在古老的城堡

什么人摔破，又被什么人拼上。初秋的一个周末，宫殿允许游人登到它最高处的弧形露台远眺。想想两百多年前，这座宫殿的主人也是在这里眺望满山正在变红的橡树林。

历史书说，是符腾堡公爵在一次打猎中发现了这个地方，决定建造夏宫。它可以从高处俯视山下的城区，而它的背后是大片的森林。

大多的日子，这里很少游人，特别是雨天的晚上，独自一人穿行在那些又高又昏暗的回廊，吊灯飘摇，照着石柱浮雕，落叶滑滑地粘在石阶上，总会想到，这是别人的宫殿，别人的古代。

假如，欧洲没有保留下无数的古堡宫殿教堂要塞，它的古代难免残缺，难免被逐渐淡忘。人人知道古城庞贝曾经发生过大灾难，但是，庞贝能给我们的真正震撼，在于它现在还能被我们亲眼看见。

在日本的京都和奈良，每一个向游客介绍这两座城市的日本人都说，它最早的城区是完全依照古长安建造的，他们不是说西安，是说长安。

定居日本的同学请我们吃饭，很自然地，她把一双筷子横放面前的碟子上。后来另一个旅居日本的朋友告诉我，日本人沿袭了很多使用筷子的古老习惯，比如摆筷子，大家对坐，筷子竖直摆放，直对客人，有不恭的感觉，这是曾经的汉风。

对于东京，没有太多的印象，只记得皇宫有护城河的，宫墙外的树修剪得漂亮。真正让人动心的是在京都、奈良这两个古城随意走走，寺庙围墙，屋檐街巷，松柏商铺酒馆，一石一桌，每一样好像都熟悉，好像多年前看过的小人书，一页页的图画活动起来了。所以，忍不住暗暗地想：这就是唐朝啊。

美　女

谁是美女？古今中外，从来没有过标准，又加各人好恶不同，美女只是传说。

口口相传中，中国出美女的地方很多。有一年从河南出发，经陕西进入山西不远，车行左侧的高坡上，匆匆掠过一大字标牌，大意是杨贵妃出生地。当时就怀疑，那唐朝美女出在这片荒凉贫瘠的黄土上？上网查过，原来杨贵妃出生地现在有四川、广西、河南、山西四个说法，时光久远，很难拿得出实证。唯一确凿的，就只剩了《长恨歌》里的句子：回眸一笑百媚生，六宫粉黛无颜色。

有人说，中原一带，出麦子的地方难出美女，即便有传说的美人，也不是人之美，是粮食之美。土生麦，麦出面，面成馍，馍养人，她们美在结实而茁壮。

印象中觉得日本的歌舞伎好看，也许是受了川端康成的小说《伊豆的舞女》的影响。在日本京都街头，遇见一个踢跶走过的盛装歌舞伎，虽然几乎是擦肩而过，还是没法儿看清美人的真相貌，只见低着的脸，脂粉上还是脂粉，能看到的都是白。那天，先遇到一群去寺庙祈祷好成绩的中学生，嘻嘻哈哈上台阶，都是去著名的古寺"清水寺"，恰好是在这时候，猛然间这么一个着华丽和服，雪白脖颈的女子，出现在穿校服的学生们中间，木屐声哒哒，感觉有点怪。

平凡生活中，美女实在太少了。伦敦夜晚的街头，胖姑娘们举着

· 德国红发姑娘和牵着狗的青年

啤酒瓶,一路的大笑。德国街头,各种打鼻钉、抖烟灰的女孩,各种各样的罗拉都在疾走,脸上是烟熏妆。其实,新的时尚一直在颠覆和创造着美女新概念。

在德国南部一个小城的公交车上,遇到一个漂亮的女人,应该不很年轻,有三十多岁了吧,穿黑色皮衣皮裙,瘦小匀称。连续几天里,遇到她三次,那么轻灵地跃身上车,像个职业舞蹈演员,我猜想,她是个正在爱情中的舞者。三次,我和她在同一站上车,最后一次,车开出两站地后,有个年轻的金发男人上车,浅色头发,像个俄国人,他直接走向她,他们并排坐着,非常低声地交谈和争论。给我的感觉,他们是约定好时间,来公交车上幽会的。这么想,完全没根据,是凭空胡乱猜的。他们两个让人想到了美，但感觉这美正深陷在某种复杂的扯不清的痛苦里，也许正是似有似无的不明痛苦让他们看上去美吧。

看腻了描画出来的、经过美容术的美女，突然间发现了朝鲜的姑娘们。

出中国丹东海关，经过朝鲜海关，进入边境城市朝鲜的新义州，边检大厅里肃立着女关员，浅灰制服，红臂章，化的妆是非常淡非常淳朴，甚至土里土气的，但是，她身上有什么地方动人，让人停下来禁不住想看看。一连几天在朝鲜，渐渐地发现了真正的美女，她们身上有和朝鲜的男人们不同，也和这世界上任何其他女人们都不同的单纯。只有一点红粉团扑在圆的脸上，她们直愣愣地看着旅游大巴进出，她们在柜台后面摆齐羽毛扇和塑料花，微微提一下鲜艳刺眼的化纤长裙。送外国旅行团离开的时候，她们站成一排，迎着朝鲜上空的同样炎热的太阳笑，像物质像青草像空白。

也许简单纯净就是美，可是，人类的问题一直都是不够简单纯净。

中 国 人

火车到站阿姆斯特丹的时候，天已经全黑了，下雨，街上光闪闪的几条有轨电车轨道。天气有点凉，好想快点住下来，吃点热的东西。离车站不远，很快看见霓虹灯闪烁的红色汉字，很快见到供着红堂堂关公像的大堂，这是间有点规模的酒楼，刚迈步进去，被中国式宴席的白酒味吓得退出来，跑了老远，才慢下来，天啊，怎么走到天边，这味道也能追到天边。

随后，看那红门里，有中国人出来，四顾街面，扔了嘴上的牙签。估计这酒楼承包中国团队游客的食宿，属于定点饭店。

冒着雨继续走继续走，想吃热汤水，还是要找中餐，看到一家，挂香港酒楼的招牌，女老板迎出来，说吃过饭会帮忙联系到附近的酒店。一直，她都用粤语说，我用普通话答。她问：为什么不是跟旅行团？我说：是自己坐火车从德国过来的。她听了，立刻变得热情又亲善，小声嘱咐：在这地方，有人问你从哪里来，你要说"折而慢"。她的意思是要说来自"日耳曼"，她所理解的德国。就在这时候，有个男的闯进了门，逆着光，整个人湿淋淋的，戴眼镜拿折叠伞，中国人。他以报告火警般的急迫，一直冲到屋子中间，大声问：能不能说普通话？不知道他是在问谁。在场的一老板一大厨一侍者和已经开始吃饭的我，大家全愣了。大厨问：你有什么事？来人问：红灯区在哪儿？大厨一扬手：一走就看到的了！来人立马转身，出门也出奇地快，瞬

· 巴黎的华人店铺

间消失在小雨中。小店里突然起了一片爆笑。

　　这个突然出现又快速消失的问路人，大约是临时脱离了旅行团队，想给自己短时间安排一次单独行动，但是他的出现太唐突，太搞笑，简直成了女老板的叮嘱"要说从日耳曼来，不要说从中国来"的有力注解。

　　斯图加特的国王街上有间 Esprit 专卖店，来自中国云南的金女士在这家店的橱窗外有个小摊位，是个能在凳子上摊开来的木盒子。金女士主要卖东方首饰，绒布上别了几十枚戒指，大个儿戒指约合两百元人民币，小的大约卖二十元人民币。刚认识的时候，她对我说她来自泰国，可我亲耳听到她对选戒指的德国人说，她来自中国。因为常买电话卡,和她渐渐熟了,知道她是云南人。有一次,她急着去洗手间,托我帮忙看摊位。她说,会有人偷的。从来没做过这个,一下好紧张,目不转睛守着木盒子,好在没什么顾客靠近。

金女士更多的生意是卖电话卡,她说中国人都来找她买卡,用它打国际电话便宜很多,德国人不买,用卡要多拨号,他们嫌麻烦。他们太懒!她说。

中国人太多了,她又说。

我问:你不希望找你买卡的人多?她不说什么,只摇头。

金的目光恍惚不定,总在转,总好像有什么不测将要发生,总在警觉着。也许受多年来经历的影响,她自己并没感觉。我没问过她的经历。

在偏僻少人的德国东北部吕根岛的小镇萨斯尼兹,见到一个很瘦小女人,看着像个中国人,推有玻璃罩的小车,在街边卖薄面饼夹豆芽,想跟她说几句话,她有点冷淡,表示她是中国人,但是不会讲中国话。

柏林中央火车站附近有家有名气的中餐馆,为照顾西方客人,每把装筷子的纸套上,都印有筷子使用方法的图示。而在柏林和巴黎,我都专门去过中国货专营店,很像走进上世纪70年代的县城供销社,或90年代的乡村小超市:粗瓷碗、竹筷子、大盘蚊香、肥皂、皇历,店面局促拥挤,霉味很重。估计进到这种店里的西方人一定以为,哦,这就是中国。

Part Two

看看这世界

I 在墨尔本

大　　陆

2006年8月，在清晨的飞机上看到了澳大利亚的土地，它和太阳最初的光一起出现。

澳大利亚国土面积七百多万平方公里，人口两千三百多万。据说有人统计过，中国每年新出生的人口都相当于增加了一个澳大利亚。

在高空似乎更能感觉到它的地广人稀，大片绿地包围中，偶尔才出现一幢积木一样的房子，稀疏的民居零星点缀着田地。接近墨尔本边缘，飞行高度在下降，飞机调整角度，它的转弯造成地平线陡然升高，澳大利亚南部的绿色丘陵像一幅大壁画挂在舷窗外的天上，从机舱这特殊的视角，新大陆向我们展示这块土地的壮美。奇怪，在墨尔本的那些天，时刻感到我的身份是个闯入者。

离开机场，车驶入高速公路，接我的Janaa女士扬起手：看啊，墨尔本！她有点夸张地介绍墨尔本出场。这个被称作黄金铺成的城市出现在车窗正前方，一小撮高耸的建筑物。远远地看那些楼房，和今天中国的超大型城市比，它集中又袖珍。很快，我们进城了，事实证明，墨尔本主城区确实不大，道路简单明了，很适合步行穿越。

粗一看，任何城市都相差不多，城市就是人，楼房，车。8月，是澳洲的冬天，一下了飞机，就被寒冷给控制了，大衣在哪儿，围巾在哪儿，室外气温只有五度。住下来后的第二天，出城一小时车程的山区还下了大雪。

· 新建筑和老建筑

这个据说全澳洲最像欧洲的城市,有轨电车,教堂,凑在大厦门口,顶着寒风抽烟的白领,华人在餐馆里,中东人在便利店里,白人在银行里,每个人都很安详。他们和我一样,都是这块土地的闯入者。

我看到一幅画,画幅靠两侧是两棵高大挺拔的桉树,画幅中间突出位置,是那块很知名的独立的红石头(艾尔斯巨石,也叫乌卢鲁巨石),它被描画在空旷的大背景上,从高处俯瞰平坦的红沙地,鸵鸟袋鼠鹦鹉们在其间游荡,而在画幅最边缘的是隐藏在树后,向外窥视的三个土著人,分别是手持标枪的男人和他的女人孩子,他们好像伺机想做点什么,但是,什么也没做。画的重要位置是一辆敞篷卡车,一个白人正倚着汽车休息,悠然自得,松散懈怠,半坐半躺,开垦的疲倦使他一只脚穿着鞋，而另一只脚赤裸着。天空中正飞翔而过的是两个生了天使翅膀的男人，18世纪西方白人绅士的装束打扮，戴着高的黑礼帽，好像正给这块大地播撒福音。这幅画描述了曾经的新大陆上，殖民者和原住民之间的关系，可以想象最先踏上这土地的人，对眼前的辽阔富饶发出的惊叹。

据说，有一年，澳大利亚某政党提出的竞选口号是让澳大利亚人"放松而又舒服地生活着"，放松和舒服，在21世纪，由这块土地的后来者们提出来，懂得放松舒服的，首先是这块土地的真正主人澳大利亚原住民，正因为放松和舒服的本性，丢弃了家园。

1836年前，这里还没有人居住，1836年有了一百七十七个人。随着金矿的发现，人口从1851年的两万多人，剧增到1854年的十二万人，他们多是被黄金吸引而来，旧金山在美国，而墨尔本当时被称作新金山，很快成为富庶的地方。

澳华展览馆

它就在唐人街边上，门外面一个不大的庭院，几棵弱弱的竹子。有年轻的游客在照相，摆出"中国功夫"的姿势，拍了照就走掉了。中午的澳华展览馆没有人参观，我进去，门票只有六澳元，很便宜，据说是得到政府资助才能够办下去。

一个台湾来的女孩在前台吃饭，她说，本来是配导游的，平时来参观的多数是当地学生，没有导游，他们完全看不懂，可现在只有她一个人在。她问我：一个人看可以吗？当然可以，我说，然后问：是华人学生？台湾女孩说：不，恰恰是澳洲学生，他们觉得这种展览很有意思。

展览要告诉人们，华人到达澳洲的历史。这一切都从模仿一个华人在广东沿海的登船开始，声光和布景模型都在启动，守着入口的是画的留长辫子穿马褂的清朝男，像个迎宾的侍客，引人走近模拟的船舱，声控的门帘自动打开，钻进去后，什么也看不见，只听见四周都在用粤语呼喊催促人们快登船。当时去澳洲淘金的华人要在海上漂泊两个月，再步行三个星期才能到达名为新金山的金矿。船舱拥挤肮脏，很多人生病却没有药，只有生吃随身带来的绿豆粒解毒。得病的人将没法通过澳洲的边防检疫，不能上岸。最初来澳洲采金的华人并不是在墨尔本登陆，他们要在上岸后带着自己的全部行李步行，每个人的行李在二十到三十公斤，不断有人死在船上，死在步行去金矿的路上。

死亡威胁使得祈福祈求平安变得很重要，华人落下脚后，会很快在住处搭建庙宇，一个小神龛里同时供奉着观音、玉皇大帝、关公，还有一筒竹签，随时测试凶吉。

展览馆里有当年华人带到澳洲的实物，除日常实用的物品，木工工具、长板凳、药碾子、蓑衣之外，还有小脚女人的鞋子，还有戏袍、竹箫、月琴、二胡、大鼓，有美国胜利电机公司"胜利唱本"出品的唱片《宝钗悼玉》。

1880年澳大利亚有五万华人，到1940年只剩了九千人，这期间大约百年，澳洲都有排华历史，直到1966年，华人留在中国的家人才获得批准可以来澳洲团聚。1973年才消除在移民方面的种族歧视。一个开杂货店的女老板告诉我，过去的华人进入澳洲，是要接受身体喷雾消毒处理才能入境的。二战期间，华人没有参军作战的权利，只有民间自动组织捐钱捐物资助抗战，1939年，澳大利亚开始允许华人服兵役。

展品中有1902年的告示，禁止华人采金矿的限制令。从1850年以后的大约一百年，被迫退出了采金业的华人开始经营种植业，像他们在广东的家乡一样，种香蕉、瓜菜。

有一块大木匾，上面横贯着中英文掺杂的几个大字："WING CHUN 第一号"，我问这木匾的来历，正在大门口复印文件的年轻的小伙子摇头，他是这里的义工，但是没注意过那块大匾，听口音，他来自于中国大陆。大陆仔去喊来一个台湾阿姨，她讲不熟练的汉语，大概说，这个东西由一对澳洲夫妇送来的，他们搬进刚买的老房子，在仓库里发现了这块木匾，他们想这是中国人的东西，应该交给展览

· 墨尔本唐人街

馆。是什么人在这长过四米的大木匾上刻了自己的名字，还标榜自己是第一号，无处可查了。

据说，展览馆里最吸引澳洲小学生的一条据称是海外最长的龙，每到节日，它都会被请到街上去表演舞龙，它有一新一旧，新龙是专程从广东佛山新定制的。它们静静盘桓着，从楼上一直拖到楼下。我问这龙的长度，没人答得出来。他们说你去看吧，好像凭视力能测出准确长度来。

那个中午，全馆只有我一个参观者。

六个男孩的爸爸

六个男孩的爸爸是个小个子,上海人,热心肠,好脾气,温文尔雅,满脸倦怠。

他亲口告诉我,他有六个男孩。我愣了,六个孩子,岂不累个半死?他说:还真是一天累个半死。很快,上海人告诉我,哪里真有这么多孩子,六个男孩都是他的房客。

没几天,在一家川菜饭馆门口见到了那六个男孩,身高都在一米七五到一米八之间,齐刷刷的,个个顶着一头精心染过的杂色头发,健壮得很,完全不再是后脑勺留条小辫的"东亚病夫"。他们在那儿抽烟,把狭窄的人行道堵得满满的,每人在冷空气中吐出一串烟气。

这几个男孩都是来自大陆的留学生,都曾经租住过澳大利亚人家,有的家庭要求每天打电话上网不能超过半小时,有的家庭夜里十二点准时熄灯,有的家庭洗热水澡时间不能超过四分钟。六个男孩最后都因为受不了房东的苛刻,才先后找到了这个上海爸爸,现在,哪怕两个人挤一间屋子也不离开。

现在的孩子噢,真是搞不懂他们!上海人感慨得直摇头,他感慨这些男孩们活得如此潇洒散漫,如此挥金如土。他说,这些年的国内真不得了,出了不少的新贵啊。他说,我也识趣,从来不问他们的家庭情况,他们也从来不主动说。

每人每周交两百澳元生活费,男孩们每个月的吃住花销大约五千

· 华人带孩子上观光马车

元人民币,在 2006 年,这显然不便宜,但是他们喜欢上海爸爸家,长途电话,网络游戏,冲凉都是不受限制的。衣服每天扔在洗衣房地上,上海爸爸自然都给洗好叠好。坐在餐桌旁边,上海爸爸把饭菜做好端上来,虽然,上海爸爸收费不低。六个男孩待在 8 月很寒冷,1 月很炎热的墨尔本,完全像待在中国的家里,舒服无比,这比什么都重要。

上海爸爸和他夫人很辛苦,每周两次开车去超市,把家里两个大冷藏柜装满,一日三餐都要做好,每周七天没有休息日。我问他,这六个孩子在当地学校的成绩。他说,不知道他们怎么搞的,成绩还都说得过去,从来没见他们晚上回来看书,那些考试,不知道都是怎么过的。说到六个男孩,他还带一丝骄傲,他说,别的华人家里招的孩子不如他这几个,好吃懒做还成绩差,这几个刚住进来正读中学,有两个已经考上墨尔本大学了。

上海爸爸说,他喜欢男孩子,他自己只有一个女孩。我相信他喜欢男孩,更重要的是,没有人不喜欢钱。

他的歇息日就是男孩们的外出游玩的时候,正在花园里说着这些男孩,其中一个晃晃地跑过来说,今晚去唱卡拉 OK,凌晨四点回家。也许他们还想玩到更晚,只是那种地方营业时间规定到凌晨四点。

广东人的性格什么样的?上海爸爸问我。他的六个男孩中有一个广东男孩,性格随和宽容,吃了亏也不说什么,上海爸爸在小事上总想偏袒这孩子。他说,看来下次招租,要招广东孩子。

上海爸爸贷款六十万澳元买的房子,一共两层,有花园,花园中间一棵玉兰树,正盛开着粉紫色的花朵。我们一直站在门口说话,他说,不用参观了,反正也不是自己的家。听他这口气,感觉很凄凉。

法庭旁听

朋友告诉我，可以跟他去旁听一场法庭辩论。

中国的法庭从来都没去过，我赶紧问：谁都可以去吗？朋友说：当然。

墨尔本的县法院，相当于中国城市的中级法院。一早赶去，楼房并不高大，也没有廊柱，在墙面高处，镶嵌象征公平的古典女神浮雕。天有点冷，穿大衣的人们在大门外的游动餐车旁，匆匆端杯咖啡，然后通过旋转门进入。

法院大堂中间，像候机楼安检口，所有随身物品都要过传送带。一些法官在车上，或者在家里已经穿好了黑色法袍，头上戴了假发，这英国范儿，据说能遮住每个法官原本的面貌，去除私念，秉以公心。我身边就走过来一个这种装扮的，听说那银白茂密的一顶假发，价值一千五百澳元，按当时的汇率，大约是九千元人民币。如果是夏天，顶那一头假发一定不舒服，但是，仍旧要严格保留，这涉及法官和法庭的尊严。

一个身高不过一米六的女法官，东方人，她身上的黑法袍显得过于宽大，假发也有点滑稽，看来她很急，拖着个行李车，一路奔跑着过安检。

大堂一角的电子显示屏上，不断显示当天上午的出庭资料，这一天里，有大约六十个案子要在这栋大楼中审理。

朋友在法院做同声传译，跟着他来到指定的房间外，显然出了点意外，我和四个做同声传译的华人，三个律师，大家在日光照耀的长走廊里等了很久，过去了两小时，人人不急，晒着太阳闲聊，与此案有关的人们，他们的等待时间也要付费的，一个案子耗得越久他们的收入就越多。一个女翻译说，她发现华人不习惯直接回答问题，总是想额外争辩和解释，总想强调，我是错了，但是错是有原因的，而法官恰恰因为这种毫无意义的争辩，判断嫌疑人不诚实，效果只能适得其反。来自台湾的翻译说，凭他的经验，在澳洲一定要明确地表示我是个顺民。他接过的一个案子，白人和华人两个同时犯罪，白人沉默无声，华人总想澄清，结果，判华人有罪，白人无罪。

等待中，有人过来派发报纸，有个新加坡华人携毒入境案本该在这一天宣判，当天清早，一份本地华文小报头版发表了一篇文章，对在澳的不法华人很不利，文章发表在最后宣判这一天，有人提出会影响陪审团的公正性。很快，几个律师都在传看分析报上文章。朋友说文中提到有新加坡人在墨尔本赌博，交不上赌资，就冒险携毒入境，用毒品顶债。

终于开庭了，空间不很大，功能区域却分得很清晰：法官席，陪审团席，双方律师席，文书席，被告席，旁听席，四个新加坡男子被法警带进法庭，他们都是华裔，看起来情绪相当平静。就是这几个人在墨尔本机场入境时，被查出携带毒品，而他们矢口否认携毒，否认互相认识，虽然在被查获的时候，四个人穿着同一款式的特制厚底鞋，鞋底是用来藏毒的，虽然能证明他们同乘一班飞机，登机后座位相连，但这些间接证据不能强有力地支持他们是"有组织犯罪"。

正在审理中的案件当事人都临时关押在法院大厦底层，有特殊的电梯口直接运送他们到法庭，这四个人穿着便装，坐在最后一排被告席上，每人身边配一个同声传译，他们安静地听着翻译转述法官的话，表情好像很无辜。

这种场面好奇怪，法官和辩护律师们在前面讲英语，后面呜呜呜呜讲汉语，每一个翻译都要戴耳机，以免被其他声音干扰。

中午宣布休庭再审。过了几天，朋友告诉我，四个人全部被判罪名成立，四个携毒者也没忘记争辩，怪当天那份报纸发文章是别有用心，但是，就像没有直接证据证明他们共同携毒，也没有直接证据支持报纸是"别有用心"。案子判了，四个年轻的华裔新加坡人将在澳大利亚坐监十五年，然后，会被遣返新加坡，而按照新加坡法律，在那里等待他们的是无期徒刑。

澳洲华人

随意走进墨尔本街头一家中等规模的书店,门口有三份中文报纸。买了报离开,在一家有点像阳朔西街的小巷深处,找个露天咖啡店,我坐下来,一个华人的世界就平展展摊开在白铁的桌面上。

在我到达墨尔本之前的一星期,这里刚好举办了一个救助两广洪灾慈善斋宴,参加者分别交五十或者一百澳元,报纸上列举了我在中国都没有注意到的洪灾数字:广西受灾人口一百二十万,广东四百四十三万。

另有一则大字号的广告"学好普通话,走遍天下都不怕",这口号是"学好数理化,走遍天下都不怕"的翻版,后面这说法,来自"文革"刚结束时。

报纸看了两个小时,在另一大洲的城市里,我悠闲无事,漫无目的地在街上散步,多次听到身边出现中国话,粤语、四川话、普通话,不是在唐人街,是墨尔本最繁华的商业街区。在商场里,遇到一家四口中国人,跟着他们的也是个华人,男的,很殷勤,都讲上海话,他们在挑选户外太阳伞,旁若无人大声说话,说"他们"的布料质量不应当太差吧。

历史上有记录说,1895 年的 8 月 7 日,开往香港的一艘蒸汽轮船载满货物驶离澳大利亚悉尼的莱尔森码头,十小时后,轮船遭遇风暴,触礁沉没,船上的金币货物全都沉入了海底,一年以后,按照发运清

· 一位华人家的后窗

单，打捞到了部分金币，但是，搭乘这条船的华人旅客身上携带的大量黄金因为没有任何清单可查证，没有办法追找。

早年间，像猪仔一样被塞进船舱的华人苦力，在遥远的新金山，吃尽辛苦，忍辱负重，做最低贱的工作，拿最差等的待遇，快速地"不可理喻地"积累着财富。一个来自台湾的人告诉我，现在来澳洲真是来了天堂啊，当年的华人被歧视，吃的苦头真是多。

一个朋友说，她刚来墨尔本的时候，坐大巴去学校，对面坐着一个来自英国的老太太，一见到她，立刻露出不满，用英语嘟囔着：亚洲人！朋友说，她可能以为我听不懂她的伦敦腔，这种感觉一直都没散去。

中国在澳洲人眼里渐渐成为一个大市场，报纸上说，1999年以来，大约一万零五百个中国旅行团来到澳大利亚，超过十六万人次，2004年达到二十二万人次，2010年五十四万多，2011年六十万，2012年六十三万，这一年中国游客的消费达到四十亿澳元。有一次，我转进一家中国人开的杂货店，几个学生在向女老板抱怨：怎么都是中国制造。女老板耐心地给他们解释：放心买了，不怕的了，这些东西都是按澳洲人订单的，在中国市场是看不到的。

中国人，澳大利亚人，都在窥视对方的钱包。

晚上，在一家中餐馆里，大家的酒都已经喝得差不多了，醺醺地，在座的来自北京的爷儿高叫：伙计，过来过来！一个很年轻的小伙子赶紧过来，手里还捧着空盘子。北京的爷儿问：能听懂中国话不？回答：能。北京的爷儿说：看你满嘴咕噜咕噜的，以为是个洋人呢，去，把我存的茶给我们泡上。关于怎么泡茶，他教得仔细，大家笑他，他说：我这是让小伙计学学中国文化。我往四下里看，都是中国人。

维多利亚女王市场

墨尔本的维多利亚女王市场，是个大集市，有室内部分，也有露天的，非常平民化。我喜欢集市，而它又离住处很近，五花八门，卖什么的都有，吸引我隔两天就去逛一次。

早上，从七楼的窗口已经见到拉着小行李车过斑马线的女人们，她们都是去市场的，清早，小车是空的，不到中午，就满载而归了。她们简直像诱饵，催着我赶紧下楼去。

在中国没见过这么大的市场，吃的穿的用的，从汽车轮胎到各种香肠各种海鲜各种奶酪都有。从1878年开始，这里已经是一个市场了，有人说这里的档位超过一千个。

卖蔬菜的超过三分之一是中国人，他们比较沉默，微笑，面部表情不丰富，没有顾客的时候总在整理自己档口的蔬菜。一个中午，本来还算安静的菜档间，在几家中国菜贩包围中的一个中东人的档位忽然发威，几个男人好像得到了一个行动暗号，忽然高声叫卖，中年人用中音喊叫，少年用童声喊叫，伴着极其夸张的动作，随着叫卖声的起伏跌宕，他们把粗壮的西芹搬上大秤盘，再搬下去，像一场脱口秀表演，也像一场恶作剧，他们是想赶紧卖光蔬菜走人吗？离开大约一小时，我又转到了那一带，安宁恢复了，菜贩们都没离开，从某个角度看过去，只有一列悬挂在同一高度的大秤盘微微晃动着。有的秤盘忽然低沉一下，是顾客把选好的菜放上去称了。

卖肉食海鲜的档位都在室内，我是第一次领教了什么叫血腥气味，动物的肉块堆得满满的，许多肉在现场加工。那味道让我不舒服，赶紧跑到外面，呼吸没有血腥味的空气。

卖杂货的最安静，冷风穿透，档主们多数缩在档位里侧，倦怠地看着过往的人，看上去生意并不好。偶尔有人吹响土著人的空筒子，跟牛叫一样。食物总是人们必需的，杂货显然可有可无。忽然听到中国话，一个戴眼镜的高个子男人对几个游客模样的中国人叫：都是自己人啊，连买带送啊！

小孩子停留在卖鸟的卖宠物的档位前面，关在笼子中的鹦鹉看着天上互相追逐飞过的鸽子，没什么不自由的反应，继续啄自己的脚。像中国一样，小鸭子很受欢迎，一只黄绒绒的小鸭子要六澳元，相当于三十六块人民币。鸽子飞累了，落在宠物笼上，咕咕叫。一对黄头发的双胞胎，齐齐地坐在儿童车上，指着笼子里的小鸭子，高兴得尖叫，两个孩子还小，还没学会说话呢。

我喜欢在卖鲜花的亭子那儿转，几次靠近去闻黄水仙，和中国的水仙一个味道，全世界的水仙都是一种幽香。

有一次遇到十几个穿校服的中学生，他们好像在完成一项关于市场调查的作业，几人一组，拿着小本子到处问价又记录，商贩们都很配合，有的放下生意，帮他们填表格，大白天的他们没在学校里背书，男孩女孩们嘴里衔着棒棒糖，笑嘻嘻在市场里钻过。

到下午四点，市场变脸一样，快速地黯淡，商贩根本不再招呼顾客，他们打点货物，塞进停在自己档位里的各种小货车里，到了撤档走人的时间。

· 墨尔本维多利亚女王市场外的街头艺人

朋友告诉我说，女王市场每周休息两天，我有点怀疑，中国的菜贩是没有休息日的，他们不怕辛苦，几乎时刻都在做生意。星期一的早上，转到市场去，空空荡荡，没有一个档位是有人的，街角停了辆工程车，摆出提示牌在补修道路。应该不是不想营业，只是有了铁定的规矩。

欧洲人阳娜

阳娜是被我直译的叫法,她的名字是Janaa。

阳娜不年轻了,当然不问她的年龄,但是估计得到。

阳娜的高大可以用魁梧来形容,一出机场就看见她在栏杆后面高大地朝我雀跃。她的大笑和车上播放一路的歌唱都很感染人,汹涌不绝。

刚见面几分钟,已经发现阳娜是个十足的老派人物。出机场,先到停车场取车,她是地道的墨尔本人,却不知道在这里如何结算停车费,嘟嘟囔囔地往眯表里一个劲儿投币,眯表毫不领情,一一给她吐出来,噼里啪啦再投进去,最后两手都空了,眯表仍旧没反应,她就凑近去看,好像想和那个仪表私下交流。终于,她说,我们成功了,中了彩票一样,抽出一张卡。很快,到了酒店门口,又找不到停车位,转了几圈,忽然发现一个路边泊车位,尖叫着冲过去,又是投币,又是没反应,一个推婴儿车的女人过来提醒她,那个地段白天不能停车。

一遇到电子设备,阳娜就像个刚进城的农民,紧张得不知所措,她对那些东西天然地陌生和怀疑。不过,她幽默自嘲,夸张地扬着大手,拍着那些吞钱机器,隔一会就会抬起头,用她那双蓝色的眼睛孤独无奈地望我,好像我是智多星,我哪里能是。

第二天,她的车就撞了,是自己撞的,倒车,撞向了停车场的护栏。她向我诉苦,双手合十,仰望天空,一副意大利歌剧中悲剧女主角的痛苦相。

她很认真地告诉我，她是荷兰人，但是出生在澳大利亚。

阳娜很以荷兰而自豪。当时也在场的阳娜朋友，另一个女士也赶紧对我介绍自己，说她是意大利人。我再细问，她也出生在澳大利亚。她们的父辈那一代从欧洲来，而她们仍旧重视和强调自己的欧洲背景。

早期来澳大利亚的欧洲移民生活艰辛，留下很多专门的回忆录。虽然艰辛，但这块新大陆让人们喜不自禁，我看到一些老照片：太阳照耀非常简易的平房，女人们欢快地晾晒衣服，男孩子的脖子上还挂着在轮船上的救生圈，男人们扛着枪，手里提着一串串动物的皮，好像是兔子皮，茂密的甘蔗田里，人人兴奋地举着砍刀，所有的人都在笑，这块辽阔丰腴的土地让他们合不上嘴。而悲情为什么一直都在中国人的脸上？有一幅老照片上，一艘小木船靠岸停着，船上的华人和岸上的华人互相抱在一起哭，看装束，大约是上世纪60年代。

澳大利亚有沃土有黄金，但是，离开了欧洲大陆以后产生的边缘感似乎在移民后代内心里还没平复。阳娜和她的朋友们，喜欢把朗诵诗的地方安排在有百年历史的市议会厅，去那里要上很多台阶，墙上挂着油画，地上铺满地毯，有很多盏灯泡组成的炫丽吊灯，这种地方普通人应该不喜欢。

总是有一些人，需要待在旧生活的幻觉中。阳娜问我：在中国，诗歌在什么地方朗诵？我说：前不久，一个朗诵在小酒吧里。她听了，神色有点复杂，也有点惊讶，抓一下黄麻似的短头发，她认为诗歌永远要被供奉在殿堂。

轻松和舒适的澳洲人

说到澳洲人，有些住在墨尔本的华人会透出一丝不屑说：澳洲人就是简单。就这个话题引起的纷争总是出现，在朗诵诗的现场，华人说：看看澳洲多么没文化，这儿的诗歌朗诵从来都这样，听众少得可怜。澳洲人反问：在中国，诗的听众多吗？他们一起望着我，我说，确实是中国多。澳洲人说：中国多少人口？全澳洲人不过两千多万。

我确信，是这块土地使人懈怠松弛，它实在太辽阔太明朗太简洁了。

有人给我讲了一场"别致"的澳洲式罢工，那是厂方和工人合谋的一个互利互惠的小插曲：某工厂订单不足，工作量不饱和，工人们都坐在厂区的草地上晒太阳，厂方觉得这样"影响"不好，于是商定，由工厂工会提议罢工，工人们响应，不再来上班，厂主也不发薪水，大家相安无事，等于变相的假期。一个中国人急于赚钱，找到工会问，自己能不能不罢工。结果，工会的人回答他：不行。有同情者提醒他：你可以照常去上班，独自一个守在工厂里，有一天大订单来了，工厂照常开工，工会和厂方会一致决定，开工第一天炒掉的一定就是你。中国人听了，老老实实回家休息，哪里还敢上班？

澳洲的周薪一般在周四发放，朋友说，他的澳洲工友们每逢周四拿到五百澳元，立即去吃海鲜泡酒吧，当晚用掉三百澳元，一连四天高消费，到下个周一就没钱了，吃麦当劳，继续等待周四，从富人到穷鬼每星期一个轮回。

　　墨尔本城市中心区不大，一次和一位澳洲诗人搭一辆出租车出去，上车后，诗人和司机两人抱着地图册讨论了大约十分钟，我以为，这大概是要去一个非常偏僻的地方，一路上开始记下出租车的行车路线。第二天，完全凭记忆，我一个人徒步走，很容易找到前一夜去过的艺术中心。我问朋友，他们说：澳洲出租车司机的脑子不记沿途路线，他们从小只依赖地图，所以，没有了地图，除了自己家，其他地方，哪儿他也找不到。

　　一位出版了十四本诗集的当地诗人上台，他的朗诵多次被听众的笑声打断，他自己也会配合，等待听众们重新安静下来，才继续朗诵，笑声是他们之间最好的交流方式。一个没到朗诵现场的华人事后向我打听：有几次笑声。我说，很多次。他说，说明朗诵效果好。他告诉我，笑声就是澳大利亚人追求的诗歌效果，这和中国多么不一样。

　　而一场本来非常严肃的法庭辩论，一个律师举例驳斥控方观点，他说，现在偏偏有人要说大象是粉红色的，难道大象就真的是那个颜色？"粉红色的大象"引来全场的大笑，从法官到陪审团到犯罪嫌疑人，庭上庭下，笑得前仰后合。

乞讨者

又有人向我伸手要钱。在墨尔本街头转了一个半小时，遇到三次乞讨者。在一家中餐馆吃饭，几个朋友出门去抽烟，一支烟的工夫碰见俩乞讨者，第一个跑过马路来要香烟，是个女人，眼圈画得惊人的黑，她直接说：能给我钱买一盒烟吗？黑眼圈刚走，又一个女人也是横穿马路过来说：我要给车加油，我的孩子还在车里，能给我点钱加油吗？

我遇到的乞讨者多是年轻人，有的衣着光鲜时尚。

在墨尔本，按照它所在的维多利亚州法律，乞讨违法。遇到乞讨者，可以向他们介绍政府印制的小册子，上面有为乞讨者提供免费医疗和免费食品机构的地址电话。但是，乞讨者应该不准备接受什么部门的救助，或者说，他们喜欢乞讨。

一个晚上，走在我前面的一个老者被乞讨者拦住，后者是个年轻女孩，老者拿出几枚硬币，女孩很不屑，甚至有点气恼，有点夸张地闪身躲开，并没有接那钱。

街头艺术家比较受欢迎，在维多利亚女王市场，两个街头小乐队此起彼伏，每个演奏者都很投入。土著打扮的四人组合有更多的听众，他们的乐风轻快欢乐，小横笛吹得非常好，打手鼓的也潇洒幽默。买好蔬菜鲜花的人们都过来，停下来听一会儿，随着节拍晃动，有人把婴儿车推到最接近乐队的空地上，让孩子听演唱。另外一个乐队，是两个上了年纪的白人，大约五十岁过了，都有点发福，一坐一立，一个唱歌，一个吉他伴奏，唱的是乡谣，有点忧伤，细听起来，勾起辛酸。乡谣演唱接近尾声，刚刚在休息的土著乐队应声而起，笛声手鼓衔接得巧妙，两支乐队接力一样，感染着路人，不断向乐队的毡帽里投钱币。

最后一次去女王市场是个不营业的下午，天气寒冷，除了风里面的几面旗帜，没有什么行人，前几天见到的一个土著歌手，正靠在一辆重型卡车车头那儿，头上扎着一条鲜艳的布带，大口吃东西，没见乐器，估计他是个火车司机。

一个城市，应当乐于容纳和接受给它添加滋味的各种各样的人，小商贩，街头艺人，跳蚤市场爱好者，等等，它应当喜欢脑子里充满有趣念头的人们。

在墨尔本当地电视台拍摄的一部短纪录片里，看到一个老人，不知道他算不算真正的贫困者，他生活在一辆报废的面包车里。他的"家门"在车的后部，其实并没有门，一扇布帘拉着，帘子后面的车厢就是他的家，进出只能爬上爬下，在只够转身的空间里，有他捡来的小烤箱小电视。老人完全无视摄像机的存在，也许，他对这世上的一切都是视而不见的态度。他就是活着，钻进车屁股里，吃和睡，钻出车来，望天，他不乞讨。

原本的主人

史书上说，澳大利亚最早的欧洲移民在1788年，这块大陆更早的土著移民在大约五万年前，我很想有机会接触到土著。朋友们很为难，他们说，全澳大利亚都很难见到真正意义的土著了。我在一幅有穿越感的广告画片上见到一个黝黑的土著男孩，他双手举过头顶，高高的，手里托着一片硕大的绿叶子，模拟飞机的一叶螺旋桨。

有个朋友告诉我，对土著的歧视仍旧能感到，他在公交车上碰到过一次，半路上车了一个土著，渐渐地，车厢里原有的乘客都移动了位置，只剩土著一人留在车的一端。我说，这是土著们的土地，欧洲人是后来者。但是，人们也有另外的角度：土著不爱劳动，只等着接受救济，靠救济证处处得到怜悯和优待，不付出者不获得，作为合法纳税人，税金的一部分给了懒惰的人坐享其成，他们感觉不公平。

几天后，在一个艺术活动的开幕式上，见到了一个澳洲土著，女的，褐色皮肤，结实矮小，披一条厚毡的披肩，她面色沉定，沉默寡言。开幕式在一个空阔的小广场举行，地上由红沙土围成一个圆圈，圈里燃着一团篝火，火烧得正旺。开幕式进行中间，主办者隆重请出这位土著，她把披肩平铺在土地上，带领在场的人，完成一个简短的祈福仪式：由她向着星空仰望，大声宣告着什么，随后，发出一种动物似的呼啸，人们随她一起手拉手，渐渐散开，再拥向火，反复三次，她伸出去的手臂在抖，频率极快，最后由她开始，向周围人传递一个树枝，每人采摘枝头的一片树叶，拿在手上。很显然，这个仪式是个点缀，开幕式的整体风格仍旧是欧洲风格的。

几天后，见一个土著文化研究者在做报告，听不懂他的语言，感觉他的语气异常低抑沉痛，像在致悼词。据说，他在讲述土著文化的迅速边缘化和消亡。这个原住民文化的保护者穿了一件皮袄，许多羊毛从衣服下摆冒出来，厚牛仔裤，全身打扮像个刚从农场里赶来的农夫。他一直在讲"白人的侵略"。侵略这个概念，可能很多白人是不愿意接受的。他说，白人对于土著人所做的是"夺去了心的历史"，现在，这块土地上的原住民的语言必须依赖英语翻译，才能被人接受，这里传统的语言是口口相传，现在，几乎没有传播人了，他说，白人恐惧原住民的文化，他们害怕原住民。

在一个资料里看到，澳大利亚人发现了一个山洞，洞口被巨大的石头掩藏着，山洞里有几十具白骨，和这些白骨为伴的还有巨大的树木残骸，树干上画着土著人的脸，脸上流着泪。传说这种只剩残骸的树，在当地生长了上千年，树根能伸延出几十公里，从整个森林里汲取营养，因为开发带来的不断砍伐，这种大树现在已经灭绝。

早期的欧洲移民认为土著的游牧生活原始落后，当白人赶跑了土著，一一勘察了这块新大陆后，才发现北部和中部不适宜人居住，并不是所有的土地都适宜开发。今天的澳洲人提出"放松而舒服"地生活的口号，而这不是土著们世世代代一直奉行的生活方式吗？

听到他们的歌谣朗诵，内容分别为关于白人夺走了原住民的孩子，关于和平，关于袋鼠死了，关于澳大利亚特有的白色泥土。他们的诗歌是反复的追逐，翻卷不止的歌唱，发音单纯，像儿童的语言，有点哀伤。

华人开店

无论在狭义的墨尔本市区内，还是由它辐射出去的卫星镇上，随时能遇见华人。越来越多的从大陆去求学的少年显然是这儿的街头一景，新一代华人的恣意张扬，把久居海外的老华裔显得更加沉定缄默。在墨尔本，许多有些年纪的华人开着小店铺，和它的主人一样，这些店铺通常也是低调和安静的。

一个早年落脚在这儿的华裔女人告诉我，她和她的澳洲丈夫曾经开过一间加油站。澳洲炎热的夏天，太阳蒸烤下的加油站都快烧着了，热浪使出门的汽车明显减少，这时节常常整日都没什么生意。她的澳洲丈夫好像一点也不焦急，一会儿起身，去开冰柜，取一瓶冰冻饮料喝，过一会儿，又去取，每次听到瓶盖开启声，她的心就紧跟着"咯噔"一下，想这每一瓶都是钱啊！她会不自觉地开始默默在心里计数，算他一天喝了多少瓶饮料，她要把被丈夫喝掉的钱赚回来。在开加油站几年里，她没喝过自己冰柜里的一瓶饮料。哦，这就是中国人。

他们的加油站，在七年里，遭到四次打劫。事儿过去多年了，说起遭劫场面，她的眼神仍旧很惊恐。最让她难忘的一次，是在政府即将实行消费税的前夜，那天赶来加油的车特别多，夫妻两个已经忙"蒙了"，只管往抽屉里收现金，根本顾不上清点，纸币多得都快掉出来了。天黑的时候，有人影进来，女人照例迎着笑脸打招呼，抬头一看，头上套着长袜的蒙面人大喊一声"打劫"，女人的脑子一下子全乱了，回身去喊她的丈夫，放在桌上的手狂抖不止。丈夫还没出现，又冲进来第二个蒙面人，在女人面前砸下一根大木棒。丈夫跑出来，也是发抖，两个人惶恐得连放现金的抽屉都打不开了，蒙面人用木棒拼命敲桌子催他们快一点。夫妻两个还没来得及清点那一天的收入，战战兢兢捧着钱，都交给蒙面人。隔了几天，包括他们的加油站在内的连环劫案告破，警方宣布抓获了一男一女，一对雌雄大盗。有人说，盗贼爱光顾华人的店，因为华人胆子小，一般不反抗。

一个下午，闲转进一家中等规模的杂货店，收银台后面露出一张东方女人的面孔。正有个顾客用汉语问楼上住房的价格，这女人是东北口音。我看见这杂乱的楼道里放着"有住房"的中文招牌，跟东北女人说看看她的房间，她带我上二楼。她问：看什么样的房。我说：看好的。她说：有单间。

杂货店二楼有一间还算宽敞的客厅，三张台，三部电脑，每部电脑都有人在用，都是亚裔。女人说：住我这儿，免费上网。台面上都铺了桌布，感觉还干净。经过一条狭窄的走廊，空间本来不大，并列摆了几台洗衣机，侧身才能经过。女人告诉我：住这里可热闹了，刚来几个大陆的老师，安徽的，要住一礼拜呢。

她强调热闹，看来中国人是很要求热闹的。

所谓的单间，屏着呼吸探进头去看了，空气不好，房间中心一张单人铁床，不蓝不绿的一条皱皱的棉垫子，窗帘勉强遮住窗，帘子脏得可以，女人还随手打开了惨白的顶灯。当时，我的感觉就是快点夺路而逃。一路狂奔下了楼，她的东北口音还在后面：能洗澡的。

到了澳洲的中国人，难道不需要安定宽心明亮洁净的生活？

我们该保留什么

在中国的城市里，很少能见到在室内和墙壁上用普通红砖的了，中国的家庭装修，多要光鲜豪华，千方百计把家里变成酒店客房。一个朋友带我上楼，参观她家里那间能俯瞰全局的卧室，它是全开放的，从床上可以望见下面的小客厅和楼下的各个角落，客厅和卧室的墙壁都是砌的红砖。她说，这房子原来就是红砖墙壁，她不过是保留了原貌。

保留原貌，似乎很容易，但是，观念的不同，使人们对待原貌的态度常截然相反，旧了的，似乎就是坏的，要一律砸掉重新来过。

另一个朋友住一栋有六十年历史的房子。按照中国人的理解，六十年，远不够悠久，我们有徽州建筑、北京四合院、客家围屋。但是，在澳大利亚，六十年的建筑，已经够资格受到特殊的重视，关于它的保护和维修，政府都有严格的规定。这房子位于郊区的半山上，那一带的住宅都因为"古老"，不可以随意改造，有专门的维修人员负责这些住宅的修缮，他们依照六十年前的方法取土取石料，采用六十年前的工艺技术，杜绝现代建筑机械和工艺对古老住宅的破坏。政府还有明令，这一带连通各住宅之间的泥土道路要保留原貌，不可以铺设沥青。虽然，它们现在还不够很古老，但正在日渐古老的路途上。

这栋老房子由一个法国人在1945年建造完成，客厅墙壁上，粗糙的大块泥砖完全裸露着，摸上去踏实沉稳，手感很好。每一个电灯开关各有一根线控制，拉一下是开，再拉一下是关，所以，刚进门的墙上并排垂着五条灯线，掌管着客厅里不同的光源。房门上窗扇上镶嵌的小块玻璃都还是当年手绘的彩色图案，铁铸的门栓和憨厚的木窗都没有更换过。主人给我们演示了老式壁炉，到冬天，它还在使用，燃料就是属于他的山坡上的落叶枯枝。

由住宅的后门出去，几十米一路向下的山坡，杂木随意生长，主人特意种植了一丛竹，养了一池红金鱼，是他的"东方名片"。有一种澳大利亚特有的鸟，每天下午三点多钟都会飞来，用坚硬的嘴啄打敲动他厨房的后窗，跟他讨要好吃的。

经常在墨尔本人嘴里听到赞叹：这建筑有一百多年历史啊。对于中国，一百多年历史算什么。

那天，朋友们逗留在有六十年历史的房子里，有来自日本的笔筒，来自法国的多斗橱柜，来自中东的陶罐，微黄的灯光透过来自印度的镂花屏风，照在这些物件上，它们哪一件的寿命都超过了百年，坐在它们中间，感觉像坐在古老的故事里面。

那天还开车途经一个小镇，沿着路一侧均匀地矗立一些木牌。朋友说，看，那牌子是纪念曾经在这一带生活创作的画家们。他还特别强调说，那不是一般的木牌，那是碑，上面都刻有碑文，详细记录每位画家的生平和创作。

对于澳大利亚的画家，我没了解，比起毕加索、凡·高、达利这些，他们似乎不那么"有名"，但是，墨尔本愿意尊重这些人，以他们在这里为荣。

朋友很认真地问我，中国那么多的好画家，有给他们立碑的吗？

百姓和艺术

我们这里不是文化艺术之都,墨尔本人带点儿惭愧说。

在以欧洲为本源的今天的澳大利亚人看来,文化艺术当然重要,而且,远有欧洲,近有悉尼,墨尔本自己感到了努力的空间。有负责民间多种族文化交流的女士说,墨尔本人已经意识到欠缺了,我们需要追赶。

有一次,在一场诗朗诵结束以后,我碰上一场争论。

一个中国人对朗诵会的冷清不满,他说:看看吧,这就是墨尔本,懂得欣赏诗的人太少了,可见这儿是多么缺少文化的地方。

一个俄国移民后裔转过身来反对,他说:不是这样的,很多墨尔本市民还是爱好艺术。中国人声音提高了:在中国,诗朗诵从来没有这么少的听众,而且今天来的,满眼看去都是些老年人,都是花白的头发。反驳者说:你别忘了中国的人口是多少,我们只有中国的零头。中国人说:这和人口多少没直接关系,你去墨尔本的赌场看看,哪一天不是人满为患?反驳者低声说:那里最多的是中国人。中国人说:你做过实地统计?你不能把所有黑头发的都算成中国人,那些是日本人、韩国人、马来西亚人、新加坡人、泰国人。最后,两个人不欢而散。

当然不能以喜欢诗的人数去衡量一个城市对于艺术的鉴赏力,诗毕竟是小众的。从当地电视的新闻节目中知道,就在这个8月,中国香港的周星驰刚刚离开墨尔本,美国的大野洋子又来了,澳洲土著绘

· 墨尔本街头雕塑

画展正在展出档期。

有个来自北京的朋友，给我展示了他厨房里的粗瓷盘子，他自己设计自己烧制的，还有他家那块粗陶的门牌。他说，这里的人都喜欢自己动手。

周末的下午，墨尔本维多利亚国家美术馆的大堂里很热闹，买餐饮，买馆藏纪念品，买参观门票都要排长队。而美术馆大门外，另一批艺术家也很忙碌，他们是沿街摆小摊档的市民，出售自己设计绘画的小卡片，毛绒玩具，不锈钢餐具做成的各种风铃，手工织成的毛线手套，木雕的工艺品，很多游人沿着小摊档一件件欣赏，消磨冬日里的时光。这里的普通人对文化艺术有自发的爱好，民众才是年轻的墨尔本在文化艺术上"追赶"的基础。

一个老太太摆卖非常可爱的自制羊毛帽子，色彩搭配得鲜艳奇异，几个女孩走过来，每顶帽子都戴上试试，老太太一点不急，像女孩们的外婆一样，每一顶帽子被戴上，她都去帮忙整理和笑眯眯地端详。最后这些女孩并没有买，老太太把帽子上的毛绒理好，一顶顶重新摆放好。看她陶醉其中的神色，好像哪一顶帽子都舍不得被人戴走，好像她只求被人欣赏夸奖。

跨国婚姻

这个跨国婚姻的妻子来自中国，我们在餐桌上认识，这是个文静的老人，说要给我讲讲她的遭遇。我以为遭遇是个坏词，人们常把处境恶劣，称作遭遇。但是，她的故事有悲伤也有快乐。

她说她人生里，有两次遭遇，一次换来七年牢狱，一次是持续十多年的婚姻幸福。

1961年，她生活在四川，饥饿使她支撑不住了，决定在被饿死之前铤而走险。这个年轻的四川姑娘偷偷搭火车到了广州，为联系到在香港的亲属，她四处去询问打探。有人告诉她可以安排偷渡，她相信这是遇到了救星，想到自己的老父亲还留在重庆，问能不能带上他一起走，那人说可以。她马上又搭火车返回去接老父亲，没想到一下火车就被带走，被判入狱七年。说起这段经历，她认为不冤屈：你就是要逃的嘛，运气不好没有逃成噻。

第二次，遭遇了爱情，就在墨尔本，她很偶然地见到了现在的丈夫。事先她听说，这位先生是有中国血统的澳洲人，可出现在她面前的是个蓝眼睛黄头发的"外国人"，她怀疑是不是弄错了，有点唐突地问：是你吗？

我们谈话的时候，这位"外国人"先生就在座，高大而沉默，微笑着，相貌上看不出华裔特征。他说，他祖母的祖母是英格兰人，祖母的祖父是中国广东人。在他记忆中，他的父亲的头发是黑色的，个子还比较矮小，经过了四代人的演变，到了他的这一代，头发完全是黄的了。由于澳洲曾经的排华历史，他的家人过去一直刻意隐瞒自己祖先的华裔背景。但是，他也说不清原因，他找了个来自中国的妻子。

他们紧紧挨坐在一起，好像一对二十岁的年轻人，他们都过六十岁了。

妻子总觉得还要继续努力工作，积攒更多的钱。家人朋友都劝解她，说她到了该享受的年纪了，不该再吃辛苦。但是，她总是强调，在大陆还有亲戚，她一个一个念着他们的名字，说他们的生活还不够好，还要帮助。她坚持自己的观点，认为给他们钱，就是最重要有效的帮助。

她的丈夫几乎不插话，默默听着我们几个中国人在餐桌上的交谈。她偶尔说一句：他呀，全听得懂。丈夫有点羞怯地笑了。

在话题出现间歇的时候，他碰碰妻子。她说，别看他高高大大，这个人心细，他注意到在餐厅门口排队等位置的人，外面风大，他们站在那儿一定很冷，他想是不是可以吃得快一点，把位置让给更需要的人。不过，对于这位绅士的建议，聊在兴头上的中国人都没在意，又想到许多新话题，滔滔不绝。

我留意到他略微的不安。后来，他悄悄出门去，和那些在冷风里等位的人站在一起。当时，我的身份也是客人，不好强行打断话题，等大家发现他不在座，已经过了半小时，赶紧结账出门，他并不说什么，仍旧默默地，跟在妻子背后，等她和众人热烈告别。然后，他拉着她走了。

旧货店

那种地方一般少人光顾,铺面不太宽敞豁亮,旧东西太多,又摆得太满,使它带着旧日温情,还有一点末日感。

一个特晴朗的星期二,漫无目标地转,转到一个郊区小镇,其实,它比一般的小镇还小,那天营业的只有一家超市,一个加油站,一个面包店。没到周末,几家二手货店铺都没开。听说周日这儿的跳蚤市场是另一个景象,很多人都会来街上摆卖,到处都变得熙熙攘攘。在偏僻的位置,发现有一家古董店开着门,当然要进去看看,货架上,很多南亚风格的稀奇古怪东西,多数来自于尼泊尔巴基斯坦斯里兰卡,披肩,藤编的头饰,人们牵着大象出游的木雕。

一同去的朋友说,墨尔本的中国人多数不喜欢古董,无论多么喜欢购物逛街,走进一家店,一伸头,看满屋旧东西,好像误进了地狱,马上跑出来。他的一个朋友想开间二手货店铺,大家都劝他:干点什么不好,干这种不赚钱的买卖。也许中国人骨子里缺少对旧事物的眷恋。

听说喜欢淘旧物的人可以去 Armadale 小镇的 High 街。我是坐电车去的,到站前,司机偏着头提示我该下车了,他还指给我 High 街第 1000 号的位置。从这往前走,全是,他说。果然古董店云集,迎面遇上两个高大的小伙子正在街头移动一个中国的大几案,那家伙是实木的,看来重极了。后来,遇到一个来自台湾的老板,我问他铺子里的中药柜、红木屏风和描金的木箱子们是从哪儿进的货。他说,都

·（上）旧货店门口的老缝纫机

·（下）旧货店一角

是从中国运来的。仿古家私已经进入了澳大利亚市场。我问，没有从当地华人家里搜集来的？他有点不耐烦：哪里搜得到那么多？

想想当年那些赤手空拳来挖金的华人，随身携带的除了保佑平安的观音、关公像之外，就是去湿毒的一小袋绿豆，怎么可能带家私细软？

我发现一件中国西南少数民族侗族妇女的上衣，标价二百九十澳元，大约合人民币一千七百多。上世纪80年代初，我去过广西三江地区，当地文化馆干部说，有日本的人类学者向当地的少数民族搜集服饰，付一百元人民币，拉走了满满一卡车。

很快，在我住的酒店附近也发现了两家旧货店，有空就跑进去看。收音机里唱着缓慢的民谣，店主缩在高高的柜台后面，台上摆放形状不同的灯，有的带镶彩色玻璃片的灯罩，有的灯罩是带流苏的，只有一盏黄灯亮着，店主就坐在那灯的后面，他在咳嗽。

旧货店里什么什么都有，缝纫机、儿童木马、铁皮鼓、形状古怪的杯子瓶子、洗衣板、旧皮椅、布娃娃、各种奖章、佩剑、铠甲、旧电扇、旧手电筒、儿童自行车、书籍、老唱片、有玻璃罩的油灯，各个年代密密麻麻地都挤在货架上，等待灰尘。

另一家店是两个老太太开的，看遍其中的陈列，就像浏览了她们的成长史，布娃娃，图书，花裙子，羽毛帽，巫婆装，她们守着一张旧桌子面对面讲话，好像停留在过去的生活里。

在这两家店里，没遇到别的顾客，也没碰到动心的东西，但是还是喜欢各个角落都去找找看。

8月15日之夜

起初,没特别注意这个日子。

当天下午,穿过城市,到水流黝黑的亚拉河对面去。半路上,两次遇见穿着旧式制服的老人,制服胸前都佩戴着奖章。风有点大,在河边它很凛冽地吹,他们顶着风目不斜视向前走,昂首挺胸雄赳赳的,看着就像军人。

晚上,打开电视,头条新闻就是纪念二战结束的官方仪式,现场前排位置坐满了佩戴奖章的老人,忽然明白了,白天在墨尔本的风中和我擦肩而过的,原来是澳大利亚的二战老兵。仪式进行中间,有一对上了年纪的日本男女缓缓出列,低着头走向纪念碑,献花默哀,估计他们是日本驻澳大利亚的外交官吧。

随后,有一档两小时内完全没插播广告的纪念二战结束六十周年特别节目。节目片头是非常具有动感的一小段纪录片,在后来几天的电视里,它被反复播放:一个戴礼帽的三十多岁小伙子得意忘形地在狂欢的大街中心奔跑,街上无数的人回过头,投给他鼓励赞赏的目光,他不只是跑,还左右顾盼,非常夸张地向四面八方扔出他的两条腿,好像他的快乐必须通过那双腿的飞舞才能传达,变形的奔跑使他的两条腿像用力甩到远处去的橡皮条。一个"招摇过市"的男子,让人再次看见战争结束带给人们超出常态的欣喜。

人们总是说绘画音乐是超越语言的,同样,对于一场战争的记述完全不需要再借助语言。两个小时,我动也没动,看完了那部专题片,从澳大利亚人的角度去重温那场战事。

全片几乎都是当年的战地记者用摄影机记录下来的:惨烈的战斗。野战军医生包扎血肉模糊的伤员。天空中流星雨似的飞机空战。跳悬崖殉死的日本士兵。作战双方的尸体散在山谷间,黑压压一片。被俘虏的日本兵转过脸来,是个满脸恐惧的少年。精瘦的日本儿童全身赤裸,挺着凸起的大肚子。饥饿的日本孩子整个脸上扣着汤水四溢的大碗。澳大利亚士兵在战壕里,急切地拆看家信。捧着信纸的手的特写,漆黑的指甲盖。比骨瘦如柴还枯干的澳大利亚兵听到战争结束的消息,躺在床上仰面大笑,双手拍打自己的肚子,被击打的似乎不是肚子,只是撑着肋骨的一张皮。

记忆中在影像作品上看到的侵略者总是耀武扬威,这部电视片,更多展示了他们的溃败,日本士兵堆积如山的尸体,被枪管拨过来的毫无生气的脸上有成群的苍蝇,高举着手投降的日军战俘,狼狈地被驱赶着,老老实实排队列,伤兵们拄着弯曲的树枝做拐杖。

澳大利亚人说,这世界上的大陆,只有澳洲本土没经历过战事,二战期间他们只是作为盟军,出国参战,他们的战争纪录片有了和欧亚大陆不同的视角,它展示的是不以平民的灾难为大背景的相对单纯的战争。如果不是这两小时的片子,我不知道那时候的澳大利亚人也参战了。

没有人会无缘故地承受战争,杀戮和死亡,不管站在哪个角度,战争都是绝对的坏事情。

在咖啡馆

墨尔本的咖啡馆不少,感觉有澳洲自己的味道,没欧洲的厚重繁缛,不会有人指着某个角落说出和咖啡馆相关的一串人名:萨特,毕加索,马蒂斯,罗伯·格里耶什么的,它们多简洁实用,不太过度雕琢,就是人们停下脚喝一杯的地方。

连续十几天,都在酒店底层的咖啡馆吃早餐。选个靠墙的角落,可以看到咖啡馆全景,也能看到窗外的寒冷中匆匆赶路的行人。

总有一个年轻女人和我在同一个时间段出现,往往是她比我先到,我下楼,她的侧影已经在咖啡馆的一个角落里,身边是一辆双人婴儿车,车里面两个金发婴儿,有时候很安静,有时候忽然小胳膊挥着,咿咿呀呀。那个年轻母亲好像手上很忙,不太照管婴儿,她在认真看桌上铺开的一些纸。还有一次,桌上摊开很多书,好像在查资料。咖啡馆的女服务生偶尔出现,多数时候都面无表情地经过,个别时候过去逗逗婴儿。

没什么新奇事儿的时候,只有她和婴儿车在我视野里。很自然,想到写《哈利·波特》的罗琳,她也是在小咖啡馆里写下她的"奇书",也常带着孩子,我看过罗琳的电视访谈片段,她说,在咖啡馆写作的时候正寂寞潦倒,完全看不到未来。而斜对面的那个女人,也应该是个有故事的人。

尽管天气寒冷,只要太阳露出一丝光,服务生立刻把几张桌椅摆到街边去。路过的人可以临时坐下来要杯咖啡，或者抽一支烟。过去，墨尔本的酒吧吧台还能接纳吸烟者，现在，吸烟一定要在露天，吸烟者到处不受欢迎。

只有一个早上，在咖啡馆里没见到女人和她的孩子们，经常被她占据的角落空荡荡的只有冬日的微光。我要离开的时候，她的背影出现在落地窗外，细长的手指夹着一支烟，脸正贴近了玻璃，向咖啡馆里面望，她被她自己吐出来的烟圈围绕，白蒙蒙的，看不清她的样子。由始至终，都只是见到她的侧面。

酒店雇员中有一个来自台湾的姑娘，她说，那是个画家，画小孩子喜欢的漫画。这么一说，又想到台湾的几米。为什么我总想对号入座，非要把咖啡馆里的女人联想成另外的一个人？我问，她的漫画被印成书了吗？几个雇员同时摇头，没人知道。

华人朋友告诉我，看看墨尔本郊区小镇子上漆成五颜六色的房子吧，在这儿自己玩艺术的人不少。曾经去一个来自中国的母亲家里做客，她以画画为乐趣，每天开始画画的时间都在深夜，在一对正读书的孩子睡着之后，她的小卧室也是画室，几幅未完成的油画像屏风，立在屋角。

就要离开的那天上午，又在咖啡馆角落里见到那位儿童漫画画家，奇怪哦，好像看见她坐在那儿才踏实。她的孩子也喜欢那个环境，从来没听到他们哭。

理想国

事先并不知道朋友要带我看什么,只是说去乡间兜兜风。车停在了半山,这里是被朋友称作庄园的MONTSALVAT。我叫它"艺术家们的理想国"。

十几栋建筑物散落在一大片起伏的丘陵上,每一栋建筑的风格都不同,每一栋都不大而沉实古朴。

上世纪30年代,一个法国画家带领他的朋友们买下了位于墨尔本郊外大约二十公里外的这片山地,完全自己动手,设计和建造了这个大家庭,除了住房之外,它还有公用的厨房、餐厅、游泳池、水塘、树林、喷泉、花坛、教堂,甚至墓地。

我们去的时候,这儿的接待大厅兼展示厅里,每年一度的莎士比亚节即将开幕,宽阔低矮的空间里,有粗笨的墙和柱子,已经在布展了,墙上挂了十几幅莎士比亚的头像,没有一幅是写实的作品,蓬乱的、变形的、乖张的、奇形怪状的莎士比亚们。现在,这里的经营者是当年那位法国画家的后人,而建造它的亲历者都离世了,按照他们的意愿,这片建筑物交给了国家,法国画家的后人负责经营,并向社会开放。艺术家们的墓地也渐渐成为了公众墓地。我们离开时,远远地看见有人在墓园里。

穿过大小不同的花园绿地,有两个画家在写生。一个画家身边守着三只白鹅,它们白极了,慢悠悠地在画家脚前走,步伐很大,却没

- （上）世外桃源
- （下）用老办法翻修旧屋

走出多远。朋友说,现在,这些房子都在使用中,经营者要经过严格审定,确保租给真正的艺术家们。除了两个画家之外,还见到一对父子,手工造小提琴。扎着围裙的父子俩正忙着。还有一个靠大草坪住的裁缝,专为歌剧演出制作戏服,裁缝好像刚出门,他的玻璃窗都没关,房子里挂了两件镶满饰物的古典女式长裙,闪闪发光。

这里努力保持当年的景象,餐厅里的长餐桌全是厚重实木,隔着橱柜的玻璃门,能看到很老款的杯和盘,一间上着锁的厨房,从窗口能见到里面的旧式烤箱,箱盖是搪瓷的,墙壁上挂着木汤勺,好像几十年前的生活正在继续着。

中午了,刚去不大的露天咖啡厅坐下,一只漂亮的蓝孔雀来了,是雄的,是有美丽的长尾巴,会开屏的那种,它走过来,守着我们的小餐台不离开,后来发现它是想讨甜点吃,不断地喂它,它就不走开,让我们赞赏它无可挑剔的炫丽的羽翎。是第一次,和一只孔雀离得这么近,它转身,闪烁变幻着的蓝绿色长尾翎轻轻扫过我们的衣服。后来,它翩翩地跑了,跑向远处,那儿有几只正散步的孔雀,还有一只雄孔雀,它不理会雌孔雀,紧追不舍地向几只鸡扑啦啦地开屏。

就在这一年,一个曾经生活在这里,现在居住在英国的八十多岁老人刚出版了一本回忆录,这个当年的小姑娘专程从英国赶来墨尔本,参加了自己回忆录的首发式。在她的书里,回忆了当年这个理想国的建造过程,配有一些老照片。其中最吸引我的,是艺术家们正在制作垒墙的泥砖,他们采用的方法和我在中国北方插队时候见到的造砖方法居然一模一样,把稀泥灌满模坯,每一块都要填满再用脚踩实,然后去晾晒。

就在我们要离开的时候，几个正修缮房屋的工匠推着独轮车过来，一看就知道，车上那些泥砖都是用原始办法制作的。

庄园大门背后，有两件不容易被注意到的大家伙，一个是当年的压路机，一个是载货的拖车，前一个全是铸铁的，后面一个是木头的。而正向我们走过来的，是个很胖的男人，头发银白，他就是法国画家的后人，他和我的朋友握手寒暄。

我很想在中国也有类似的理想国。

墨尔本旧监狱

在参观墨尔本监狱之前，我没真的走进过监狱，只是去过中国山西洪洞县的苏三监狱，事实上它只剩了监狱旧址和苏三这名字，没有当年的实物。

这座旧监狱保持完好，它位于现在的墨尔本市中心，曾经是一组建筑物，后来有些被拆除，只保留一栋房子和一个没有树木的空旷院子。

17世纪中期，墨尔本附近发现了黄金，大量的淘金者从欧洲美洲蜂拥而至，当然也有中国人。据说，随着黄金的开采，各种犯罪剧增，墨尔本决定建一座监狱，在筹划建造它的同时，在海上专门设了四艘大船做流动监狱。

墨尔本监狱的设计参考了当时英国的一间模范监狱。1864年，新监狱落成，据说这座古堡一样的建筑群，是当时最先进的监狱，并且，它还是当时墨尔本的最高建筑物，也许它试图以威严阴森来威慑被黄金吸引来的那些图谋不轨者。

现在，这儿是一座监狱博物馆。黑色石块垒成的壁垒外，有几只椅子两把太阳伞，是给游览监狱的人们坐下来休息喝咖啡的。

监狱很暗，只在门口留有一盏昏黄的灯，光亮很有限，而黑暗的长廊两侧全是牢房，很像走进好莱坞监狱片，多数牢门都开着，可以进去参观，有些牢房空着，有些有简单的陈设，是当年的原貌。

- （上）墨尔本老监狱的手铐
- （下）墨尔本老监狱的鞭子

由牢房改成的展室中，有死囚的面模。白色的，石膏的，这些凝固在百年前的脸被保存在玻璃罩里。墙壁上有文字，记录每个人的案情。监狱在行刑前，给他们拍过照，行刑后，又用石膏留下了他们的模样。看了八个重犯的犯罪记录，八个，其中两个中国人，一个罪起鸦片，一个罪起淘金。这些苍白的石膏面孔，栩栩如生，好像刚刚合上眼。

简略地说，这座监狱有两个部分：牢房和绞刑架。一楼和二楼分别有三十多间牢房，二楼都是单人牢房。三楼的牢房大一些，可以同时关押多个犯人。展览馆有说明，他们每周有两次特别开放，游客可以在夜晚秉烛探访这座监狱。

牢房的门不大，一个身高一米八的男子正好走进去，再高一点就要低头俯身了。

牢门大约八厘米厚，周边都有粗铁钉，好像一张士兵的厚铠甲被拉平了。门上留有递送食物和窥探动静的洞口。牢房很小，进去后，感到让人窒息的气氛。

墨尔本监狱实行"沉默管制"，出牢房时，犯人头上被罩上面罩，所有囚犯一律禁止交谈，违犯者会遭到惩罚，专有一间牢房展示鞭子之类刑具。

从墨尔本监狱启用到它停止运作的1929年，其间的五十多年里，在这里被处以绞刑的人是一百三十五个。

绞刑在二楼进行，绞刑架完全保持当年的样子。通过铁梯，我在二楼和一楼之间来回跑了几次，明白了它的操作程序，人在二楼被套上绞架后，行刑开始，抽开脚下的厚木板，瞬间落下一楼去的就是一具尸体了。

处以绞刑的地点在监狱二楼全开放式长廊的顶端,可以推想,每一次绞刑都是对所有囚犯的一次现场直播。

三楼的大囚室里展出了一些女犯人的资料。一个杀人犯,她的死亡面模相当安详地陈列在展室中,墙上一张有点夸张的图画表明了她活着的时候面部生满麻子。

监狱一楼有一间特殊的牢房,它的内部有一扇通向外面世界的铁门,从那里可以看到庭院里艳绿的草地树木,据说,这是囚犯们放风的地方。

这座监狱在1929年关闭,后来短暂地关押过战俘。

人应该住在乡村

澳大利亚是我走过的第十二个国家。在 2005 年 8 月去澳大利亚之前,我从来没想过这样的问题:一个人在什么地方生活,才安详松弛和自然而然,更接近和符合这个族群的自然本性?

人们经常形容人以外的生物们是自然之子,那么,被摒弃在自然之外的人是什么,是天生的和钢筋水泥为伴的动物吗?

早有墨尔本朋友提醒我说,澳大利亚乡村的黄昏很特别,阳光明亮,具有某种金属的质感。开始,并没有特别留心,因为一直都在城市中心转。墨尔本市区不大,只是集中了一小撮建筑物,如果只讲建筑规模,和中国众多中小型城市相比,它也不突出。而根据 2013 年的数据,全球一百四十多座城市参评全球最宜居城市,它已经连续三年列第一名。

一个非常晴朗的日子,去了距离城市一小时车程的乡间,傍晚,搭乘火车回墨尔本市中心,车厢里几乎没人,车窗外的田野间同样没人,世界突然显得舒朗辽远,天空奇异地呈现着黄昏的金色,一点不混沌,是能见度极好的那种晶莹剔透。眼睛好像从来没获得过这种超常的清澈,每一片植物的枝叶纹脉都清晰鲜明,粗壮的大树们一棵一棵各自拖着一大片暗青色的影子。丘陵上,偶尔走动几头悠闲散步的奶牛。我想到汉语中有一个词叫"养眼",它往往用来形容珍稀高贵的器物们,金器玉器古玩字画之类,而在那个特别有穿透力的乡间的

· 人是应该住在乡村的

傍晚，我发觉只有空旷的原野才是真正的"养眼"。

如果有人问我，墨尔本之行的最大收获，我会说，它使我明白了一个真理，人类是应该居住在乡村的。

我们好像习以为常了，多年以来很少人质疑过，好像乡村就是农民的，乡村是落后，是终日劳作，是低效贫寒辛苦，人人避之不及，好像乡村必然低城市一等。

墨尔本的朋友们品起来自中国的茶，谈论着买一块郊区牧场，养两匹白马，盖起几间小房，那是他们憧憬的生活，相似的兴致在21世纪的中国也不断出现了，人们厌倦了纠集在城市里为了活着而挣扎，越来越多的人到乡下去。

现代澳洲人曾经激烈批评原住民的懒惰，不思进取，说他们只要不挨饿就不再做事情了。现在，新大陆的开拓者们说，他们也要反思自己的生活。

一个人在野外遇到一群野生的狮子，人以为自己死定了，但是，狮子并没袭击他，它们只是盯了人一会儿，然后慢悠悠地走掉了。人发现，狮子吃饱以后，不再对肉食有兴趣。狮子的雍容大度，使人受到启发，他说应当向狮子学习。

人类创造了城市，不等于就要无条件接受和永久地依赖城市，人必然会不断地追问，不断地心生疑虑，不断地重新选择。

在美国

牙膏与大学

科尔盖特大学在纽约州的乡间,校舍分散在一片起伏的宽阔山坡上。它曾经被评为美国最美的五所大学之一。2004年的10月下旬,我到了那儿。当时,夕阳正分别照耀着它各自独立的楼房,有的青蓝,有的金黄,它们都静静地停在自己的角落,这些建筑建于不同年代。它是所私立文科大学,它的文学、政治学、经济学、宗教学都享有盛誉,曾经在全美国文理科大学排名中列第二十一位。

早在1819年,十三个传教士在小镇上创办了一所宗教学校。后来,因为当时土地贫瘠,人烟稀少,学校的财政出现了困难,急需资金支持。而帮助它的是个牙膏大亨,刚听到这位的名字感觉耳熟,想到了牙膏,我问:是高露洁?他们马上说,就是它,就是它,中文就是译成高露洁!而我随身带着的牙膏,恰恰是来自中国超市里的一支高露洁,谁能想到它和眼前这所美国大学有关?很想知道相关细节,可大学东亚系的几个美国汉语教师都没能准确说出牙膏商拯救大学的具体时间,有说是19世纪中叶,又有说是19世纪末,总之,是一件美国往事。资金的投入使学校复苏,渐渐脱离了宗教色彩,成为一所有规模有成就的文科大学。

据2002年的统计,美国全国有超过三千所大学,科尔盖特大学和我这次赴美行程中停留的另外两所大学都是私立的,三所学校众口一词:我们的学费不便宜,每年要四万美元,和美国最好的大学哈佛

· 紧邻西蒙斯大学的河

耶鲁是一个水准的,我们有最好的教授和教学质量。

据说历史上的美国私立大学,是培养传教士和贵族的地方,虽然,时间的推移,公立学校的出现大大改变了这局面,但是,私立学校还都保留各自的鲜明个性。

波士顿的西蒙斯学院在城市中心,它是一所女子大学,主体建筑只有三层,不提供住宿,学生自己解决住处。位于底层的学生食堂很像一座攀岩者俱乐部,天花顶又高又空旷,半边墙壁被造成了陡峭的悬崖,坐在下面吃饭,好像跑进一个天然溶洞。所有食物都自取,肉类青菜水果三明治,最后在电子秤上过重量。都是食物,肉和菜没有贵贱之分。和这学校一路之隔的是一条小河,河里游着野鸭子。几次去河边散步,都是只见懒散的鸭群,没见游人,更没见四处流连的学生。

而明尼苏达首府圣保罗的一所大学占地大得多，都是独立建筑，每栋楼都不高大，倒像是散落在四处的私人别墅。在各楼房间是挺拔的大树们。正是秋天看红叶的季节，有的满树红，有的满树的黄，这所学校也有相当的历史，看那些大树吧。在美国真的看到很多大树。

和那些著名大学比，私立大学比较袖珍。教师们说到那些知名度高的学校，倒是没有表现出羡慕，甚至有人略带嘲讽，说它们太像大学了，意思是它们"太大"，起码不够亲切。虽然私立学校学生相对少，有的只有一千多，但是，一点没表露出妄自菲薄，我接触到的教师学生多以自己的学校为荣。

有人乐于出资办学，有教师的尽力，学生的热爱，一所私立大学的基本前提就具备了。这个道理说起来简单，而真正实施起来，这一进程相当缓慢，只要看看那些不同校园中不同种类的大树就理解了，好多树干都要几个人合抱哦。不过，天下的事情，不能因为漫长就不去作为，中国古人不是都说，铁杵磨成针吗。

万圣节

虽然书本上说万圣节是美国孩子们的节日，但是，在美国东北部辽阔乡村里看到的万圣节气氛，蔓延所有的小镇集市和民居，它更是所有人的节日，它是个能呼唤起无限奇思异想的公众"无厘头"日。成年人都不会反对在秋天的某一天里回到童年，做个搞恶作剧的蛊惑仔。大咧咧的美国人，好像早在盼望着10月份最后一天的到来，都有点等不及了。

离10月31日还有半个月，万圣节的饰物早把房前屋后的气氛造出来。无论走路还是搭车，眼睛会应接不暇。有的门窗全被各种颜色的蜘蛛网围绕，黑蜘蛛大如一头野猪，趴在墙上。有的人家在门上挂着花布缝的老巫婆和长扫帚。散布在道路两旁的房子几乎无一遗漏，房子的主人们都在努力，把自己的地盘装扮得更奇幻更夺人眼球，好像在暗中大家进行着"万圣节"创意竞赛。

最夸张的一户人家，在自家门前几十平方米的小院子里布置出一片临时墓地，均匀地插了许多墓碑大小的木牌，木牌上用夸张的花体字写着人名，我猜测这些人都是屋子主人家族里的过世者，现在，要借万圣节的机会，请他们到自家的院子参加聚会。换了中国人，一定不会出这种"创意"，中国人普遍有墓地恐惧症，难道是源于中国文化中的现世观？

有一次在小镇子上过夜，早上起来，看见不远处一户人家门口大大小小摆的全是大南瓜，满院子金黄金黄的，真是壮观，足有几十个，只差主人给它们挖出眼睛嘴巴，再给每个南瓜肚子里点亮蜡烛，一定满院子的辉煌。

周末，住在一位大学教师家里，和他们一家人去集市，也买回来一个大家伙，大约四十厘米高，椭圆形的南瓜，外皮光滑极了，像个橙红色的日本灯笼。我想抱抱它，嚯，挺重，有三十多斤吧。

离开东北部的乡村，到了纽约，和乡村居住的温情幽默比，城市真是冷冰冰，人们心里都装满了更着急更重要的事情，什么万圣节，整个纽约声色不动。从曼哈顿到我住宿的街区，完全没看到万圣节的痕迹。大城市不是好东西，这个世界上最重型的钢筋混凝土搅拌机。

纽约的早上，只有汽车碾过街道的声音，打开窗帘，有修剪草坪的工人开动了很嘈杂的机器，落叶在风里旋转。大概是离万圣节还远，城里人有城市的高效率快节奏，在10月的最后一天，顺便买个南瓜塞进车尾厢，取刀子给南瓜挖洞，再点燃蜡烛，全部超不过一小时。但是，纽约人缺了乡间人的悠闲兴致，城市里的万圣节能持续二十四小时，而在乡村里，这个诡异奇妙的日子也许能持续二十四天。

忙，其实是我们最大的敌人，最可恶，又怎么都吓不跑赶不掉的一个恶鬼。

密西西比与哈得逊

密西西比是一条大河，从来没有想到能亲眼见到它。

首先，我不是河流山川崇拜者，对到此一游没兴趣。另外，密西西比在我记忆里更是一个文学的诗的词语，它可以想象，可以赞颂，可以抒情，偏偏不一定要去看看它。

现在，它就在我眼前无声地流过，我正在它源头所在的州：明尼苏达。从这里再向北开车两个多小时，就是这条河的主干流，那儿有一座湖，而它的最大支流发源自落基山脉，从这个位置算起，书上说它有三千多公里长，是世界第四长河。明尼苏达州也叫万湖州，有丰沛的水源。从飞机上俯看这一带，大地上遍布着蜂窝一样的圆洞，全部都是湖，亮晶晶反射着太阳的光。

被称作"河流之父"或者"老人河"的密西西比，水满满的，水流平缓极了，两岸是茂密斑斓的树林，秋天的色彩都在水里映着。它的江心有货船缓缓经过，好像运沙船，这让我想到珠江上的运沙船。回国后，查了相关记载，密西西比河的航运从1811年开始，最鼎盛时期，货运量相当于四十多条铁路，真不是个小数目。

沿着安静无比的密西西比河岸，我们几个人步行了大约两小时，这一带是郊野公园，植被和中国东北部山区几乎完全相同，橡树枫树杨树正在把各自叶子的颜色变得最浓烈，纯红的，纯黄的。当地报纸头条发了大幅彩图，给密西西比河两岸的红叶们做旅游广告。沿着河

·密西西比河边的树和草

走，只碰到几个上年纪的游人，有人全副登山者装扮。朋友说，在美国，最主力的旅游群体是退了休的老年人，他们有时间又有钱。这和今天的中国有相似之处，老人有时间，但是他们多数没有钱，或者因为曾经的匮乏，他们不舍得用钱。而年轻人只顾了工作，努力攒钱，好像为了等待变老又有时间的一天，这让我想到那个"去桂林"的段子。朋友说，这是美国悲剧，我说，是世界悲剧。

河岸上好看的石头太多了，雄浑的奇巧的，随手捡了很多，沉哦沉，最后还是把它们留在了密西西比河边。再走上一段，能看到现在还保留着的美国作家杰克·伦敦的小屋，可是我们没时间继续走。

哈得逊是美国的另一条大河，虽然，它没密西西比有名，但是，眼睛看得到的哈得逊却一点不比密西西比小，它又大又长又浑浊。坐火车一直跟着这条河，由西向东走，人下火车，进入纽约，而哈得逊只顾着自己进入大西洋。沿河有许多隐在河湾里的白色游艇。同样是河，为什么在密西西比那么淳朴，没见到一条游船，而哈得逊上没见一条货船？

向往名胜的人们进入纽约，要直奔曼哈顿，看它的摩天大楼，广告牌，奢侈品店，时尚时装店，百老汇演出，所有的光怪陆离，很少来看河的。

自由女神就在哈得逊河口的岛上，这里是从海上进入纽约的咽喉。代表着自由的女神站在河和海的交汇处，早年那些乘船漂流数月后，终于抵达美洲大陆的欧洲移民最先看见她手上的火炬，我喜欢自由女神像基座上的这段话："把你们的那些人给我吧，那些穷苦的人，那些疲惫的人，那些蜷缩在一起渴望自由呼吸的人，那些被你们富饶的彼岸抛弃的、无家可归、颠沛流离的人，把他们交给我，我在这金门之侧，举灯相迎。"

那些乘着船靠近港湾的人们，带着对未知土地的希望和想象，见到了自由女神身后的曼哈顿。有人说，曼哈顿在印第安语的原意是"受骗了"或"上当了"，当年的荷兰殖民者用价值二十四美元的珠宝和印第安人交换，得到了这个岛，印第安人后来才发现上当。

两条北美大陆上的河流，密西西比和哈得逊，秉性和内涵是各不一样的。

小镇哈密尔顿

这个小镇太袖珍了,它属于纽约州,但离纽约很远,坐火车要半天时间。小镇上的主要街道就是一个十字,透过镇上房屋间的缝隙,能看见辽阔旷野上还没收割的玉米。从镇上租一辆车,开车走五分钟,就能把哈密尔顿抛在身后。

小镇上有小教堂、小超市、小餐馆、小加油站。除此之外,它还有一座并不大的浅黄色博物馆,只有一层,展出本镇的历史。墙壁上,一男一女,两个白人的黑白照片,他们并列,端端正正地俯看我们,据说,他们是这里最早的移民,来自英国。博物馆有很多图片,记录着铁路刚铺到小镇的时候,它的喧哗和鼎盛,现在保留下来的实物,只有一些简单的工具,曾经辉煌的铁路故事已经翻页。

周末的哈密尔顿小镇才热闹,农民开着车来摆卖农产品,平时它安静极了。

和一般乡村小镇不一样的是,哈密尔顿镇最中心有家规模不小的书店,它是小镇最突出的建筑,有三层楼高,除图书外,也出售纪念物:运动衫、围巾、钥匙链、玻璃器皿,它们都带有同样的一个标志:高举火炬的一只手,它们都是大学纪念品。

据说,小镇能持续兴旺,全靠镇上的大学,它几乎就是寄生在大学身上的。

在书店里转了很久,发现这儿的顾客都是大学的老师和学生,出门看见一辆改装过的高大"悍马",同行的美国老师说,这个学校里有钱的学生太多了,要是没有大学,这个小镇也许早就消失了。

可以把哈密尔顿小镇理解为大学的一部分。镇上唯一的一座旅馆平时经常空着,每逢大学的开学典礼和毕业典礼,它会突然客满,客人都是学生家长。

有一个晚上,一对教授夫妇请我们去参观他们正在装修的建于1824年的房子,这位丈夫是美国人,妻子是中国内蒙古人。房子的内部隔断全用木板,没有一块砖石,像一块拼接复杂的积木,房子里有浓烈的木材香。真正1824年的痕迹,只有外墙了,女主人说等内部装修好,会重新做外墙,门口的松树们也因为太苍老,都弯了,防备它们压到房子,也将修剪。那么,这房子里里外外和1824年还有什么关系呢,恐怕只剩了未来的墙壁上钉一张铜牌,牌子上有一个数字:1824。

听说前几年,有一个捷克移民搬来小镇住,她进修电视远程教学,学了绘画,很快,镇上很多人家都有了她留下的"壁画":绿树和青藤,树叶上点缀一只红色瓢虫。普通居民都挺喜欢她的作品,大学里的知识分子们却不怎么欣赏,但是,有些在镇上租房子住的老师们仍旧保留了她的画作。这个前捷克人已经离开哈密尔顿了,她的画作还随处可见,几个公众场所都有,在我临时住处的卫生间墙壁上也有,看着有点小可爱。这个女人装点了小镇,好像没有她的到来,大家都不知道这世界上有一门艺术叫绘画。

大学里的教师们

经常会遇到这样的场面,大学的老师们向我介绍他的同事说:这位是诗人。

虽然早知道美国的大学里有住校诗人,甚至一些城市,比如拉斯维加斯,它有过住城诗人,但是,我仍然很吃惊。在大学走廊里遇到四个人,有两个被介绍是诗人,不知道在美国人心目中,界定诗人的标准是什么。看大家那好认真的神色,诗人是个褒义的称呼,如果真是如此,今天的美国倒有点像古代中国。也许,他们只是出于礼貌,让被称作诗人的客人不会感觉自己太过孤单和异类吧。

诗人也都是教师,我遇见的美国教师们,毫不掩饰他们对自己职业的喜爱和看重。我所到的三所大学里,汉语老师的办公室都带有中国意味。我看到上世纪30年代出版的北京老胡同地图和北京市区地图,后面这个图是1937年由英国人绘制的,就是现在网络上最容易搜索到的老北京地图。仔细看一下,图上居然标有两个高尔夫球场的位置。

在美国人江老师的办公室,有一幅发黄的老照片,镶在镜框里,挂在最显眼的墙壁上:一个矮小的东方男人,长袍马褂拿团扇,优哉游哉的姿势,似乎是有意摆出的,他身旁几乎占据了半幅画面的是一盆很假的装饰花。我问江:这是什么人,你认识他?江能说标准的汉语,原来,他也很想知道照片上的这个人是谁。这是江从北京的旧货市场淘到的,有好几次,好奇心都驱使他想撬开相框,看看照片背后有没有留下文字,他希望能寻到蛛丝马迹,透露照片主人的来历,但是,实在怕弄坏了照片,始终没动手,久而久之,那个慈眉善目静默在墙上的亚洲男人,就像这个美国汉语教师的远房亲戚一样,凝固在他的办公室里了。

在美国教汉语的大致两种人:美国人,华人。美国人的汉语程度差异大,有的还保留着相声演员似的京腔,一大早见面就是:吃了您哪!早啊您哪!走好您哪!也有汉语讲得真好,很懂得中国的。

一位在美国待了十几年的地道北京人,她在大学里开设一门很基础的汉语课,教学生最初级的中国话:我叫什么名字,我的家里有什么人,我每天都做些什么。听了这位老师的课,我心里带着惊奇,她使用的是上世纪70年代中国幼儿园教师特有的高调门,言辞和态度很像"中国老师",冷酷严厉,高高在上,不容置疑,而她的美国学生们对这些没什么特殊的感觉,也许,他们以为汉语课就是这种教法,汉语就是强硬严厉,也许他们把这种上课风格当成这位老师的个人性格。

是我太敏感了?在这位老师的潜意识里,正模仿她幼年少年青年时代的所有中国老师们,她认为老师就是要昂然高亢,有权威和不可置疑,她心里装着的汉语和循循善诱润物无声没有关系?

这些美国学生,在对中国对汉语都认识得很肤浅的情况下,怕是不能分得出老北京胡同腔和革命时代的广播喇叭,很难发现它们之间根本的不同。

听 课

过去,对美国学生最形象的了解,只来源于好莱坞电影《闻香识女人》《死亡诗社》等等。但是,真实中的他们可不是电影人物。

在大学校园,很少看见打手机的学生,他们行色匆匆,路上三三两两结伴同行的人很少,成群结队的更没有,哪怕在周末,也是背书包拿书本独自赶路的多。问他们课外时间都在做什么,几乎异口同声地回答:要写报告,时间总是不够用。问他们夜里几点休息,回答多是:要到凌晨。

和今天中国的大学生对比,感觉我看到的美国学生显得更主动和紧张。问了几个老师,他们说,在美国的公立学校有可能看到散漫轻松的学生,我们可是收费高昂的私立学校。

在大学一年级,学生就要完成各科目的"报告",有些要求严格的,类似于中国大学第四学年才出现的"毕业论文"。事实上,美国学生的"报告"传统,在小学阶段就有。而我所知道的中国文科大学生,往往临近毕业还没有独自完成一篇论证性文字,连查资料加注释,都很生疏。

我到场的三次课,都是没有教材的,老师给出一个方向,然后是自由讨论,发言踊跃,涉及中国的地理知识,老师会在黑板前面,打开一张中国地图,看那地图的版本,就知道一定是从中国带过去的,而且来自中国传统的新华书店。

有一节课下课后,见学生交给老师一份名单。我问了,是出勤表。

我再问：没来上课的学生会受惩罚？老师说，会适当扣除学生的报告分数，最终可能影响学生的学期成绩。我们都知道中国大学里逃课很普遍，没想到，在美国也有学生出勤表，起码在我到场的课上有。

大约是报告的压力，学生们上课很用心，提问五花八门。有个女学生的报告题目是"中国小学的教育方式和学生的自由发展"，她坐在教室后排，不断举手提问，而这只是一般汉语课，不是社会学心理学的课。另一次汉语课，老师请学生们向来自中国的客人介绍他们的家庭，一个男生说：我的爸爸是个个体户。他的中文并不熟练，带奇怪的口音，但是，"个体户"三个字，发音很准。不知道他是不是懂得什么是"个体户"，懂不懂得中国背景下的"个体户"可以包含的多重意味。

在中国文学课上，学生们读过了老舍的小说《骆驼祥子》，课后，老师请他们用报告的形式解读祥子这个人物，有个女生，交了一幅漫画。老师把画指给我看，它正贴在汉学系办公室的墙上：长着西方脸的祥子站在画面中心，表情很痛苦，紧紧围着他的，有烫着大卷发的虎妞，成叠的美元，拔地而起的高楼大厦，还有一辆作者自己想象出来的模样怪怪的洋车，从祥子嘴里正飘出一串串话，当然，全是英语。老师说，这幅画的作者已经毕业了，但是她的"报告"作为纪念，留下来了。

课上课下总是听学生们说：明年暑假我们会去北京。这时候，他们年轻的脸上真兴奋啊。另一些学生刚刚在夏天去过北京，我看了他们拍的两部DV报告，片长都是十分钟，有北京民居，各种风格迥异的宅院门楼，有北京的老胡同。

我问他们为什么学中文。

听到的回答比较一致：为了找到一份满意的工作。

天使之声和赤脚大仙

在大学里听一次课,对两个美国学生印象深刻,一想起来,栩栩如生的,一个男生,一个女生。

女学生有点胖,典型美国式的胖。她陷在一张独立的学生桌椅里。一进教室,就看见她了,有点担心那桌椅会不会承受不了她的体重。她坐得离我很近,很快能感觉到她的腼腆,并不抬头直视我,也不直视她的汉语教师,几乎一直低着头,但能感觉到她很认真地在听课。

那节课,没固定内容,就是学生互相间使用汉语自由提问。说到爱好,有人说,爱好睡觉,因为学习太紧张,各种报告太多,没有多余的时间去爱好别的。有人向她发问了,开始,她想用中文表达,但是结结巴巴,实在说不好,看上去很着急。老师建议她改用英文,她才松弛下来,稳稳地说,她爱好唱歌。老师说,既然你有这个爱好,唱给大家听听吧。这位外表懦弱的女生,站起来,张开嘴就开始唱了。两片极薄的嘴唇,唱出了童声唱诗班一样的歌声,缓慢又美妙的高音,再低低地回旋,像天堂里来的声音,如果去参加美国的真人秀,也许能成为明星。

她在掌声里坐下。后来,话题又跑到了爱情,又有人向她发问了,女生低着头说,她还没有男朋友。看她说话时候,低眉垂首的,回答却决不吞吞吐吐,甚至透出了不一般的平静和自信。

下课后,有个老师跟我说到这个女生。他说,美国会有对胖人的歧视，但是，这个学生很努力，也很有自己的见解，她曾经参加了去北京的夏令营。停留在北京的整整一个月，她每天都赶在天亮前，静静地坐在天安门广场，看升旗仪式。回美国后，写出了很有独立视角的报告。

说说那位男生吧。刚进教室一小会儿，就注意到他了。他坐在教室的第三排，并不显眼，但是，两只脚像他身体以外的另两件东西，他把它们扔出了很远，脚上没有穿鞋，白光光的两只，脚腕上缠绕一些颜色斑斓的彩线。上课的时候，静静坐在角落里，下课了，他默默收拾书本，贴着教室的墙边走出去。没看见他和任何人交谈，他赤着两只大脚的影子，晃动在教室和学校走廊里。不知道他的脑袋里都装着些什么念头。

这个"赤脚大仙"让人好奇。一个老师告诉我，这学生很有个性。我问，他为什么要光着脚。老师说，那是他自己的事，他一入校就这样，开始，人们还感觉奇怪，时间久了，已经习惯他光着脚到处走了。我问：在什么情况下，他都光脚吗？老师说：他总是这样子。我有点惊奇：这里冬天的温度相当于中国的北京了，他会光着脚走在雪里？老师说，大概每年里会有很少的几天，他也穿鞋外出，但是，绝大多数时候，都是赤脚的。

不知道怎么解释这个年轻人的癖好、毅力、自我锤炼？怪癖、走极端、独往独来？只知道那是他的选择。在这所大学里停留了几天，大约有三次遇见这棕黄色头发的"赤脚大仙"，场合不同，没一次穿着鞋。

夜 生 活

资讯发达的时代，恨不能把世界上所有新奇事儿一件不落地呈现出来，没有什么能带给人拍案惊奇的感觉了，对于美国的夜生活，我一点不觉得新奇。可是，那天都深夜了，几个朋友约去看波士顿顶尖的拉丁舞表演，没好意思扫大家的兴，一起去了。那天是周末，事先估计到人会很多，甚至担心门都进不去。果然，一到停车场就发现没有空车位。

舞厅在地下，相当于中国早些年的中型歌舞厅。进口处，有彪悍的看门人卡位并确认买了门票后，手腕上被卡一纸圈入场。里面灯光昏暗，人多，场地显得局促，舞池外围有限的座位几乎全满，想走动都很难，空气浑浊哦。舞池里满满的，人挨着人。带领我们去的黑人舞者眼疾手快，帮大家占到位置。只要谁刚一离席去跳舞，马上会有人钻过来问：这里可以坐吗？很普通的桌椅，桌上的小烛光坐在没任何装饰感的锡制浅碟里。

可那一晚并没有拉丁舞表演，只是普通的迪斯科，音乐震耳，感觉天花板下一刻就要爆开了。看跳舞的人们好尽兴，舞姿千奇百怪，没见谁和谁跳着同样的舞。两个胖极了的老太婆，穿着睡衣一样半透明的裙子，尖叫着，在舞池里穿梭旋转，像南美或者南欧那些热烈的民族。一个瘦弱的阿拉伯男人跟着音乐，全身均匀地抖着，还举着半杯酒，他盘盘绕绕，总是抖到我们这个小桌前面，好像要邀我们中间的哪一个跳一段。

一个慢舞接一个快舞，快快慢慢地轮换，所有的人表情都是欢乐的，可惜，音乐声统治了一切，其他任何声音都不存在了，静坐着的人也像在舞动，整个房子都在节奏里，任何人只要被投进这屋子，必然被无形的庞大的蠕动物逮住，不肯松开。

美国人和中国人的一大差别是"燃点"不同。上世纪80年代在中国"火"过的歌舞厅里大约两类人，参与者和观众，而这个晚上，没人能置身事外。这是一场最单纯的大众娱乐，音乐，肢体动作，欢腾的气氛，人人都给点燃了。

只有足够单纯透明的人，才能这么轻易地调动起所有的生命细胞，让这世间只有音乐，只有起舞，我在想，我和他们好疏离。

从露天停车场看那间舞厅，不过一小串蹦跳的霓虹灯下面，一间夜晚开放的地下室，透过路灯，能看到那一带的墙壁上有些粗犷的涂鸦。只是下几级台阶，钻进那扇小门，人就会被这轰鸣和强有力夺去，只有音乐和忘我的舞者。

一位研究少数民族风俗的学者说，汉族在很久以前也是能歌善舞的，是文明进化使汉人彻底退化了，照这么说，文明进化起的作用很可质疑，我知道，汉族没丝毫可能再返回能歌善舞的本真状态了。

我的疏离好悲哀。

参观一间出版社

多云的下午,我们站在两栋高层建筑中间,和现在中国的许多大城市相比,它们实在不算高楼大厦,而且看起来有点旧。不过,在美国北部这城市,这已经算高楼大厦了,它们是人类向往水泥森林时代的一个见证,幸亏,没更多的建筑豪赌般地和它们争相比高。

据说是在20世纪早期,一个芝加哥知名设计师设计了它们其中的一栋,起初是工厂的厂房,后来又起了第二栋。现在,两个大厦由一条空中通道相连接,同属一间知名的家族企业,目前经营少年儿童的出版物。

进入大厦的内部,跟随着粗壮的工业管道,很难想象在这里面有布置得精致漂亮的图书展示厅,有挂满手绘草图的设计师工作间。管理者的办公室也是当年工厂的一部分,它空旷高大,要举头仰望才能看到天花板,感觉这里像个魔幻城堡,城堡主人和他的办公台都有点超现实的色彩,他抽烟斗,是犹太人,很热情地起身招呼我们。

美国的儿童书商人真该和中国做生意,中国的儿童多,图书市场是这世界上最大又最有购买需求的。看了很多图书,大约两类少儿图书最发达,首先是童话,从绘画的奇异到种类的多样,完全可以用绚丽夺目来形容。其次是科普读物,多配有趣味盎然的图画,看起来不会艰涩难懂。我快速翻看了介绍人类呼吸系统、消化系统的几本书,都是令人愉快又一目了然的漫画。很明显,中国的孩子们很需要同类的书,他们的生物课本和这些图画书比,太沉闷枯燥,也缺少直观的图解。

离开出版社，我们要去另一个地方，向值班的前台工作人员问路。这是个高个子棕色头发的男人，和中国企业的前台小姐完全不同，他是个真正的忙人，桌上几部电话，各种记事纸片，翻开的书，他被它们围绕在中间。他帮我们查找地图，打电话确认，大约三分钟后，他身后的打印机开始工作，一份放大了的局部地图被机器吐出来。他拿绿笔在图上勾出了一条曲曲弯弯的最佳行车路线，交给我们。看起来他面前杂乱无章的转角工作台很乱，不过，这位足有四十岁大男人的桌角上，放着两件表情古怪诙谐的绒毛玩偶。我不认为这玩偶和他在儿童出版社供职相关，这应该是他的个人趣味，像很多美国人，单纯直率的大孩子。

离开出版社大楼，感觉这座表面看起来陈旧的工业厂房似乎正在给今天枯燥的人们带来新乐趣。在美国的纽约，中国的北京广州昆明，到处都有旧厂房被改建做创意产业基地，当大工业的笨家伙们也追上了时尚以后，它能给人们什么新思路，就显得很重要了。

有些人热衷于讨论电子书会不会彻底替代纸质书。在纽约曼哈顿街头，见到一间出售报纸期刊的小店，没想到它把书摆得那么满，简直就是壮观，层层叠叠从地板一直顶到天花板，看得人眼花缭乱。店员是个黑人小伙子，拿一长杆子，他望着每一个进门的人，黑白极分明的眼睛急切地等待，等着用长杆挑下哪一本。当时的小店里挤满了人，正像少年儿童出版社的经营者说的，图书销售非常好。

我认识一个男孩，他在读初中时离开中国，后来在加州升了高中，已经是美国某个圈子里知名的黑客了。这孩子出国前常来我家玩，是漫画迷，捧起书本就一动不动。有一次从美国回来，他说他在美国家里的地下室堆满了漫画书。他这是书本电脑两不误。

穷 人

有人说美国是富裕的象征，这说法恐怕太空泛，富裕和贫穷也没有界定标准。

深秋的周末，城市的广场上会有农民摆卖自家出产，很像中国的农贸市场。有一个上午，和朋友去逛市场，本该是一天里最热闹的时间，但是，只来了寥寥十几家，各占据一角，摆卖蜂蜜、青苹果、南瓜。蜂蜜用塑胶瓶包装，瓶上有手工的标识和图画。那些苹果，可以用歪瓜裂枣形容，外观和大超市出售的水果没法比。还有人卖自家编制的线毯和窗帘，自制的巫婆、蜘蛛网、鬼怪妖魔等万圣节装饰品。

有几个十岁左右的男孩，在现场用传统的手摇机器榨鲜苹果汁。男孩在冷风里哈着冻得发红的手。没生意的时候，他们和中国北方怕冷的孩子一样，轮番跳着两只脚取暖。每个农民的摊位后面，都停着浑身溅了黑泥浆的农用车。经常，在我临时住处的门前，有拖拉机或者小型货车沉闷地开过去。美国农民有辆车和中国农民有头毛驴差不多。

同去的朋友说，今天这么冷清，是因为严酷的冬天来了，很多人要留在家里干活，过冬前要做的活儿很多。就在这天晚上，和几个大学老师吃饭，每个人花费大约四十美元，他们说，这一餐的花销，是当地一户农民全家人一星期的饮食支出。

穷人是这世界上永远的问题，历经多少世代，时光种族制度都不能把它一下子消灭干净。消灭贫困，仍旧是"有待"解决的问题。

在大学里朗诵诗，现场会有三明治、点心、薄饼、果汁，当然是免费提供的。这所学校每年学费四万美元，老师们说，平日里，教授的孩子，农民的孩子，明确分为两个阶层，在课外很难融洽地在一起。

过去常常听到有人说，美国好啊，人人都住在别墅里。所谓别墅，远远看着都是独立的建筑。要真正走近，才能看见那些"别墅"之间的巨大区别，有些房子很简陋，样式单调，门前的狭小露台上摆放几把风格不同的椅子，也许是捡来的。有的房子年久失修，外墙板油漆剥落。

有个阴雨蒙蒙的下午，我们开车出门，无目的地闲转，跑进一家孤零零开在玉米田里的热带鱼店，店里主要经营中国金鱼和来自中国的垂钓产品。主人是个强壮彪悍上了年纪的美国人，听说我们是中国人，他马上引大家去看一个展示架，那里有来自中国的许多石头，看起来算不上观赏石，任何河道里都有类似石头吧，但是，它们被运到了美国，好像就有观赏价值了，石头上刻有中国汉字，还配了粗陋花哨的木雕底座。店主人非常想知道，那些汉字的内容，我们一一读给他："清风""迷雾""涛声""扁舟横渡""野渡无人舟自横"，他听了，相当满意，不断点头称是，好像它们真的寄托了他对于遥远东方的领悟。

这家热带鱼店前不着村后不着店，几乎没有生意，处于半废弃状态，店主倒不焦急，送我们出门时候，还感叹那些刻在"艺术品"上汉字的意境。

这个店主人没可能去中国，大半生过去，连纽约他都没去过。

旅美中国人

迎面遇到黑头发黄皮肤的人,他或者她,大家会对望一下的,大约就是中国人。那种对望很短暂,只是瞬间一瞥,但是,那是刻骨铭心的一瞥。而出生在美国的第二代中国人不在其中,他们的观念里的中国已经浅淡空泛,面对中国人常视而不见。

在纽约肯尼迪机场,遇到一个东方面孔,我相信他是中国人,而且来自大陆,当时他正在书报架上取一份英文报纸,虽然眼神的交换只有半秒钟。登机的时候,又看见他,他手里多了一份中文的《明报》,证实了两小时前我的猜测。如果和他邻座,互相有打招呼,或者会引出一些荡气回肠的故事,类似"口述历史",不过,没和那人打招呼。说不清其中的依据是什么,可能是沧桑感。

有一次课后,认识了一个出生在美国的女孩,她的母亲在上世纪80年代初离开中国。现在她是"照顾母亲的感受",选择了学习汉语,看神情,实在不情愿。她说她哥哥大她两岁,学医科,妈妈就从没强迫过他,好像哥哥做什么都正确。从这女孩的表情,看得出她感到来自中国大陆的母亲有些重男轻女。这恐怕加重了逆反心理,使她把学汉语当成个苦难。在另一所大学,一个温州女孩对我说,她十二岁随父母到美国,她最关心现在的温州是什么样子,快十年过去,她没回过大陆。

经历了"9·11"以后,曾经有一段时间,美国对中国学生的签证限制增加,很多人知难而退,选择去其他国家留学,美国大学的老师们对此看法不同,他们说中国学生成绩好,肯读书,肯吃苦,他们批评小布什的对外政策太过保守,这些素质不错的学生都流失了,呵呵,也损失了很多钱。我知道英国有所私立学校,就要维持不下去了,最后靠中国留学生使它神奇地起死回生。相对于日本、德国、法国,还有澳大利亚,对中国留学生的反映都不同,有保留和略带消极的态度不少,而在美国听到的相对积极和正面。

印象很深的一个中国人,已经不年轻了,他出生在东南亚,除了会讲几句简单的中国话外,他并没有掌握汉语表达。虽然父母都是中国人,但是,他不会用筷子,在一张东方面孔之外,他的表情动作全是非东方的。同在一个餐桌上吃中餐,他是用手抓饭的,弄得两只手都是油,然后把手指头分别塞到嘴里吮。他会说的那几句中国话,都是非常地道的京腔:"您小看人","吃了没",除此之外的,就不会了,要四处找人求救。那次在饭桌上,是位耶鲁的老师帮他做翻译,耶鲁人是百分百的"老外"。在座的人每说一句中国话,他会立刻把脸转向耶鲁人,好像那人是他的救星,看起来有点可怜。后来,有人告诉我,他父母是太想把他培养成中国人了,从小强迫他学习各种中国的东西,结果,造成非常顽强的反抗,使他成了典型的"香蕉人"——黄的皮肤,白人的意识,外黄里白像根香蕉。

下着小雨的中午,在明尼苏达一小镇,遇到一个来自浙江的中国人,漫山遍野的落叶,正是美国北部看红叶的好季节。三言两语,极简单地讲完了在美国十几年的经历,一点情感色彩也没有。毕业于中国名牌大学的他,正准备离开这个州,去寻找一份新教职,而他的妻子还远在纽约的中餐馆里做杂工,已到中年,他还顾不上家人团聚。

平凡人家的早上

和慵懒的欧洲比,美国的生活节奏太快了,有刚到美国的中国人曾经说:美国这节奏,太像中国了。

所谓的一日之计在于晨,在中国和美国同样都是至理名言。

秋天的早上,天空完全没有亮的迹象,有小孩子读书或者自己正求学的年轻人,他们的家里最先亮起了黄橙色的灯。厨房的角落里,收音机娓娓地说话,忙早餐的人四处乱转,似听非听,手和脚和脑子,一刻都停不得。校车隆隆经过,满屋子是快穿快吃快走的催促。

这个时候,虽然我还没起床,但是在这些声音里醒来,好像重复着地球的另一侧,我的孩子在高中住校前的那些"打仗"一样的早上。

一阵忙碌之后,忽然静得要命,只有百年大橡树的落叶声,前一天微微变黄的草坪被发红的叶子盖满。我起来,看见朋友正走向她家的院子,送走了读书的孩子上班的丈夫之后,她在中国八宝粥的香气里去草地上舞剑打太极拳。我也出门去,看着这最普通最不易察觉的幸福在一天里缓慢地开始。十分钟后,她收了长剑,快步进屋,还是催促吃饭,催促动身,往车上拿书,她要到大学里上班了。

做一个大学老师,选你课的学生减少,可能预示着你的教职将不稳定,所以,幸福怕只是在自己家里才能享受的片刻时光。早上的茶点,作为客人,我坐着喝,而她不行,她一个早上都没落座,想喝茶,要等她坐进学校办公室里,已经是她起床大约三小时以后。

过去，只在怀旧风格的好莱坞影片里，能看见厨房里忠实陪伴主妇的收音机，现在，整个早晨，它都不知疲倦尽职尽责地在厨房角落里自言自语。我逗留在美国的早上，看见不同家庭里的人们，都是在它的喃喃陪伴下度过。

人们常说美国人喜新厌旧，像收音机这典型的怀旧符号，在中国倒是更少见，中国人很可能在喜新厌旧上最先超越美国人。

二战的时候，躲在黑暗的室内等待收音机通报战事的欧洲人，上世纪70年代的中国，早起的人们晨练结束，裹严棉衣在回家路上听怀里的"匣子"念社论。收音机代表着暖色和温情，像个多年的亲戚。对于中国人，这亲戚快被忘掉了，在美国，它还活着。

摆在美国普通人家厨房里的那种收音机，现在，即使在中国的乡村也很少见。中国人可了不得，再不富裕的家里也要必备的两件电器，一个是电饭煲，另一个是电视机。

黄色的孩子

有一个男孩，我和他父母是多年前的朋友。2001年，他们全家移民美国，那之后我就没再见过他。他爸爸说他，从一个小屁孩长成了少年，在美国度过了每年长高一大截的年龄段。

停留在美国的时候，我始终都在东北部，而朋友一家住旧金山，相隔很远，只是通电话，轮到跟这当年的小屁孩说几句，声音都变了。我问他，是不是还像小的时候，喜欢朝天空射塑料玩具枪，他咕噜出一串英语，估计他想极力否认自己的童年幼稚史。他爸爸告诉我，这孩子让他妈妈不知道该怎么管教，作为小黑客，有一次他入侵了州政府的网站。

假如，这个孩子还留在中国，我敢说，他的所有精力都会在同教科书和老师作战中消耗得一干二净。

在明尼苏达，认识了另外两个男孩子，他们的母亲是中国人，父亲是美国人。他们出生在美国，顽强的基因使他们的头发是黑的，皮肤是黄的。我去美国是秋天，他们兄弟两个刚好在那之前几个月的暑假被母亲带回中国住了一个月，其中有十天，他们被送到山东乡下一个农民自办的识字班，吃住上课，全和农民孩子在一起，而他们的母亲把他们一放下就离开了。

一个九岁，一个六岁，我问两个黄色孩子对在中国乡村读书的印象，从眼神就看出来，那得是多惊异的体验。

· 两个美国孩子和一群山东孩子的暑假

开始,他们不肯说,老大推老二,老二指老大。最后,老大说:太不好了,那个学校!老二的汉语还说不好,结结巴巴,但是,后来他还是抢着告诉我:那学校的厕所太可怕了!当时,我和他们的母亲一起去学校接他们,听说那是一所学费很贵的学校,规模远比中国的小学要小,操场上许多鲜艳的游乐设施。显然,在中国山东乡村学校的记忆,把他们吓住了,而有限的汉语又不能充分帮助他们表述那种害怕,两个人做一阵鬼脸之后,就争着钻进汽车里,免得再被我提问。

在老大跟我讲中国话的时候,老二会放下手里的玩具,表情惊讶地去盯住老大的嘴巴看,如果老大的中文讲得太快,老二会突然冲上去,用手捏住老大的嘴唇,好像不准许那些声音跑出来。

我佩服他们的母亲,享受过自由自在的孩子很难受得了中国学校的拘束,何况是要留宿的乡村学校。而这位母亲说:我要他们知道,不是世界上所有的孩子都像他们,能上那么好的学校,让他们知道,还有别的孩子过着完全不同的生活。

远离了中国文化的背景,这些黄色的孩子们,都学到了什么?美国是个大学校,中国又是另一个大学校,每个人学到的东西是截然不同的。

两个孩子跳下车进了家门,立刻无声息了,都陷在沙发里,只有十个手指头在忙,他两人完全沉浸在电子游戏里,那种掌上游戏机是从中国带过去的。看他们玩得那么投入,想到另一个孩子,他的母亲是中国人,父亲是德国人,他在德国读书,同学总问他:你的头发是黑的,你是意大利人吗?这两个美国孩子在山东农村,可能遇到类似的追问,你的头发为什么有点黄?

出门旅行

租一辆车太容易了,三十五美元一天,全新福特,座位上的包装还没拆,就在路边加油站办理手续,几分钟就开着上路了。汉学家江说,这种车在出租一段时间后,会作为二手车,很低价售出。不知道这简便得类似买瓶可乐的借车手续,是不是和江就住在镇上有关,我忘了问江了。

美国的汽车驾驶员好像都经过同一个驾校老师的调教,每到一个路口,司机的选择都是先停车,完全停稳,左右环视,确认安全了,再给油启动,油门极大地冲出去,那路口也许是半小时里不见一行人一车辆的。这看起来有点机械。一个从中国来的朋友说很抱歉,她的开车习惯还保留中国风格,虽然她知道安全很重要。在中国,抢到别人前面去的快感,好像超过了安全。

一次夜间出行,两侧茂密漆黑的灌木,开大灯,还是差点撞上一只正穿越乡间小路的惊恐麋鹿,它一闪而过,两只圆眼睛和湿漉漉的鼻子被车灯照得格外清楚。

曾经,美国人有很值得骄傲的铁路,1865年到1869年四年间,大约一万四千多名华工参加了美国的铁路建设。有一个一百英里的艰难路段,华人筑路工的死亡率高达百分之十,这些来自东方的矮小坚忍的躯体为另一块大陆的铁路付出生命。到了21世纪,美国大陆上的火车和火车站快接近文物了。我们曾经赶着去小城市Uotik搭火车,那天是周末,上午九点多的Uotik城跟死了一样,它安静极了,几乎没有行人，偶尔几辆车幽魂似的飘过去。

Uotik火车站很像中国东北城市的老火车站，高大宏伟封闭的建筑，要通过候车室的小检票门才能进入站台，不是欧洲那种开放式的。据说很多当地人曾经主张拆掉Uotik火车站，它占据的是城市中心最有商业价值的一个地块，但是，火车这不再时尚神奇的运输工具，浸润了更多情感，多少人曾经靠它出门远行，在站台上生死离别。更多的市民舍不得它，不同意拆除火车站。所以，它保留下来了。

Uotik火车站的候车大厅容纳得了上千人。那个早上，只有寥寥十几个旅客。一排排笨重厚实的原木长座椅，曾经代表了奢华风格的高穹顶，那些夸张的大吊灯，巧妙地设置在座椅下面的供暖系统，都成了火车鼎盛时代的见证。现在，Uotik火车站的站台上还陈列着一个蒸汽机车车头呢。

火车开动了，它萧条又冷漠，上车，找位，车门关闭，无声息地行驶，也许真像有些人的预言：火车就要被淘汰了。

美国有民用机场五千三百多个。根据2011年的统计，中国大陆的民用机场是二百零二个，国土面积差不多，机场数量相差超过二十六倍，可见在美国，飞是很普通的。

美国的机场像生意盎然的村庄。无论规模大小，崭新现代的，还是略陈旧的，都暖和，有咖啡的香气，慢悠悠排队买汉堡的，守在登机口看小说的，好像它要有意造成乡村的家的放松的感受。不可爱的是安检系统，太严格，麻烦极了，特别是纽约的肯尼迪机场，警察像刚从好莱坞片场出来的没换装的演员，旅客和工作人员相互耸耸肩："9·11"！

淘　宝

位于明尼苏达州布卢明顿市的"大漠",是美国最大的购物中心,它有商户五百二十家,停车位两万个,正式员工超过一万人,假日时候,会增加员工到一万三千人。据说,它有停机坪,专供开飞机来买东西的顾客,因为有人可能从美国南部来购物。

用了一下午,才只逛了它的一个小角落。可是,它和中国的大型购物商场接近,新奇感几乎没有。

始终不渝地喜欢旧货商店,小小门面那种,它多数时候是没顾客的,推开门静静的,即使客人进了店,主人也懒得抬头看。有时候真感觉进了个鬼怪精灵四处藏身的聚宝盆,一双眼睛绝对不够用,从天到地,几乎见不到天花板,找不准落脚的地儿,不见一点亮光亮色,全是旧东西,它们都是从哪里跑来的,满的呀,简直快要溢出街了。

旧货店确实不少,在几千人居住的小镇里也会有这类铺子。这大约和美国多移民有关,它是这世间各种文化背景人的舞台,也是各类旧物件的集散地,那些物件的主人可能过世了,可能对它厌弃了,最后都堆进了旧货店。

朋友说,按美国人的观念,旧货可能意味着"特别值钱","说不定能带来意外收获"。所以,她告诉我:别想在这种地方找到好东西,连一张昨天用过的纸他们都舍不得丢,还指望它能升值呢。果然,连洗得褪色,破旧得带洞的棉被都有的卖。这家伙连遮寒都不行了呵,我说。其实，我心里在想，这种被子，中国人不仅不会买，捡都不会捡。朋友说，有人专门收藏各种花色的棉被，她本人就喜爱手工拼花的那种，听我说在中国有专供外销的这种棉被卖，她乐不可支。

回国后，偶然看到电视里播"鉴宝"，有人在2000年从美国旧货店里淘到了中国战国时期的文物，专家说买家捡到大"漏"了。我不是想什么"漏"，只是稀罕古老东西的气色和它可能包藏的故事。

进了旧货店，眼睛真的不够用。南美洲土著笨拙的蜡烛台，欧洲形状怪异的鲜艳瓷壶，南亚人用贝雕细致装饰的餐具，神秘高大的非洲木雕，常常它们摆放很随意，落了灰尘也没人理。

在墙角见到明式风格五斗橱柜，稳稳的，有描花有简单的雕刻，价格标签上写着二百美元，可以讲价的。朋友问我：好看吗？我说：好看，买回家去吧，看着不像中国大城市店里仿古家具店里的东西，当当响的木头，古色古香的山水仕女，不知道怎么千山万水流落到这陌生土地上的这小地方。朋友决定把它买下，放进儿子的卧室里。

真想有条时空隧道，把旧货店整个输送到中国，找个僻静角落安置，坐在里面慢慢清理欣赏。

牛踩出来的城市

美国人菲尔布里克的《五月花号·关于勇气社群和战争的故事》是本好书，读了它，我才对最先落脚北美大陆的英国清教徒们有了真切的认识。1620年，经过六十六天的航行，"五月花"号上一百零二个乘客最先眺望到的陆地，就是美国东北部波士顿的普利茅斯港，第一批欧洲移民由此登陆，随后，有更多的人来到这块新大陆。

波士顿因此被称作"牛踩出来的城市"，它的由来是说，被人有计划开辟出来的道路都取直，而牛是只凭直觉，它总选择最方便的地方走，所以，今天的波士顿还留有曲曲弯弯的道路，是早年的移民和牲畜跟着丘陵地带的地势起伏，自然踩出来的。

有人问波士顿人，为什么没像其他城市，改造道路。

回答是：那要征得私人不动产主的同意。另一个理由是：现在这样很不错，很有点"波士顿味道"。

住在起起伏伏的波士顿，想想中国的城市，这些年来见山劈山，见水断水，我亲眼见到深圳吞掉了多少山头，"修理地球""人定胜天"的念头持续不绝，越来越理直气壮了，没人觉得，有时候人要听从牛，而不是万物只听从人。

波士顿有很多知名的大学，这个不说了，因为没有追捧名气的爱好。

让波士顿人骄傲的，有华裔建筑设计师贝聿铭的约翰·汉考克大

· 波士顿的野鸭

楼,它在城市最中心,整栋的玻璃幕墙大厦,晴朗的时候,蓝天白云全印在大楼的立面上,从哪个角度看,它都像是这天空的一部分。开始,我有点没想通:这幢大厦不比中国许多城市的楼房高,玻璃幕墙也不是它独有,为什么过去没感觉其他亮光光的大厦是天空的一部分?

恢宏建筑的追捧者们,把楼房建得太密集,栽葱一样,每一幢楼能映照的只是另外的楼,它们互相遮挡,互为风景,永久地占据城市最佳位置,剥夺了人们看见天空的权利。同样的例证还有纽约的曼哈顿岛。当然,很多超大城市的居民快忘记这世间还有蓝天了,多么光鲜的玻璃幕墙映照的都是阴霾。

离开美国的那个早上,看到一幅招贴画,一件中国文物的照片:一匹高大的骆驼,背上睡着一个少年,好静谧的气息。据说,这是一个已经筹备了几年的"中国艺术展",它即将在纽约开幕。而负有盛名的波士顿美术馆藏有更多精美的中国宝贝,其中仅中国和日本绘画就有五千多幅,中国画以宋元明清为主。它专门辟出十个中国文物和艺术品的展室,每个展室我都细细地看了,哦,原来这些都来自中国。当时,一个区域正在装修,馆员说,未来那里会专门展出中国丝绸。

波士顿美术馆给我印象最深的是巨大的北魏的佛像,石雕,摆放在宽敞的通道口,它背后是狭长的玻璃窗,秋日温暖的阳光正射在它的背后,而它正高高地俯视每一个经过者,安宁又仁慈。它是什么时候,用什么方式,由什么人运到了波士顿的?

一个当地的朋友向我介绍说:波士顿好玩,它什么都有!

美国梦

从曼哈顿的一个地铁口升上了地面。有朋友来接，和他说话的同时，发觉眼前的一切好像熟识，好像预先已经知道，曼哈顿就该是这样子。究竟该怪罪电视，还是感谢电视，它是这世界上最大的泄密者。

朋友带路看看曼哈顿，他在这街头的熟人可真多。离开中国十几年，恐怕他的出生地也不会有这么多的人在招呼他。一起走过朋友干活的地方，那些临街画摊，不断见到路人坐下来想画张肖像，街头画家是"游击队"，每人一把简易折叠椅子，画板颜料几支笔，占据了半条人行道，看着够壮观。

中国面孔的画家们看见我们，表情好惊异，他们问朋友：怎么，今天有空逛街了？

朋友说：陪国内来的朋友转转。

本来，他是这街头"游击队"的一员。他说，来美国的十几年，从来没以一个观光客的身份好好看看自己每天"挣扎求生"的曼哈顿。也许就是这个原因，走在街上，他有点兴奋，什么都觉得有趣，他带了DV和数码照相机，时不时停下来拍摄，还会停下来问：不进去看看吗？好像我们是在陪他游览曼哈顿了。呵呵。

后来才意识到，这几个小时的闲逛，耽误了他的活儿，起码少画四个肖像。但是，他很欢快地说，这种闲适，对于他也是很难得，他也要轻松轻松。

那个下午到晚上，是他这个老"纽约客"的曼哈顿发现之旅。

没看到自由女神像。朋友的车转来转去，找不准最靠近海岸的路，兜了几圈都没成功。很快，天就在兜风中黑下去了。然后，又为吃一餐中国菜继续兜，这次是找停车位。最后，我们挤在足够喧闹的中国餐厅过道上，等空出来的餐台。

饭后，等朋友去他租住处取东西，黑漆漆的天，路灯，街巷，感觉和中国某城市的街景区别不大。只是很少行人，没有夜晚还亮着灯的食杂店。

朋友说，纽约的街头画家和警察的关系，有点像中国城管抓小商贩的街头乱摆卖，所以，有很多"游击队"画家和警察的斗智故事，当然也有和其他族裔画家间的矛盾，争夺地盘，等等，听起来好玩，对亲历者却一点也不轻松。

曼哈顿起码有一点非常不好，大厦密得看不见天。这不好，可是大不好。问朋友怎样打算未来，他说，再奋斗三几年，就回国回家乡，住在自己的房子里，睡足这一辈子里欠缺的觉，醒了就发呆，吃小时候的好东西。其实，好的事情都是又简单又容易实现。

在纽约的晚上，想想这怪胎般的城市里，起码认识十个人，从我的小学同学，到后来结识的不同朋友，现在，夜深了，不知道他们在它的哪个角落里。

有人离国十年，说起第一次回来的感受：在中国，一杯咖啡真贵啊！

另一个已经加入美籍的朋友，我问他：美国什么好？他说：生活起来，样样都比中国便宜。呵呵，绝没想到他的答案是这个。

金色池塘

秋天的美国，想起好莱坞老电影《金色池塘》。

一个下午，闲谈中提到：现在还有可以称作金色池塘的水吗？

主人说：等会儿，我们将去一个湖，看它够不够金色池塘的标准。

果然，我们赶到了落日之前，见到了夕阳照耀一片极平静的水面。这个湖不大，各种颜色的落叶和加拿大野鸭把湖水表面那层亮晶晶的金色弄乱了再弄乱，湖水清澈，正接受由黄变红变紫的落日余晖。

第二次又去了那个湖，原来它隶属于大学。湖边有座带穹顶的全木制大船屋，黄色的墙，橙色的屋脊高耸，大门打开，屋子里整齐排列着各种形状的船，有几十条。

主人是大学里的老师，他去领了一条船，又选了合适的鱼竿，他说这些对本校的老师学生不收费的。工作人员推着我们的小木船下水，正好遇到大学生划艇队结束训练，八个小伙子，头顶着底朝天的赛艇刚上岸，浑身的水，步伐非常整齐。

水面风大，我们几乎是任着船去自由漂荡，既然是美国老师主张来钓鱼，以为他会有不错的钓鱼技术，其实，他一点不专业，一会儿说这儿有鱼，一会儿又说那儿有鱼，总是换地方，鱼不咬他的钩。在中国见到过"钓鱼专家"，跟专家们比，美国老师实在是个业余新手。也许他学姜子牙，属于愿者上钩型。

天微微下起小雨，整个湖面只有我们这一条船，强劲的秋风吹着落叶，把湖和陆地相接的边缘全遮住了，后来，太阳出来，快速地给池塘镶上了金边。

对钓鱼，我兴趣不大，我去水中央的几个小岛，看建在岛上的木屋。岛都不大，矮小的木屋们一个紧挨一个，几乎占了岛上所有的土地，它们都是小镇上居民自己动手搭建的，夏天避暑用，那些门窗，小的私家码头，花草干枯的露台，有躺椅的砖地，木房几十间，没有一间和另一间是同样的。天凉了，人们都离开了湖心岛，所有房子里都没有人。

10月了，北美的夏天过去，人们都回到温暖结实的房子里，等待美国东北部的漫长冬天。当地人一说起冬天，带点恐惧的语气，暴雪，铲雪机，被雪淹没的屋顶，几天不见行人也不见车辆，困在房子里，黑夜漫长，白天很短。所以，到了冬天，大家会想办法到阳光的地方度假，躲避可恨的大雪。走掉的人提醒那些不离开的人，当心"冬季幽闭症"。中国北方乡村的冬天也有埋住房门的雪，但很少人想到去度假，很少人得幽闭症，我们坚强，都是特殊材料制成的。

钓鱼活动在金色池塘上持续两小时，只钓到两条红肚子小鱼。送还了木船和鱼竿，离开了水面渐渐变暗的湖。

我们是矛盾的，实在害怕孤独，但是，又非常珍视独处。我们也该对身边的环境有苛刻的要求，要在好季节，有好太阳，有清澈透明的空气，它要很僻静，野鸭天鹅大雁，多少种飞禽动物都可以有，最后，也最重要的是人迹罕至。这是我们为人的权利。

阿法的世界

第一眼见到阿法，虽然他就站在两米之外，但是，感觉这距离太遥远了，那两米是我无法接近的。

阿法是非裔美籍，大学教授，皮肤黑色，高大又少言。本来是由他主办的活动，但是，很少见他正式出现在前台，他常常只是守在大门口，像京戏里唱的，他站在大堂观风景。

后来，跟他熟悉了，问他来自非洲哪个国家。他说，他完全不知道，只知道他的家族在美国生活是第四代了，还有，他的祖父是白人，这让我想到我最喜欢的一本译著《道格拉斯自述》，书中讲述一个黑奴男孩长大的悲惨遭遇，和他为争取自由人身份并为废奴运动做出的努力。我问阿法知道这本书吗。他马上说：道格拉斯呀，对于美国历史他是很重要很重要的。

上世纪 70 年代初，阿法服兵役期间，他的妻子生下了一个男孩，第一眼看见自己的孩子，他很惊异。他对我这么说："我儿子的皮肤跟你的一样，是橘色的，不是黑的！"阿法把我们所说的黄色皮肤说成橘色皮肤。阿法意外地看见了一个浅色皮肤的婴儿，而且，头发是直的，不像阿法满头的黑卷发。医生说：看啊，你生了个中国孩子！我猜测，这和他祖父是白人有某种关联。

可惜，可爱的婴儿有先天疾病，很快夭折了，阿法伤心透了，他不断问，这是为什么。但是，没有人能给他答案。很长时间，他才从失去"中国儿子"的伤心中"醒过来",面对后来的生活。

同样是在上世纪70年代,一个白人朋友送他一本老子的《道德经》,他一直读一直读。后来,阿法得了心脏病,医生告诉他要马上做心脏移植手术才能活命,他拒绝换上一个"别人的心脏",他问医生:我还有多少时间?医生说:顶多五年。阿法在性命攸关的时候放弃了治疗,决定到中国功夫里面寻求帮助,他开始向中国的师傅学习。阿法给我看了他的中国师傅的名片,这位师傅的名头太多了,最厉害的一个是:美国武术国家队总教练。阿法对待那张名片都是毕恭毕敬的。他说他一直坚持练功打坐,心脏居然一点点康复了。

也许是这些偶然全都碰在一起的渊源,使高大的黑人阿法认为:是中国文化救了他的命。为了学习汉语,阿法有几年总往中国跑。一般人在香港看到的是繁华,而阿法首先注意到的是殖民地色彩,是港人坚定守护自己原有文化的强大的使命感。

阿法不知道自己的祖先来自非洲的什么地方,也许是医生只是随口形容他的孩子像个中国孩子,他把中国文化当成了挽救他这个黑人性命的文化,他要到太平洋这边来"寻根"。2004年,阿法一个人操办了被美国报章称作"有史以来,在中国大陆以外举办的最大规模的汉语诗歌聚会",他说,那次散会以后,他足足睡了一星期。

我问他,为什么要搞这么大的活动,把自己弄得那么累?

他说:这是我送给中国的一个礼物。

阿法的角度让我惊奇。阿法说,他在美国的一个大学同事来中国住了一段时间,不再回去了,永远留在了中国,把他的美国太太"丢下了"。阿法的太太开始警觉,总是提醒他说:"你可不能做第二个。"

阿法学汉语

阿法过了五十岁才开始学习汉语，显然有优势的年龄过了。

他的中文老师来自北京，是一个很特别的中国老太太，几次见到她，都是穿传统的中国夹袄，暗淡素雅的缎面。她和善端庄，讲话低声，笑不露齿，有传统中国女性的做派。阿法和老师在一起，总是先向人介绍她：这是我的中国话老师。

阿法用中文讲出来的"老师"两个字，比我们日常的发音要重和沉，可能中国话"老师"，对于阿法的印象就是：重要而深沉。

刚接触汉语的时候，阿法说，总会妒忌那些华人的孩子，看着那么流利的中国话，从小孩子们嘴唇里那么轻易便利地溜出来，使阿法心里很着急，他要加紧学习。常有人说汉语是这世界上最难学的语言，但是，阿法认为学习中文，能够使他回到十一岁，享受到孩子一样重新审视世界的目光。

阿法随身带着的汉语教材，相当于中国小学生四年级的课本，但是比小学课本厚，多字而少图。他每天都读课本，再拿出作业本，写一页方格字，用铅笔在小方格子里一丝不苟填笔画。看了他随身带着的课本和作业，想起很多年前，不识字的老人们在街道居委会上"扫盲课"的情景。

阿法学汉语才第三年，已经开始用中文写诗了。有一次，他说了一大串"中文"，我一句都没听懂，以为他是在讲英文。后来，他来中国旅行，已经能够和人简单交谈。有个刮风的晚上，在北京，见他正和北京的出租车司机讲话。他想听懂来自四面八方的中国人讲的每一句话，而对北京他似乎有点崇敬，因为他的老师是北京人？

阿法的中文诗写得很跳跃，我真佩服他的语言天赋。有人问他，这是不是跟他能讲多种语言有关。他很肯定地说，不是的，汉语对于他，是最重要的，非常重要的，法语西班牙语不能和汉语比，因为他从来没想过用那些语言来写诗。看来他最崇敬的是诗。

美国人阿法一到中国，就像进了一所大学校，他总在学习。坐车走高速公路，一路上他都在研究路牌上出现的汉字。车开出差不多一百公里，他忽然很兴奋地说，他认出刚才那块路牌上的字了，原来这一路上他都在捕捉那些飞掠而过的地名，辨认默记那些字。

阿法讲中文奇奇怪怪的，阿法说他的电子邮件发过来了，他会说"我希望我电脑寄得好"，他知道这是病句，但是，他认为对于阿法这应该允许：这是我的特色，只有一个外国人这么讲。他这么讲了，我们像猜谜一样，也才懂了，可见，他用中文写的诗很好玩。

说到中国的功夫，太极，打坐，穴位，气脉，等等，阿法强过我们普通人。他参加过四次全美"推手"比赛，还得过奖。听他用奇怪的词语组合和发音讲那些很中国的东西，会发觉，热爱没有国界，甚至没有道理和理性。

I 在欧洲

在维也纳

维也纳静悄悄的。满城的风追着吹建筑物上的格瓦拉画像,这南美游击战士在死后多年,复活于这欧洲内陆城市的各个地铁站。我问了维也纳人,他们说,那是香烟广告。他们还说,这人现在在欧洲很红。我说,何止在欧洲!

维也纳低调得很,在外乡人切·格瓦拉的注视下充满了旧日的气息。我看到的像另一个维也纳,金色大厅门前的廊柱们灰沉安静,似乎只有到了电视里,它才被鲜花吊灯施特劳斯和华尔兹装扮得华美炫丽。

城市中心最繁华的区域,很多房子都藏着故事,莫扎特、贝多芬,很多音乐家居住创作在这城市,但它并没有四处乐声,临着街边的薄纱窗帘后面偶尔闪出老人提着喷壶浇花,很快,窗帘重又拉上。一家临街的宝马专卖店在星期一的下午三点大门紧闭,透过玻璃窗,孤零零一辆宝马车在大厅中间。最光鲜的是老式观光马车吧,车身漆得簇新,马匹高大,皮毛油亮,蹄子踏在石块路面上哒哒的脆声,大多时候,没人光顾它们,马车和马车夫只是站在路边晒太阳。维也纳人喝咖啡读报纸等电车,都沉默着,还有点在东方人看来的若有所思。更无声的是那些建筑物上的人物雕像。去过庞大阴森的葬有三十三万人的中央公墓以后,我说,维也纳人一半成为了塑像,站在不同殿堂顶上,另一半长眠在了公墓中。

· 维也纳森林中开业酒家的示意牌

在维也纳大学，奥地利朋友说，整个大学整个维也纳，建筑到处都在变黑，早该维修了，但是，政府拿不出那么大笔的资金。大学的名人长廊里，有几十个名人塑像，见到了弗洛伊德，他有一张狭长而凝重的脸。大学的中文系藏书实在不多，而且久没更新，细看了架上的新作部分，很像一个普通中国语文教师或文学爱好者在上世纪80年代的藏书。

这所大学的"疯子院"是世界上第一座以科学思维研究精神病人的医院，有人在这里做过"为什么这世界上有人热衷于虐待别人"的课题研究，对于研究者这是科学，对于这世界上的另一些人，它就是眼前正发生着的现实。

跟一个奥地利朋友去他出生的小镇品尝新酿的葡萄酒,地点在维也纳市郊的维也纳森林深处。那一带很多世代酿酒的家族,夏秋之交是接待客人的旺季,可依旧有些酿酒人全家外出度假去了。来到一家露天酒吧,它的门上画着枝杈众多的一棵大树,主干和分支上都画有人头像,这一家的繁衍族谱一目了然。穿老式布裙子的姑娘步伐极快地穿梭,拿着夸张的多层大皮夹子结账,那是德语系国家咖啡馆和饭店里侍者最常用的钱袋。新葡萄酒分各种不同口味逐一上来,天色晚了,烛光在轻摇,维也纳人半仰在铺着古朴台布的木桌前,慢慢晃杯里的酒,新葡萄酒上市的夏夜,他们个个都是品酒师。

在维也纳森林的高处,可以见到维也纳全城。朋友给我们详细讲解指点当年土耳其人进犯的路线,随后他分别指出了哪里是捷克,哪里是匈牙利,哪里是斯洛文尼亚。不经指点,不会想到奥地利的大半边界被前东欧社会主义国家包围着,疆土河流相连。朋友说,过去他们出国,常被西欧人误解,以为他们是苏联的盟国,他总要给他们解释,我来自自由的国家。说到这,他的样子好懊恼,他分析经常被误解的原因是,奥地利人显得没有钱。我注意到,他用了"显得"。我心里想,我们还认为奥地利人"显得"深沉,常常若有所思呢。谁知道呢。

一个下午,我们上错了火车,本来是要回城区的,车开动十分钟后,车窗外出现大片麦田,我们马上问列车员,他告诉我们出错了。四十分钟以后,火车第一次停车,胖得装得下三个普通体形的人的列车员带我们下车,他一路小跑到站台上,叮嘱车站值班员一小时后招呼我们搭另一辆火车返回城里。这不知身在哪儿的一小时,先走进一片葡萄园,又穿过无人的小镇,忽然惊跑了一匹白精灵一样的高头大马,最后,抬头看见满树的黄杏,脚下也落得满地。一小时后,车站值班员送我们上了反方向开来的火车,提醒我们不必另外补票。

德国朋友听了这段经历说:看,这就是奥地利人!

我没弄明白,他这话的含义,是怪奥地利人丧失原则没让我们补票,还是夸奖他们的淳朴好客?

他转了话题说:你们不下车,就到匈牙利了。

多想从维也纳咣当咣当地直接就去了匈牙利啊。

画家埃贡·席勒

2001年的夏天,在奥地利一家博物馆底层的专卖店看到精装本的埃贡·席勒画册,马上买下来,好像只有把它立即抱在手上才踏实。画册很厚,又是德文版,我一贯怕带行李,明知道提着它到处走最后还要带回中国很不方便,可什么理由都挡不住,马上就要抱走它。

从第一眼看见席勒的画,就喜欢他笔下那些有点东方白描味道的惊恐得近于精神崩溃的人物。

人们都知道金色大厅,好像只有维也纳的音乐是多么多么有盛名,其实,奥地利的绘画同样辉煌。

上世纪80年代初期,作为维也纳分离派代表人物的克里姆特被介绍到刚刚开放的中国,当时我在念大学,看到了他的《吻》等一系列作品,那个时期,相当数量的外来哲学社会学文学艺术"猛兽"一样冲开僵化封闭了三十年的中国大门,比如邓丽君,比如马尔克斯,比如波洛克,而画家席勒好像始终也没在中国红火过。

克里姆特被人称为奥地利最伟大的画家,他的一幅油画肖像曾经以一亿三千多万美元的拍卖价超过了毕加索,成为世上最昂贵的单幅绘画作品。现在那些画的复制品更多地被房产开发商挂在样板房里充当背景墙,搞得很多人喜欢克里姆特,似乎这个画派就是这位了,而克里姆特曾经的学生埃贡·席勒不为普通人所知。

作为长辈和席勒的老师,当年的克里姆特在维也纳也曾经是争议人物，他为维也纳大学天花板创作的三幅作品《哲学》《医学》《法学》完成以后，校方忽然宣布，出于道德原因，维也纳大学拒绝接受克里姆特的作品，虽然双方早签署了相关合同。1945年5月，德国党卫军销毁了这三幅被事先订制又被无理拒绝的画作。而克里姆特在后来的作品《真相》中，用他的学生埃贡·席勒的笔体，写下这样一段话："如果你不能以你的成就与艺术满足所有人，那么满足少数人吧，满足全部更坏。"

和克里姆特遭到的不公相比，席勒受到质疑排斥和谩骂，远超过了他的老师。

任何年代任何族群都不缺少才华横溢又不被同代人认可的异类。喜爱绘画的席勒生于1890年，十六岁时认识了克里姆特，是在一家艺术咖啡馆，随后他加入了维也纳分离派，开始向克里姆特学画。十八岁那年，他的作品和凡·高的同时展出过一次，他的画被恶评为：肮脏，污秽，疯狂。即使后来，席勒作品的社会普遍声望也一直没有超过克里姆特，更没有超过曾经和他同样默默无闻的凡·高，虽然，他的才华绝不逊色于那两个家伙。

二十岁的席勒用他特有的眼光观察世界，他搬到一个小镇子上，注视眼神阴郁的神父，观察出入教堂的民众，身上镶满花边的穿裙装的女人，拿着农具的农夫，他把他们画下来。或者人的本性里有拒绝接受和自己不同的行为思想的排斥基因，很快，席勒被小镇上的居民以无视传统道德，投诉到了警察局，他被警察带走，关押了二十四天。在坐牢期间，他住处的画作被镇上人当众销毁。也是在这次坐牢的二十四天期间，这个二十二岁的年轻人在监室里画了十三幅作品。出狱以后，席勒立即遭到小镇市民的驱逐。

一战爆发，1915年，席勒被迫应征去服兵役，成为一名最没有战斗愿望的陆军士兵。1918年大流感肆虐欧洲，他被妻子传染，死去的时候只有二十八岁。

席勒留给后来人的只有在各种不安的境域中完成的痉挛似的绘画，还不包括被销毁的。那些惊恐、瞠目、身体扭曲、眼睛空洞茫然的人物，对于一切智者哲人，一切自恃正确的人，只有置疑和蔑视：你是谁，你头头是道说的都是些什么？在几乎所有人都把他看成一个情色画家的时候，仍旧有人在给席勒的悼词中说：他在一个世俗的狭隘的宇宙中，释放了他的全部能量。

据说，意大利有个著名的小偷，只盗窃席勒的画，其他画家一概不屑。

席勒在世的时候，曾经常出入维也纳大学精神病研究院，俗称"疯子院"，现在是维也纳大学深处一个僻静少人的博物馆。他去那儿搜集过很多素材。

奥地利人普遍抑郁低沉，不像中国满大街欢快愉悦呼号啸叫的人。在萨尔兹堡火车站前广场，我曾经见到一个上年纪的老乞丐，夏天穿件长大衣，长皮毛帽子，在角落里坐着，端纸杯喝咖啡，那窟窿般的眼神，好像正思索人世间最重大而无解的问题。

维也纳"疯子院"

有人说,神住在北方。我可不知道神经常待在哪儿。我还记得在北方的那些年见过很多的"疯子"。上世纪70年代末期的长春市朝阳区,有个喜欢上街聚众演讲的"文疯子",白白净净戴眼镜,听说曾是个大学生,"文革"期间疯了的。他经常当街一立,滔滔不绝讲几小时,时间长了,培养了一批忠实听众,他走到哪就跟随追逐到哪,鼓动他讲一讲。几年后,那人不知道给弄到什么地方去了,有人说,去精神病院了。当时,我印象里的精神病院就类似监狱。

各种异类被集中关在一起,那地方叫疯人院。另一些人满心异想,遭所谓的正常社会冷眼,没被弄进去,常被界定在疯子和正常人之间,没准随时有被弄进去的危险。

奥地利的维也纳大学,是世界上最早的大学之一,建校在1365年,这里出过二十七个"诺贝尔奖"获得者,而这所大学最负盛名的曾经是它的医学院,有五位"诺贝尔奖"得主出自这所学院。"疯子院"就属于医学院。

它是维也纳大学最深处一栋圆形建筑,远看像座年久失修的城堡遗址,走近了看,在残破之外,更透出了幽闭阴森,真像一座监狱。这里现在是维也纳大学的医学博物馆。有人说,它是世界上第一座专业的精神病医院,精神分析大师弗洛伊德曾经在这里工作过。这座"疯子院"亲历了把精神病人当成罪犯到看作病人的人类病理学和人道主

- （上）维也纳大学精神病研究院
- （下）维也纳大学精神病研究院内部

义进入的过程。

参观"疯子院",仍旧能看到疑似监狱的痕迹,像堡垒的圆形建筑中间有一个不大的露天天井,站在那里只能看到头顶上的一小块天空,相当于监狱的临时放风区域。"疯子院"内部,围成最小空间的单人病室,朝外面开的窗格外小,镶有铁栏杆,留着厚重的锈。每间病室都是独立病室,四壁空空,极厚的房门上方留有一个小窗口,方便往里面递送食物和监管窥视。关在里面的疯子从那个窗口看到的只能是一只盘子或窥视者的眼珠。

在把精神病当作一种疾病以前,欧洲人看他们如罪犯,等待他们的只能是监狱牢房和随意的拳打脚踢。维也纳大学"疯子院"出现后,"疯子"们才被集中送进来,接受治疗和研究,虽然前提是被单独隔离剥夺自由,但这儿终究把他们当作了病人,这已经是医学和人性的进步。弗洛伊德进入维也纳大学医学院读书是1873年,1881年获得博士学位,随后他提出了精神病人在生理病因之外的心理病因。

引领我来到"疯子院"的朋友说,现在"疯子院"除供人参观之外,它的顶层并没有对参观者开放,依旧有科学家和大学生要在那里工作。一位科学家正从事研究的课题是:人为什么要对另外的人实施虐待。

看了"疯子院"的设施和曾经对精神病人的管理,欧洲人曾经做的和我所知道的中国没多大区别。人们不能容忍一个人和自己不一样。过去,中国人对那些完全失去理性的疯子,可以任意戏弄侮辱,如果他是"武疯子",人人可以动手打他,等疯子被制服倒地出血,才可能有人出来劝解:不要理他,一个疯子,交给派出所处理去。现在,打疯子的事情少了,该打的该出气的,不是这些智力障碍者。人们都变得很忙，搵钱更重要，顾不上戏耍疯子，那么，任其披头散发衣不遮体在大街上自由游荡吧。

秋天的维也纳忧郁低沉，树开始落叶，电车叮叮当当过去，旅游马车的马蹄声清脆地磕打石块铺成的路面，生活在寒带的人容易陷入对终极问题的追问和烦恼，想得明白和想不明白的人都可能成为疯子。

人们已经快忘了，一百年前，经常来"疯子院"的一个叫埃贡·席勒的年轻的画家，他总来观察和画这些疯子。

关于疯子，是人类至今也没有明白的领域。事实上，我想任何一个领域，人们都极想把它搞明白，又完全没能力明白，时间也在不断宣布：过去的明白只是一种误解或者过于浅显表面的或者违背人性和本真的领会。

也许，没有什么是能通过苦苦思索而明白的。我们能接受和理解的就只是现实，只是我们眼睛所见和直接的感受，惊恐或者温情。我们每一个都是徘徊某个界限内的迷失者，是被席勒涂抹在纸张或画布上的一些和别人不一样的人。

埃贡·席勒死了，"疯子院"快成废墟了，人们买卖或者偷盗声名渐起的画家席勒的作品，关心画的价格，不太关心这个人本身，更主要的原因，是人们喜欢赚钱，喜欢看来高雅的投资，喜欢主流，不想被人看成异类和疯子。还有些人总想把他不喜欢的人逐出人群，弄进精神病院之类，仅仅因为这种人的行为与多数人不一致，比如现在，我书架上的这本从维也纳抱回来的画册上被席勒画出来的人物们。

在 英 国

2008年5月的大地震,我正在长春,据称它是少有的没有震感的中国城市。

紧接着的6月上旬,去了英国,除伦敦外,在西北部的威尔士一座临近大西洋的中世纪古堡住了四天。进入6月,发生在亚洲大陆的大地震已经过了寻找被掩埋生命的阶段,虽然同行朋友的手机仍旧每天照例接收从北京发过来的短信新闻,前一段的急切忧虑已经舒缓。

但是,一个人静下来,又觉得那个难受还是在的,它只是临时下沉在并不很深的某个地方,随时都会浮上来。

为什么我的眼睛正看到世界里什么都没发生,一切安静如常?

这座古堡的前身是一家修道院,现在是一所学校,学生们都放假了。一个留校的男孩从我身边走过,皮肤很黑,忽然他用不准确的汉语大声问:你好!问完了,非常快乐地龇着牙笑。这个孩子好像并不确定"你好"的含义,只是为自己对一个中国人说了一句中国话感到了有趣和兴奋。可是,我好吗?我不怎么好,我心里有一个地方很难受。

威 尔 士

人们说,威尔士是英国最穷的地方,连续几年经济萧条,财政吃紧,

· 英国小镇

这些恐怕要在政府公布的相关数据上才有体现，而我只是看到乡村生活的平静。很多的草场，羊四处散步卖呆儿。那些羊实在太胖，胖得有点懒得走动，有一只长时间侧着头看我，并不像我在甘肃宁夏看到的那些羊，只顾得低头啃草。有人说：这么胖嘟嘟的哪像羊，这一头头都是小肥猪嘛。正观察羊的时候，一头牛走过来，它想走得更近，黝黑庞大的身子完全遮住羊，牛有点傲慢地让我欣赏它，它是我认识的第一只威尔士黑奶牛。

这里面朝大西洋的海岸比起中国海南岛风格差了很多，没有平缓的白沙滩，很多的峭壁，海水总是灰的，而且，漫长的海岸线有的有种植作物，有的是大片荒草地，没有盖楼，威尔士的海滩好苍凉。除了开割草机的工人偶尔经过，没有见到几个人，大片的油菜花田和大麦地里没见到过一个劳动者。原来，英国也种油菜，也有油菜花开，它们也是艳艳的一片黄。这里的土壤够肥沃，又黑又松软，很像中国东北的土壤，用老话形容就是黑得流油。

到一个新地方，常常关心它的土地和农作物，这是我早年插队遗留下的习惯。特别在2008年春天的威尔士，这里的大地居然这么稳定，没有一条裂缝，陡峭的石质山体在海边兀立，为什么那么平静安详，安详得有点麻木。那些天，我心里的为什么特别多。

每天的三餐，都在城堡内部一个宽阔高大的房间里吃，我叫它饭堂，应该是教士们做弥撒的地方，极高的天花板上缀满繁复的雕花，抬头看的时候，忽然想到它如果突然受到剧烈震动，会多可怕地四分五裂落下来，一旦这些繁杂的雕饰下落，肯定要加倍地伤到人。

城 堡

有一天，城堡接待了两百个来度假的小学生，他们排着队来吃饭，我和他们在路上碰见，能感到来自孩子们的扑人的热气。那天，我穿薄毛衣，他们穿短衣短裤，头上是汗珠，张开嘴肆无忌惮地笑。这些孩子在古堡住了一夜，早餐时候，碰上几个胖男孩，正用劲往面包片上涂果酱，动作那个笨哦，还没有太大力气的小手举起桌上的大玻璃瓶倒牛奶，乳白的液体洒在桌上，四处流了，男孩看我一眼，吐一下舌头。

他们也是孩子，也嬉闹，也单纯，也毛手毛脚，也常出错，也是父母所生，睫毛扑闪闪的多可爱。

遇到各种各样的英国人，并没有问到发生在中国的地震。他们常说，到花园去走走。花园里的月季正开得好，不止是月季，每一种植物到了夏天都抓紧了泥土，往上生长，旺盛得像一束束爆炸物。那些白白胖胖的孩子，两百个，住了一夜以后，又排着队窜窜跳跳地走了。

英国与中国有七小时时差，除此之外，土壤，植物，家禽，风，傍晚的火烧云，看不到多大区别，牛粪的臭味，鸭群扑腾的泥泞水塘，都和中国北方农村一模一样。但是，在这个6月，它没有来自自然界的丝毫危害。

伦敦夜店

回到伦敦，在唐人街喝早茶，看到中文报纸上有一小块地震报道。窗外面，都是华人，男人们忙着送货，女人们忙着上菜，一个留学生看了一眼报纸，说了两个字：好惨！

周末的晚上，伦敦的夜店门口排着长队，等待进去蹦迪的年轻人已经喝多了，有个女孩把整瓶啤酒摔碎在地上，嘭的一声，空气里爆满着酒气，或者也可以把这种伦敦夜晚的状态，称作极度松弛极度娱乐的气息。有人说，这些空虚的少年，可是，空虚是否也要握有空虚的资本。

另有一次在一家中餐馆，同桌的英国小伙子吃得太投入了，顾不得和左右的人讲话。有人问他：去过中国？他说没去过，但是他忠实

- （上）伦敦街头女孩和广告
- （下）伦敦的涂鸦

地热爱中国菜,说完,又埋头在盘子上了。忽然想到一部电影对白:人们因为食物走到一起。狭窄的餐馆,白瓷的盘子,木质的筷子,点菜上菜,杯盘狼藉,这就是伦敦人概念中的全部中国?

我知道,没理由要求别人也得伤心,中国很远,很陌生,年轻一代的英国人常常连本地的新闻都漠不关心,当然不会关心仅仅在地理上也相当遥远的中国。这种隐约的期待没道理。

但是,确实有难受持续顶着,没完没了。它来自什么地方,族群感受,视觉刺激,切近的距离,过往太多苦难的累积,不知道,全混在一起。我劝解自己,过去那些年代,死于各种灾难的人实在不少啊。但是,这么想以后也作用不大。

牛津街

我们脚下的这个大地在积蓄了一定的能量以后注定要释放,科学肯定会说,所有的爆发都是早在酝酿着的,而树木山林江河必然都要跟随着大地的改变去更改,生物必然要顺应比自己更大的物主,所有的生命都会经历短暂剧烈的难受,不只是人,这些都是不可躲避的。但是,这种物伤其类的悲伤,不断引发对一切预计之外的灾难所感到的不平和难受,这难受是没办法的,不能一下子消解的,只有靠自己一个人慢慢熬着,等待它自己消退。

在热闹的牛津街上一个人走,或者去热爱中国艺术的英国老太太家里做客,总是有瞬间的意识漂移:地球的另一个位置刚刚经过地震,时差七小时。

这种反反复复真折磨人。

柏林没有墙了

去德国

柏林那道令人恐惧的墙没了,这早已经不是新闻,谁都知道的。有关柏林墙的这页历史和任何大事情一样,断然无情地被时间翻了过去。

我和徐去德国是 2001 年夏秋,大多数时间住在西南部,远离柏林,起初,也没有特别地想到去看柏林墙。提示了我的是一场小型演出,不是在剧场,选在一个半弧形的长廊里,在周末的晚上,演出带实验性,媒体记者们多,几乎和观众对半。剧情大致是两对男女纠葛在一起的感情冲突。语言不通,不知道他们在讲什么,眼花缭乱地看到这个男的跑过去安慰那个女的,这个女的在追逐抱怨那个男的,铿锵低抑的德语,最后,地上洒落一片被撕碎的红玫瑰花瓣,剧中人物痛苦的呼喊穿透这栋古老的房子,我能够看得懂的部分,是由一部幻灯机打在长廊最深处墙壁上的影像,它始终作为全剧的贯穿背景,不断地重复着柏林墙的倒塌:狂喜的人爬上了勃兰登堡门,人的身体、拳头、大铁锤、撬棍、起重机,七零八落的履带和墙上涂鸦。整场演出,只有这个我懂。

《共产党宣言》里怎么说的,凭《国际歌》在全世界任何角落都能找到兄弟?我很想去看看那曾经惊心动魄的柏林墙。

大约过了一个月,我们离开南部沿西侧向德国的北方走,再坐火

- （上）保留的柏林墙
- （下）原东德的火车站

车从北部著名的中世纪小城吕贝克转向东,很快发觉窗外的景色不一样了,土地不再大片的油绿,有杂草有杂木丛林,断断续续有荒芜的地块,久不住人的老房子,每到一个火车站都能见到废弃了的库房,玻璃碎了,满面灰尘,站台上塌掉的座椅,很少行人的小镇里偶尔见到老人骑那种老款自行车,还有人居住的窗口并不像典型的德国人家,后者会摆满特别艳丽茂盛的花,东德的窗口也有些花,疏疏懒懒的,不知道是养得不用心,还是品种不同。

这一切的灰怆,反而使人感到某种熟悉和亲切,湿润的泥土深处特有的腥香,很像中国辽阔又疏于打理的北方原野。就在那几天,德国北部空旷天空上出现了排成人字的大雁群,"大雁一会排成一字,一会排成人字",这是我变成个大人的三十年里,第一次再见到大雁飞过头顶。

虽然随身带了一本相当厚相当详细的德国地图,但是它是新版地图,没有东西两个德国的概念,我们只能根据环境推测,过了吕贝克,一定是到了原东德地区。后来查老地图,确认了当时的判断。

火车带我们去了德国最东北角的旅游地吕根岛。吕根,德国人的发音更接近"黑根"。在斯图加特认识的芭比女士就生于那儿,后来,她听说我们去了她家乡"黑根",先是特别兴奋,然后不断摇头,我想,我能理解她频频摇头中的复杂含意。这一路东西德穿越之旅,看到了多少人去。

我问过一个留学生:人呢?

他的回答是:都跑到别的地方了。

为什么?

因为别地方有工作。

由吕根岛去柏林继续坐火车，车窗外的景致大约相同，杂乱的树林更浓密，遮住了并不明朗的日光。那天是周末，车上的人略多，坐在我们对面的是一对五十左右岁的男女，一直望窗外的景色，很少交谈，即使见到他们交谈，也听不到交谈的声响。穿着讲究的女人并不掩饰自己的表情，她总是脸侧向窗外叹气，而那男人，表情凝重。

柏　林

柏林是我见到的最不像德国的德国城市。它纷杂，喧嚷，现代大都市的通病。保持着当年被轰炸原貌的半废墟状的威廉二世纪念教堂下面，常常有街头摇滚乐队逗留，很大的公厕气味。从这个原属西柏林的位置能感受到这座城市饱藏着某种不好判明的生机勃勃。

在旅游局取了中文柏林地图，搜索这个大城市可以看的地方，马上看到"查理检查站展览馆"，地图上有文字注明：以柏林墙为展出主题：某区某街某号，每天九点到二十二点开放。很快决定搭地铁去看"墙"的展览馆。在地铁站台的小书报亭前惊奇地发觉一个太过熟悉的面孔。有人手里拿着的毛泽东头像，是一本期刊的封面，我过报亭去，看见摆放在橱窗玻璃后面显眼位置还有完全相同封面的几本。

那是我们向正前方向高处仰望了多少年的一张脸，他占据了整个封面，和旧记忆中的一样红光满面，只认得2001·9这几个数字，其他的字母是英文还是德文都来不及辨认,地铁已经来了。我们去看"墙"的那天，是9月4日，毛泽东离开这个世界即将满二十五周年。

查理检查站展览馆分两个部分，室内和室外。

· （上）柏林威廉二世纪念教堂
· （下）柏林查理检查站展览馆

室外部分，是设在街心的原柏林墙查理检查站，在道路中间平地而起的一座只有几平方米的简易建筑，现在看像间玩具屋似的，但是，这"玩具屋"前堆了接近一人高的沙袋。正对着检查站，立有一个高大的标牌，两侧各有一个巨幅的全副武装的军人半身照片，胸前佩戴各式功勋章，一侧是苏联军人，背对着苏联人的是美国军人。他们比真人大几倍，两个绝对端庄严肃的军人在半空里，各自面向着东西柏林，象征着他们曾经的职责。跟随着"墙"，从1961年9月22日起，这里是东西方"冷战"的最前沿，剑拔弩张之地。美国和苏联，这两个自1945年后德国的强大占领者，在检查站两侧部署坦克士兵，荷枪实弹日夜对峙。

曾经在西柏林一侧，有美军设立的警示牌："你已离开了美国管辖区"。

查理检查站哨所在同样跟着"墙"的倒塌，在1990年6月22日被完全摧毁，十年后，2000年8月13日它重建。据说新建的哨所完全保持原貌，包括涂成白色的小屋中所有摆设，包括其中的卫生用品和电源管线的埋设。

这间孤立于街心的著名前检查站，引来很多游人，想和它合影，可要耐心等待。

展览馆的另一部分，是临街的三层小楼。有德国青年学生这么形容它："在废墟中，一个协会办了个小小的博物馆，回忆成功的和失败的越墙逃亡行动，那是一个阴沉的地方，一个混合着各式各样的啤酒瓶盖、发黄的报纸碎片和上面刊载着悲剧的大杂烩。"

这是一家私人机构，像进入一个普通德国人的家，每个展室空间都不大，比起重视展览馆文化的德国其他众多展览机构，它狭小局促，但是，每个进入者都会惊叹，这里集中了多么沉重而不同一般的"大杂烩"。

柏林墙，我原以为我对它够了解，老远跑来看展览，不过是重温，不过是来柏林的一路上惊讶于东西德原来存在这么大差异的一次印证。仔细看了"墙"，才重新理解了，人们对一个历史事件的了解局限是绝对的，那大大小小的苦难和幸福，连亲历者都没可能完全体会，何况旁观者，何况柏林墙这样重大的事件。看"墙"，想到小时候记住的一句列宁的话：忘记过去，就意味着背叛。

可惜展览馆不允许拍照，它展出的实物很多，又有多部电视机在各个角落播出有关墙的影像资料，没办法完整复述我看到的，事先我们也没有预想到，在这个不大的地方转了几乎一整天。徐去把每种逃亡过程的影片都看了，回到斯图加特的住处，他居然根据记忆，把不同的逃亡细节都画了出来。

逃 亡

要来说说逃亡了。表面上，整个展览注重展示逃亡过程，它们可以分成三个层面：通过地面，通过天空，通过地下。

人啊，调动了它的一切潜能，全部聪明智慧全部冒险冲动：

A. 迎着哨兵子弹直接越墙冲关。

B. 伪装成行李公然捆扎在汽车顶部蒙混过关。

C. 把汽车发动机改装到车后箱，在前箱里藏身。

D. 孩子被强塞在不可能引起怀疑的最小码行李包里。

E. 改造电缆，在它的轴芯里藏人。

F. 从四楼窗口把婴儿抛向西柏林。

G. 日夜不息几家人联手挖地下通道。

H. 自制各种潜水机械潜过河。

I. 利用滑轮从高处空降孩子。

J. 自制热气球，飞行器，滑翔机。

逃亡者用过的实物，手电，钳子，改装汽车，旧降落伞，油灯铁铲，各种自制机械，塞满不大的空间。还有大量照片，记录被射杀者们，血迹和墓碑和鲜花和十字架。

不逃亡不会死，但是有那么多的人毫不犹豫千辛万苦地选择了逃亡。

死或者活，在荷枪实弹下撒腿就跑，谁都知道，活着的胜算太小，但是他们宁愿一试。从1961年到1989年的二十八年间，直接死于想越过这道柏林墙的有一百七十六人。

看了墙展，才懂得了，越过它已经不是信念，在那二十八年里，它逐渐成为了人的本能。

人这种动物，他究竟肯为自由付出多大代价？

一堵墙，曾经不可逾越的，一瞬间说倒就倒了。

展览馆楼上有通向室外的小阳台，我出去透透风，恰好有一伙人在下面的检查站沙包前拍广告。四个穿艳丽紫色紧身西装的瘦高个小伙子，脸都涂成银灰色，提着超大码的黑皮包，飞一样来回穿梭越过白色的检查站，色彩啊跳极了，撞极了，反差大极了，视觉上好看极了。亏他们能想到来这地方拍广告。

展览馆出口就有"墙"卖，最小块的，比拇指指甲大一点点，要五点九马克，差不多二十四元人民币，有人怀疑它是真的。的确，任何一块水泥碎块涂抹几道油彩都可以自称柏林墙。两块大墙，高约五十厘米，宽二十多厘米，标价三千六百马克。

柏 林 墙

柏林墙的早期只是铁丝网，挡住那些想从东边跑到西边的德国人，是二战刚结束的上世纪50年代初，后来它逐渐改造，最终成为那道高四米满身涂鸦的水泥板，又荒诞地由最恐惧最不可逾越的"铁幕"，一夜之间被砸碎，成了引人收藏的艺术品。从结果到结果，这之间的过程在今天看来似乎并不复杂。而跟着"墙"发生的故事每一件都惊心动魄。

1961年8月12日的傍晚，在东德统一社会党总书记夏布利希的郊区别墅里，建墙以"玫瑰行动"这样优雅的名字通告给了到场的东欧领导人。在这时候，还有六万东柏林人每天过关去西柏林工作，此前的逃亡从1945年起，从没有间断过，到1961年，已经有超过两百万东德人成了西德人。曾经有东德领导人同意给想离开的发放通行证，他们"天真"地以为那些有产阶级走了，留下来的将是坚定又可信赖的无产阶级。仅仅1960年，就有十五万人通过八十一个哨所进入西德。

1961年8月12日夜里，一百多吨铁丝网运到"墙"下，经过计算，还缺少三百多吨，立即决定由罗马尼亚紧急进口。凌晨一点，两德边界照明灯熄灭，运送铁丝网的军车到达，很快，八十一条通道关闭了六十八个。8月13日的早上，太阳照样升起，柏林人从东西两侧同时看到了高"墙"。后来，它延伸封闭了整整一百零六公里。8月14日，勃兰登堡门关闭。从此，柏林城中有一百九十二条大街被拦腰切断，"墙"的出现使柏林市中心出现了四十多公里长，三百米宽的空旷地带。1989年1月，"墙"倒塌前十个月，当时的东德领导人昂纳克说：这座墙在以后五十年或者一百年也会继续存在。就在这同一年，它不仅倒了，还有人仿照破碎斑驳的"墙"，制成一座精致的微缩断壁，作为统一自由德国的象征，送给英女王伊丽莎白二世做生日礼物。变化实在来得过于快了。

离开查理检查站展览馆，我们沿着被保留下来的一小段柏林墙走，它已经不能随意接近，有约两米高的铁网隔离开行人，无名艺术家的涂鸦都在那些兴奋过度的日子里被"自由向往"的冲动破坏，我们看到的只是一些被敲凿得千疮百孔的水泥拼板，有些地方已经凿穿，暴露出弯曲的钢筋。印象最深的一处，凿出一个人形，正好够一个成年人来来回回不断地穿越。徐总想最接近那堵墙，他想试试它有多高。我说四米，他还是不甘心，总想试试这堵墙所代表的四米有多高。

一些旅游车路过，却不停车，只是缓缓减速慢行，让游客草草看一眼它。

一个十九岁的中国学生刚到德国说：这里的人真壮啊，任何一个德国女孩都能打趴一个中国壮汉。过了十天，他的说法变了：这里的人太散漫了，一个中国女孩恐怕能战胜他们一群男人。又过了十天，他说他要研究一下德国人和他们的历史。

柏林墙倒了

世界上有少数几样东西，人们拿它没办法，只能心服口服，只能五体投地，无论情感怎样，必须承认它的纯粹的力量，别妄想去质疑它。这人间的力量之一，就有柏林墙。

看过了"墙"再去看柏林，总感到它是支离破碎的。墙没了，空旷地带当时都还在，东半个城区有个别建筑还裸露着断壁，有人把墙消失以后出现的空地称作"欧洲最大的工地"。坐车出勃兰登堡门向东走，经过一站一立的马克思恩格斯二人像，那是中国游客最爱照相的地方，再向东，越走越寂静萧条，有许多中国人熟悉的苏联式水泥板楼。

在德国，有人形容移民问题说：当初，我们要的是劳动者，但是"人"来了。

上世纪40年代后期，战争使德国国内男人数目骤减，当时允许土耳其人入境，他们担任了最繁重肮脏的劳动，没想到他们来了就不再回去，成家立业生儿育女，带来了一些社会问题。就在这种时候，"墙"一夜间倒了，一千六百多万东德人可以自由出入封闭了四十四年的界限，虽然都是日耳曼民族，但是这是完全不对等的融合，工作职位社会福利都是有限的。曾经，一个冒死逃亡者落地西柏林，他受到的是英雄式的拥抱欢呼，这些镜头现在还在"墙"的展览馆里，现在看了仍旧激动人心，但是现实已经变了。摆在德国人面前的是紧跟着自由蜂拥而来的东德人，事情不是合二而一那么简单。

从墙的倒塌起，再没有什么东西让所有德国人耿耿于怀，同仇敌忾，四十四年中形成的差异很难在短时间里变成同心同德。有一个外

· 柏林的东侧广场上的马克思恩格斯塑像

国人说：这儿不再东西对峙，却依然南辕北辙，它是个搞不到一起的历史半成品。

1999 年，德国公布的官方数字是：柏林墙倒塌后的十年间对于原东德地区的拨款，每年一百亿马克用于公路，一百亿马克用于铁路，一百亿用于电话网络。这十年里，东德地区的私营企业家由起初的一万名增加到五十万名，汽车由三百九十万辆增加到七百万辆，电话由一百八十万部增加到八百万部。巨额开支使原西德人要付出更多的税款。仅仅 1998 这一年，柏林市的文化预算就是十亿美元，即使这种投入，在柏林街头仍旧感觉它还有太多的事情没做，千疮百孔的地方随处可见。何况有些东西即使是钱也难以改变。

离开柏林后,经过德累斯顿回德国西南部,它的中心火车站广场成了一片工地,正在拆除列宁纪念碑,易北河边发黑的古老宫殿都在等待维修。而莱比锡火车站附近的建筑让人想起中国1967年"文革"武斗过后的狼藉。

东西两边的一部分人,沿袭着惯性,继续吸着不同的香烟,喝不同的酒,看不同的电视节目,读不同的报纸,有人渐渐感觉那座四米高的"墙"还无形地隐隐存在。这哪里是当初彻夜欣喜狂奔的人们可以预料的。

柏林墙倒得太仓促,来不及销毁的东德安全部门卷宗遗落世间,有人形容这些曾经绝密的资料,暴露了人在专政制度下的屈辱、低贱、胆怯和卑微。谁会乐于和多年来潜在暗处对自己的生活窥视告密的人待在一起?直接死于墙的人数以百计,而多年里受到"墙"的荫蔽恩惠者却以几十万,甚至百万计,这些人的突然暴露显现,又难免不带来更深更长久的内心嫉恨与咄咄不安。

天生宁静

2001年的9月12日早上起来,发现住处的窗外飘着德国国旗,美国国旗,巴登符腾堡州州旗。世贸中心的图像是两天后,在嵌在墙壁上的小电视上见到的,它只持续了几分钟,就有一个德国人跑过去按键换频道,屏幕上出现股市行情,他正关心这个,看见一路向下的K线图。后来我们注意到,德国公众超级冷静,甚至有点木然,他们停在电视屏幕前一小会,就默默地离开。

9月14日,是全德国降半旗悼念日,下午,去斯图加特市中心广场,见到有人正从窗口收卷巨幅旗帜,许多黑丝带迎风飘拂,街头艺人在地上用彩色粉笔画圣婴伸手向空中接一张降落中的一万元的纸币。露天吧里喝咖啡的人和往日一样悠闲。一个年轻人靠在一家瑞士刀专卖店橱窗下面,用一只小横笛吹奏《卡萨布兰集市》,让人想起好莱坞老片《毕业生》。

我始终没有弄清,德国人是天生就这么宁静,还是经历过了1945年、1989年,他们更加沉思而寡言。

离 开

在德国最南端进入阿尔卑斯山区的小城菲森,是去新天鹅堡的路上,我们坐一个老人赶的旅游马车,他的毡帽上别满了各种各样列宁或者镰刀斧头或者红旗的纪念章,高头大马转弯时听到他用俄语夸他的马说:好!

是俄语,在上世纪60年代最后一年,我上了中学,第一天就知道要学俄语了,很快学了几个词:同志,无产阶级,毛主席万岁,缴枪不杀,还有"好"。所以,多年之后,在德国,听懂了马车夫的俄语。而在科隆大教堂前,两个正表演缓慢协奏曲的艺人看到我和徐向他面前的小盒子里放了几马克,其中那拉手风琴的年轻人突然快速又极热情地转向我们,几乎是跳跃着奏起了《喀秋莎》,围观的人们也随着节奏鼓掌,难道东方面孔就一定喜爱前苏联的歌曲?

临离开德国前,在南部城市奥格斯堡遇到了一场雨,避雨时,看见一家花花绿绿的儿童玩具店隔壁是一间主题酒吧,门口张贴着大幅的切·格瓦拉,那张看了无数遍的红黑相间头像。

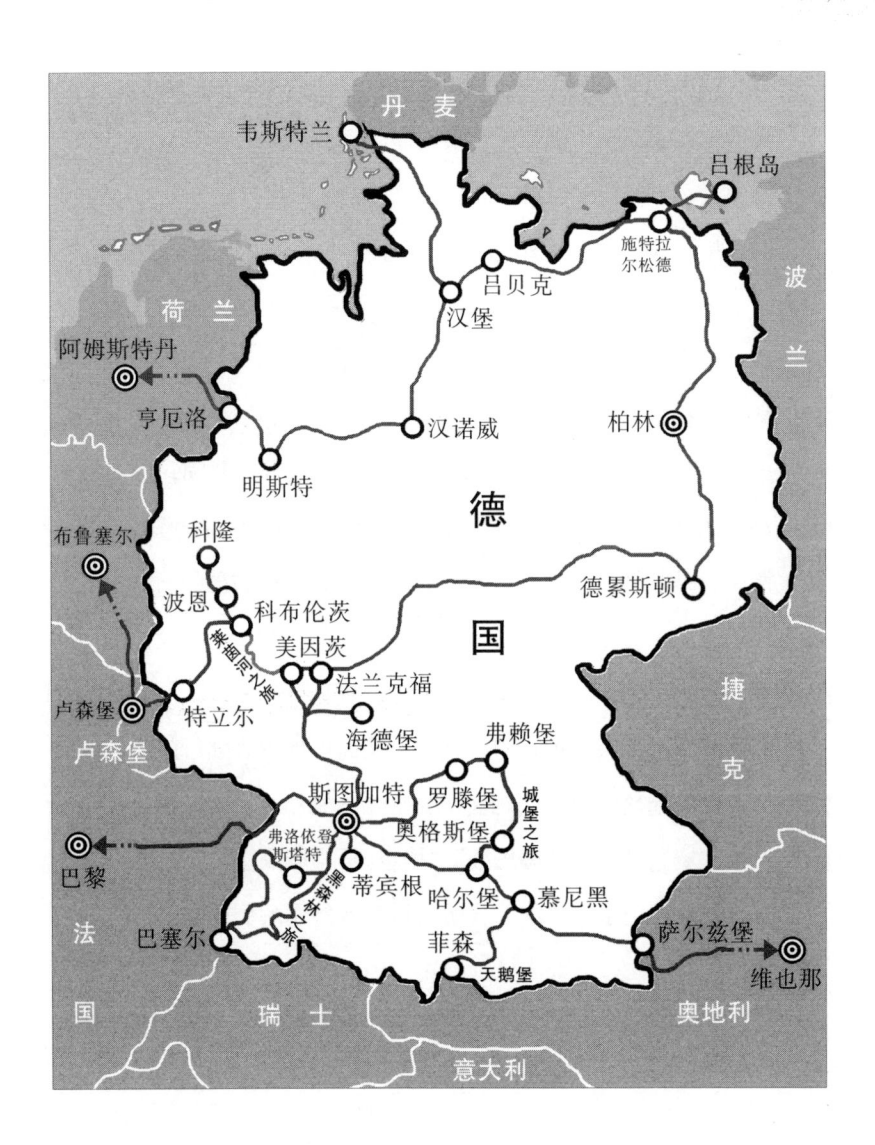

· 德国旅行地图

有个德国朋友说：切，你们知道他吗，他在德国很红啊！

我说：知道，在中国，他也很红。

德国人有点惊奇地看我们。

切·格瓦拉，这个被塑造成为游击而生的家伙，第一次知道他，是看了一本传记，时间1975年，当时的格瓦拉传记以内部参考的形式出版，书在扉页后附一照片：穿制服和穿便装的人们围着他的尸体在担架上，指指点点，格瓦拉赤裸上身，眼睛半睁。而就在柏林墙最后筑成的前一年1960年的10月到11月，两个月的时间，他率领古巴经济代表团访问了中国、苏联、捷克斯洛伐克、民主德国、朝鲜，民主德国就是曾经的东德。这陈年旧事恐怕五个被访国的新一代们都不太知道也不关心了，被各种新媒介和大众消费的切·格瓦拉是另外一个了。

柏林墙倒了，当初筑它的人或者只是简单地想到强行阻断，谁会想到一堵墙的起落涉及的问题会多复杂。造墙用时一夜，拆墙用时一夜，而由"墙"带来的"墙思维""墙空虚""墙依恋"久久不散。

上面就是我记录下来的，我所看见和偶然了解到的和"墙"相关的事情。

Part Three

到西部去

去陕北

收获大白菜的人们

从小飞机的狭小舷窗里，陕北的山色地形已经看得很清楚了，它黄面馍一样的山坡，在延安一带还缓和，黄土高原还没更北的榆林一带那么拔剑挺枪地险峻。山坡上有牧羊人和自然散开的羊们，微小而精巧，绝对静止，像钉在大地上的灰暗图钉。

飞机突然陡降几百米，很清楚地看见急剧拉近的物体们。在大地里收秋白菜的人，能清楚看见他们向天空扬起来的脸。延安在上世纪40年代就建了机场，延安人不是第一次见到飞机，但是，突然清晰起来了，一张一张极度向上仰望的脸，神色又生动又新奇。飞机跑道出现了，有些黑色的小斑点，果汁一样溅开在跑道中间。

飞机的倾斜把收白菜的人们瞬间送上了天空，他们抱着大白菜飞翔。大地上离我最近的一个小姑娘，穿件肥大厚实的红色棉衣，也许只有十几岁，她怀里硕大的白菜，正努力向外翻开它洁白的菜心。白菜衬出小姑娘红扑扑的脸。挨着她的像个母亲，正把白菜夹在腰间。她们以一种奇特的姿势，飞的、流淌的姿势，向着飞机笑，好像这铁家伙和它肚子里的乘客都是她们至亲的亲人。飞机重重地落在延安。

很快，发现延安机场跑道上的斑点，是新鲜的驴粪，这是1999年秋天的事情。

接我们进延安城的人一路开车，一路讲中央多么多么关心延安。有人提示他，说毛泽东离开以后，可再没来过延安。开车的延安人显然有点不情愿说"主席是没来过……"这里三十多岁以上的人都称毛泽东为主席。

因为时间安排得急,才选择飞延安,小飞机,机舱里的设施粗陋。上飞机的时候,全部座椅都趴着,像匍匐在地、等待枪决的死囚。机上人说,现在北京的首都机场,唯一保留的小飞机,就是从北京飞延安的,可见这两地之间特别的关系。

进延安城,一路都经过正收获的白菜地。人们都伏在田里,再没人起身看我们一眼。许多女人穿红衣裳,好像她们特别喜欢红颜色。路上许多车,拖拉机或者手推车拉着满满的白菜胡萝卜。正劳动着的人,脸上都没什么表情,只是闷头劳动。刚才,那些扬起笑脸的人,那小姑娘,也许只是向飞机这铁家伙表示友好,不是针对着人。

宝塔山实在不高,不经司机的特别提醒根本注意不到。

延河河道几乎全干,河滩里摆放了一些水泥管。有人在河道里哗哗啦啦地骑旧自行车,车上驮的是饱满的大白菜。

书上说,延安旧名"肤施"。象形文字,粗一看,感觉字义是:皮肤佳好的美女西施。

二坛守在崖畔上

坐车往榆林赶,中间经过叫田庄的地方,沿着公路,黄土崖上错落着一些窑洞,层层向上。我们下车,想看一个农户的家。路边,一高个子的老太婆正抄着棉衣袖子,倚墙半躺着,睡了一样,晒着淡淡的太阳。见有人走近,她起来问:你们是上二坛家吗?

本来,我们没有目标,去任何一家都是一样,既然她说到二坛,就向着老太婆指着的窑洞,我们爬崖,去了二坛家。

叫二坛的妇女早迎在门口,手里捧一只盛有黄色米饭的碗,始终捧着,直到我们离开。爬很陡的崖,远处有狗叫,风吹着柴响,四周有鸡粪味,好熟悉的声音和气味,早在1969年,随父母下放农村时候,最先听到和闻到的就是这样哦,只是那时候在东北,现在在西北。

我们喘着气,对二坛说:到你家看看。

二坛笑得头发都落下来了,她说:可好!

我理解陕北人说"可好"的意思是很好,非常好。"可"在陕北是个语气词。

二坛家有五孔新窑洞,挂了水泥面。每孔窑的构造都是窑里有炕,窑口垒灶。一间窑的地上有半麻袋葵花子,捏一下,半瘪的多。二坛说:收成不好,缺雨水,长不成个啥。感觉她一家人不是全靠种田收粮食生活的,说到收成,她没纯粹种庄稼人的那种焦急,她是轻描淡写的。

二坛家的院当中种了三棵枣树。二坛的三个孩子各挨着一棵树站住,各拿一块油糕,但是,这会儿都停止了吃,小眼睛闪烁着看人。院门口有男人正忙着抱柴,其实能感觉到他很关注我们的谈话。不知道这是不是二坛的丈夫。

枣树好看,一点也不比梧桐差。树干饱满,枝杈清朗,像三个耿直纯正的好人,**踏踏实实**立在那儿。

五孔窑都明亮崭新。院子夯得实,扫得没一丝草刺落叶。从西安来的朋友对二坛说:这窑可好,眼亮!二坛捧着碗笑,她等的好像正是这话。

二坛的家建在高处,往下看公路,在将近百米以下。站在院心枣树那儿,不仅能看到公路全景,也看到公路另一侧叫怀宁河的水,水边有粗壮的树,更远处是**重重叠叠**的山。公路边有木架悬着铁钩,挂着几条等待出售的鲜肉,有些风干了。这时候,二坛留我们吃饭,她并没问我们是什么人,从哪儿来,到哪儿去,只是喊着"留下吃饭吧"。

这时候的世界,好像是一面团扇,二坛家的院子就是它的正中心,世界由此向田野里铺展开,四野里无论什么都只是扇面上绘的画。

二坛捧着碗送我们下崖。汽车发动起来了,回头还能看见她在高处站着,好像没招待陌生人吃一餐饭心里略带亏欠。

"革命设立在佳县"

11月7日,感觉上出现了怪异的一天。

早上动身很早,准备从陕北的榆林去佳县。天很冷,停在宾馆院子里的汽车顶上,都结了一层白霜,我已经十几年没见过霜这东西了。整整一天,天蓝得透,蓝得深渊一样,太阳的光也跟着发出耀眼的蓝。从来方位感很强的我,总感觉太阳是从正西方升起。

陕北人说,到了佳县,才是真正的黄土高原。

巨斧砍出来的深谷土塬有几百米上千米长,路两侧是一具具满身皱皮的巨兽尸体,褐黄色,没见飞鸟,也没见一棵草。这种场面在电影中见过,但是一块幕布怎么可能和人眼睛的视野相比。绵延的黄土沟壑吞没了走进它的一切,绝望和苍凉,在湛蓝的天空下面,心情被压得扁平如铁砧。一直在单调的压抑中走了两个多小时,建在悬崖上的佳县高高地出现了。

佳县街头立有一块水泥铸的大牌匾,上面是手写体的一行字:"站在最大多数劳动人民的一面",是1947年毛泽东给佳县县委写的。当年的毛泽东正是站在这个位置,看见下面有寺庙,他问:能下去看看吗?人们说,当年毛泽东是钻过县城城墙下的一个洞,去的香炉寺。

香炉寺建在绝壁上,垂直向下看,就是黄河,对岸是山西的地界。

个子矮小的守寺老人看见有人来了,立刻紧紧跟住,举着小学生演算习题的薄本子,是收善款的。

· 陕西佳县香炉寺看寺人

我并不是认真地问一句：这寺里供着的神仙都是谁？他赶紧翻开本子，给我看十几种神仙，都有很复杂的头衔和名称。陕北人说：举头三尺有神灵，守香炉寺的老人一定是把摞在我们头顶上的所有神仙都搜罗齐了。进了人家的寺，不留下人民币是不恭敬，交给老人十元钱，其他人也给了。按常理，他应该顿时失去了跟随我们的兴致，可这位老人继续跟随，滔滔不绝，讲为人行善的道理。

老人叫李树旺，七十多岁，守香炉寺十几年了。李树旺说，人活着好比塬上的一棵树。他立起手上的圆珠笔，以笔比树比人：树要直，人要正。他说他敬神的结果是有四个儿，八个孙，在佳县建了有十九间房的楼。

有人不关心这些，问李树旺，毛泽东转战陕北的时候有没有来过这个寺。李树旺说：那当然是来过，主席嘛，可来过！当时大家并不很信这位老人，几个小时后，由佳县白云山上的张明贵道长证实，五十多年前，毛泽东两次到佳县，确实到过香炉寺。

我们已经走出寺院，李树旺还跟着，他在我们背后说：革命设立在佳县！

我回过头，见到他双手做出一个劈开的手势。

佳县人讲话的口气，像追债讨命那样，不容疑惑。

革命哦，你原来设立在佳县。

第二天，有人问我前一天是什么日子，我说不知道。11月7日，十月革命，列宁向前探出身子，手臂伸向民众中的日子。

1999年11月7日下午,中国陕西北部佳县的香炉寺里本来空空的，偶然来过我们这几个游客，停留不到半小时。

卖羊的农民

进入佳县，学会了辨认陕西人和山西人。眼前这位蹲在街边卖羊的就是陕西这边的人。陕西的毛巾扎在额头，像《兄妹开荒》中的那位兄，山西把毛巾扎在脑后，像老照片上的农民陈永贵。

1999年，佳县县城曲曲折折的街面铺的是石块，有一个类似小广场的不方不正的空旷地方。扎毛巾的卖羊人先蹲着，后来靠住一根电线杆，面前两米外是柳条筐，筐里装羊肉。卖羊人有典型北方游牧人的长脸，胡须杂乱，表情沉定。

他不吆喝，一杆秤放在电线杆后面的台阶上，好像秤和羊的买卖无关。羊白白地露出羊脂，皮剥了，头也割了，凸着的脖颈口有些鲜艳的羊血。

不吆喝，不眺望，不焦急，从来没见过这种卖东西的人。快中午了，太阳紫蓝紫蓝地照在头顶上。我问他，他说是自家养的羊，赶早上杀的，卖四元钱一斤，这只羊估计有二十几斤。卖羊的人语言极金贵，说了这些，再不出声，脸上有种深深的愁苦，不是今世的，是从更远的去处延续过来的愁苦，是他自己完全没意识的愁苦。吃过中午饭，再回到小街上，太阳光底下，只剩那根带阴影的电线杆，卖羊人，和秤和筐和羊都不见了。

据陕北人说，新杀的羊好卖，根本用不到吆喝。

全佳县县城，卖什么好像都不吆喝，只有汽车喇叭出声。

"鲁迅"端来了饸饹面

　　小面馆的招牌是随意手写的，没特别的名称，就叫"正宗羊肉面"。

　　店主人问吃什么？我们全说吃饸饹，他马上转身到灶上忙。从侧面看这位面馆主人的脸，极像鲁迅，消瘦，留有小胡子，还有发型。吃着桌上碟里的香菜想，假如这个店叫"鲁迅羊肉面"，主人肯定招佳县人嘲讽，讲什么名人，老老实实开馆子，就讲羊肉讲饸饹面。

　　我一直看这位店主，他抖着手，向热气腾腾的铁锅里撒葱末撒香菜。他转过脸来，完全不像鲁迅了，变成了地道的羊肉面馆主人，而且他个子偏高，身体的骨架是北方人的。这家面馆开业才第五天，他认真又投入地做饸饹，把每一道程序都做好。他身旁站着的，正用力压面的是他侄子，十四五岁。孩子不上学了吗？店主说：不上，学也没啥用。另一个低头收拾羊肉的，是店主的姨丈。整个羊肉店都是他们自家的人，刚开业，人是值得信赖的，未来正满是憧憬。

　　吃饸饹的时候，窗外风声响得紧。佳县人说，生在黄河边上的枣树结的枣最甜，枣是要听见黄河哗哗的水响才甜的。现在这季节，枣落进布袋了，树叶落尽，河水也在变少，只剩了空空的风响。店主回到灶上煮水，蒸汽充满了小面馆，这会儿，他简直就是个侧面立着的鲁迅了。

　　出"正宗羊肉面"面馆，店主一直送到街上，叫我们再来吃。

　　这个人姓贺。

一个摆摊的老太婆

陕西佳县的白云山是道教的胜地,名声在西北很大。注意一下停车场里的汽车车牌,除陕西以外,还有宁、蒙、晋等地的。我们的车停在山门外,留在车里,等司机去买票。

这时候,有老太婆走近,矮的,微微发胖。开始看她过到车边来,相貌并不凶。她把宽的脸凑近摇下去的车窗,递进来一些烧纸香烛,叫我们买。车里当时有三个人,都挤在后排,我坐在另两个人的中间。

我说:我从不烧香。我没有说,我讨厌被任何人强迫。靠车窗的朋友也许和我一样,他声明他不买那些东西,不烧香,只不过上山看看散散心。老太婆不准备放弃。她说她孤儿寡母,一个要饭饱肚的老太婆,只当可怜可怜她,买她的香就等于救了她一家人的性命。她说的当地话,大致听懂了这些,口气有点哀怜。车上的人都不再搭话,她也没离开,场面有点僵。突然,老太婆脸色一变,快速说了很多话,这时候,我发觉她的陕北语言里,夹带某种生硬无理,粗蛮强横。老太婆把一只手臂搭进车窗,后来双手钩住了车。她说的什么,我完全听不懂。她的语气里明显带有斥责和诅咒,好像这车里的人抢夺了她最贵重的东西,她不会放过,要追索到底。

靠车窗的朋友递出一张皱巴巴的两元纸币。老太婆的表情顿时松弛了,好像说,早知如此,何必当初。拿着钱她很快走开,什么也没说,看样子还带了点气愤。她绕过车尾,稳稳地走到十米以外一个货摊后面,那个货摊是她的。现在,她袖着袖口,平安无事地躬在那儿望着停车场进口。她的货摊是一辆加长的手推车,有饮料,有饼干,有香火冥纸,还有玩具枪,遮阳帽,货品齐全。刚才她说自己靠讨饭为生,现在她毫不避讳,守着她的小货摊。

真正怀有慈悲之心的人,不一定去某山某寺某观燃香默诵祈祷跪拜,他应当走前一步,揭穿离他最近的谎言。当然,总有刀枪不入的,也注定能找到一个人刀枪不入的依据。

我猜想,白云山山门口这摆货摊的老太婆不是佳县县城附近的人,她来自略远一点的地方。通常的人,最怕的是熟人,最不怕的是空洞的大道理。通常理解的真实可见的尊严感,只能由和她相熟,知根知底的人们给予到她。老太婆蹲在白云山门口,像石头蹲在森林里,石头有石头的世界,森林有森林的世界,在森林里,石头变得没名没姓,哪里要什么尊严。很可能,在她出生的村子里,她和善好施。她只不过是在讨生活的时候对一群坐车拜佛的人变了一下脸,她的变脸可以被无数的潜在理由支持。

太阳照耀不到的老人

在各种文献上记录的陕北民歌《东方红》词作者是农民李有源,他的家乡就在离佳县城不远的佳芦镇张家庄。

我们进庄前,遇到一个挑担子的妇女,担着的筐里装块玻璃,在太阳下面闪闪发光。我们问李有源的后人,她说,她是李家的孙媳妇。

她在一片美丽的枣林前面放了担子,领我们到李有源的长子家。

老人七十一岁,正坐在窑洞门里一只木板柜上,下身包裹着棉大衣,见陌生人进窑,他什么也不说,直接哭出来。

我们问,平时有没有人来看他。

老人止住哭说:有着呢。

老人的腿骨质增生,据他说,光看病花去了五百元。花了钱,他还是不能走路,每天,孙子抱他离开窑洞里的炕,坐到窑门口的木柜上,这样他就能望见院子、望见道路。老人说:这心里黑的呀,瞅不见阳儿了。

正对着老人背后,摆了两幅放大过的照片,一般人家不会在柜子上最显眼的地方摆照片。那是他父亲李有源。固定在过去年代的农民李有源,正露出比儿子还年轻的笑容。据说李有源在五十三岁时候得了"肿病"去世了。老人说,硬是把人给肿坏了,坏的意思就是死去。

・李有源的儿子

　　从老人坐着的窑洞口，能看见外面黄黄的川，零星有几棵不茁壮的树，不像生根在土地里，像戳在那儿的几件装饰。有人说，当年的李有源就是望着这道川，想到了"东方红，太阳升，中国出了个毛泽东"。当然，关于陕北民歌《东方红》的词作者有各种传说。

　　长久地见不到太阳，老人的脸苍白得纸一样，一张皱得不成样子的纸。太阳努力地照，只能照到窑洞里两米之内的地面。外面的一片明亮里来了个小伙子，戴眼镜，是老人的孙子李高健。他的普通话好，初中被送到河北读希望学校，现在回佳县读高中，想考大学，不知道能不能考上。

　　我问李高健：会唱民歌吗？

李高健说：不会。

他又说：庄上超过四十岁的人才会，不到正月，他们也没工夫唱。

李高健说话，透出读过书本的人应有的修养。他要我们留地址，说以后联系。后来他和我通过一次信。

想回窑洞和老人告别，但是担心他又伤心想哭。

他坐在那儿好像不是等太阳能照到他，而是等待想听听《东方红》传说的人们来拜访他，等待痛痛快快地哭一阵。

抚摸笨布的农民

一个甩着大串钥匙的人跑到我们前面，我们坐的车正掀起大团大团的尘土，刚要停在一个叫神泉堡的地方，那儿有毛泽东旧居。他突然就冲出来，打开旧居铁门上的大锁。我们早习惯了隔着家里的防盗门查问陌生人，神泉堡乡里的人什么也不问，见到有汽车开过来，就取钥匙敞开大门。

毛泽东在神泉堡住过五十天，据说在这里写了《三大纪律，八项注意》。当年这里是大户人家，不是住窑洞，是两排房屋，前后房之间有院子，前房现在挂了"计划生育办公室"的木牌。我们刚进院子，肩上搭一捆粗麻绳的农民紧随着跟过来，我们看什么，他也看什么，喜滋滋的，特别喜欢动手摸一摸，炕、木柜、房门、窗棂，他都一样样摸过。见到炕上一摞棉被，他特殊地兴奋，去摸过了，回头对我们说：笨布的！

我给他拍照片，他对镜头大声说：还是笨布好，比啥料子都好。

房子中的物品都不是当年的，很多旧居都如此。唯一一只镶一对铜栓的双门木柜，贴了个标签"革命遗物原件"，这等于说其他的物件都是东家西家凑来的。扛麻绳的农民可能以为那笨布棉被是被伟大的人盖过的。抚摸过笨布以后，他一直憨笑，有点窃喜，有点得意。看这位农民的神情，这旧居他们难得进来，它对当地农民是不开放的。

陕北人讲，毛泽东当年在陕北三边、佳县等地方走，全是走的山路，骑小白马，化名李得胜，颠簸得很，不够风光。某天他进某庄，一个老太婆说：你是大官吧？毛泽东问她怎么看得出？老太婆说：看你体势可好！毛泽东很高兴。

　　转了不过十分钟，我们出院子，只剩肩扛一捆麻绳的农民，他依依不舍还带点敬畏，脚向外面走，头却一直朝回望。管钥匙的人及时出现，农民缩着头赶紧溜出来，头也不回，爬上一段秃秃的坡，好像要表明他和我们这些人无关，更和神泉堡那两排旧居无关，刚才他什么也没见到，他只是个忙着扛麻绳去干活的过路人。

猎猎生风的人

米脂的集市这天，县城里人多得涨潮发洪水一样。

米脂，曾经传诵"米脂的婆姨"的地方。车过米脂集市很艰难，我们借机搜索人群，并没见到美丽的女子。试皮鞋的，抱南瓜的，比量衣裳的，坐在拖拉机上的，全是皮肤糙红的平常人。司机解释说，当年八路到了陕北这偏远地方，江南离得远，再偏远也一定要有个出好女子的地方，临时就指定了米脂。

刚出米脂城，车还没跑起来，一辆手扶拖拉机电闪雷鸣超过我们。开车人扬起长的白发，长的胡须，起码有五十岁的年纪。他挺直上身，响声极大的拖拉机开得猎猎生风，一个老头把破拖拉机开出了美感。拖拉机两侧奔跑着两条高大的狗，正向空气中大口喷着白气。开拖拉机的人和他的车他的狗，四条奔腾的生命瞬间超过我们的车。这种场面出现在新墨西哥州的荒野里也许更合情理，这儿可是接近了毛乌素沙漠的中国腹地。

进入米脂小城前，几次看见路边有一种连接了桥和陆地的部分，砖砌的，十几米长，八字形敞开，类似廊桥。一侧坐的全是男人，沉默抽烟。另一侧全是女人，叽叽咕咕纳鞋底。这样的场面才更像陕北，像中国北方的乡村。守旧，默默无语，难以揣摩。

我们的汽车又超过拖拉机，能看见一张褐色的凛然的瘦脸，像照片上的印度教徒。

这长发长髯者，比古人所说的左牵黄右擎苍还羁荡超群的人是谁？

我替陕北人回答一声：是个疯子。

汽车抛远了拖拉机，要进入隧道，一群羊也在进隧道，最后的夕阳使它们成为一群佩戴着金边的羊，因为等待这些金羊，车开得极慢，猎猎生风的拖拉机再没追赶过来，不知道转到哪个山间了。这一带属于远离内地的西域，西域人骨子里本来就该有这种狂放强悍吧。

窑洞前的一母一子一孙

村长说：过去这沟里的树可多！

我们一起向远望，能见的山都秃着。当年有个叫张思德的士兵，据说他就在这里受命伐树烧炭，这事已经很久很久没人提了。

村长带我们去看农户家，他向崖下高声喊。下面是河，崖深二三十米。立刻有人踏着河水，抓着崖畔的枯草乱藤直挺挺地蹿上来，崖的坡度几乎成直角，这是个年轻的农民，带着腾腾的尘土站到崖上了，本来他在下面河里搬石头。年轻农民陪我们去他家，半路上跟上来一个三四岁的孩子说抱抱。农民马上把孩子搭在自己满是尘土的肩膀上，他说这是他的第三个娃，男娃，另外两个也是男娃，大的八岁，小的七岁，都上学了。

年轻农民只住一孔窑，是借住的。

他女人正在灶上烙有馅的黏糕。进门就闻到香。我说，香呵。她马上把土豆拌葱的馅舀给我，要我尝。她反反复复只讲一句话，她说：吃饭吧，吃饭吧，吃饭吧。年轻农民说他要努力干活赚钱，起座自己的窑。西安来的朋友问：三个娃的窑也一起起吧？农民说：那一定要想到嘛！陕北农民起房子是每个儿子有自己的窑洞，所以他说要想到。

我问他家有没有老窑，他说他哥和他母亲住着。我想看看老窑。他没说什么，扛起他的第三个娃，颠颠地在前面走，又上坡。

老窑也不是想象中的古旧，墙上新裱糊的红色香烟盒纸，全是延安牌香烟。

窑外一个老太婆面无表情，既不走远也不接近，看着我们进出，她在黄土间走了几步，腿脚有点拐的，感觉她脸上有点冷漠。

离开老窑，我问村长，那位老太婆是谁。村长说，是年轻农民的母亲。我注意到肩扛着儿子的农民和他母亲间没有一句对话，连对视也没有，他们互为不存在。

农民陪过我们，放下娃，亲热地拍了娃的屁股，一溜烟又蹿到崖下，又去搬石头了。

有人说，陕北人的特点是对陌生人格外热情亲切。而我见年轻农民对自己的娃儿也相当娇宠喜爱，相比对他母亲的态度，实在很不一样。在其中肯定有故事，类似的故事哪一家都会有一点，看着讳莫如深，其实都是最简单的。

村长和游动医生

这个村叫贺坪村，它的村长高志峰有一副干部的派势，背着手，稳稳地陪我们看他的村。能见到从平平的黄泥地面上钻出来的自来水管，见到曾经住过北京插队知青的空房子，窗上还有当年留下的"政治夜校"的字迹。我无意地问一句：村里通没通电话？他说通电话了。

后来，我们参观他的家，村长住的是房屋，不是窑洞。一直走进里屋，他揭开台面上一块淡青色的绣花手绢，露出了电话机。高村长说：你打电话吧，是程控的。

我马上解释说，我并不是想打电话，只是随便问。村长重新小心地用手绢蒙住电话，走出来，特意拉紧了那个房门，使得这间屋子像隐藏了重要情报的密室。

村长的女人正在厨房揭开盖搅动锅，锅里煮的是肉哦。肉这种东西在乡村里特殊神奇，神仙一样走位飘忽，走到哪个角落都能闻到它的味儿。村长带我们看他的二十几袋粮食，摸了，分别是豆子和谷子。地上堆很多苹果，因为长相歪扭，卖不掉。村长扫它们一眼说：没有人吃。

肉的香气真了不得，想捂盖想遮掩都不行，走出了村长的家，大路上都是村长家里钻出来的味道。

和村长告别的时候，有人骑摩托车正好经过，他们互相望了一眼，只看骑车人的背影，就看得出这是个自鸣得意的人，摩托车后座夹着长方形的旧式皮箱。

我问：这人是谁。

村长说：是医生，过去叫赤脚医生。

现在，赤脚医生成了摩托医生了。看得出，村长和医生都是乡村里的要人，一个管人，一个管性命，煮肉吃，有电话有摩托都是必然的。摩托车给足了油，眨眼就出了贺坪村，看来游动医生的派势一点不弱于村长。

没办法听到民歌了

很想听到淳朴的陕北民歌,没有任何乐器的,纯的人声。人们都说,那要找罗起斌,要去下寺村。这一带有上寺村、下寺村,因为过去都有寺的。

去下寺村,路越走越窄,车自己掀起的土包围住了车,黄尘滚滚,没法呼吸。在乡下,一辆车带起的尘土给路人添的烦恼太大了。走到半路,一只浅灰的年纪轻轻的毛驴在路中央打滚,司机只能停下来等它,毛驴一直滚着不想起身。司机伸出头对驴说:咋?你舒坦够了没有?这会儿,崖上飞跑下个女人,胸前有红绳拴着一块玉,坠坠地颠。女人使劲牵起驴,靠住黄土崖壁,给我们让出路。

农民听说找罗起斌唱歌,都说,他唱得可好!

然后,他们笑,笑里面有点难为情,又有"不过是唱几声"等复杂的含义。

罗起斌家的窑不新了,院子同样扫得平展展,可能陕北人把院子当成了脸,总要打理得光溜溜的见人。老太婆迎出来,说老汉罗起斌上城了,要好几天才回。城就是延安,是大地方。我们说来听民歌,请她帮我们找村里其他能唱的,有人提醒一个老太太会唱。老太婆走开了,以为去找人,过会儿,拿了水灵灵的苹果和梨回来,用一枚子弹壳做成的小刀,要帮我们削果皮。我说,唱民歌的人呢?她只是笑,不再提唱民歌这话题。她说她儿子上山,参加大会战去了,去种树,晌午的干粮都带上了山。

我只能理解，今天，唱陕北民歌也和写诗一样，是一件很隐秘的私人的事情。

你可以进他家的窑，上他家的热炕，吃他的油糕苹果，但是，别想他轻易张嘴给你唱一段民歌。

老太婆说今年果不好，雨少了，都起了水锈，只有留着自己吃。

我跟她提起贺玉堂，是在电视上见到过。旁边的人们都说知道，贺就是他们安塞县上的，然后就不说什么了，对贺的评价到此为止。

我一直想该有更天然更纯粹更让人刻骨铭心的陕北民歌，不是能上电视的民歌，只是我没机会听到。即使罗起斌没上延安，也不会轻易把真东西唱出来，像他儿子上山会战，左边挖个坑，右边挖个坑，两棵树苗撮进去，种树的过程就完了。真正的好枣树，农民把它栽在自家院子当心。真正的歌，要在空无一人的野地里唱给自己听。用猎奇的心来搜民歌，是对民歌的不尊重，也就没有欣赏到它的资格。

今天的人们

坐上了长途汽车,从陕北延安回西安,从黄土高原往平原走。开车前,有人拍车窗卖报,是个十几岁的男孩,随手买他几份报,问他是哪人。他说,米脂人,叫李勇。问他为什么不读书。他说,不爱读。车上的人都扭过头来看看这少年说:干这个钱来得快,比读书强多了。车很快开动,少年去拍别的车窗。

陡峭的黄土崖减少了,汽车穿行在苹果林间。秋天光秃的树下,有孩子在棉裤裆间夹根长树枝追跑。这段路途要经过黄帝陵,早有人建议去看看。他们说:我们汉人的祖先,不可不看。我反问:能证明有过黄帝这个人吗?

只有他这个人真实存在过,他的陵才可能有意义。他们说:有没有,反正也算是咱祖先吧。我说不看了,我是满族。满族,在这个时候,成了不看黄帝陵的挡箭牌。路过时候发现这座陵和周围景观的最大不同是多古树。走遍中国任何乡村都能听到同样的说法:我们这儿原来很多古树,1958年大炼钢铁都砍了。

和黄帝比,秦始皇显得更真实,终究那些七零八落匍匐在地的泥俑都是真泥巴,经过真人的手塑出的形象。去秦兵马俑后,坐出租车回西安,司机是个咸阳人。因为刚从陕北回来,被灌输了一种观念,和陕北的彪悍比,陕西中部的人多阴柔气。这位出租车司机就不阳刚,车刚开动不久,他请我配合一下,去到路边一家玉器店里逛一下就出来，这样他能以给店里拉客的名义，能得到一张免费洗车票。一进玉器店，就被一个推销玉雕奔马的小姐迎面挡住，夸那马多么多么好。我说谢了。她追上来提醒我，有了这玉马你家的装修才上档次。

那天西安大雾，阴郁压人。出租车司机因为获得了洗车票，非常多话。他说，西安的生意越来越难做，过去几年，外国人坐车大方，跑几十公里来买木模子扣出来的兵马俑，下车结账，打开钱包让你自己拿美元，拿哪张都行，现在外国人也学坏了，你说一百元，他还价五十元，拿出来的还是人民币。

没忍住，我反问他：该收十元钱，拿人家一百元？

司机马上改口说：也有那样的人，少数。

车进西安，灰秃秃的天上扣着盖子，火车站，一个穿夹克衫，夹黑皮包的男人在大庭广众之中对着一块绿地解小便。这时候正有一列结婚车队经过，有穿花哨制服的人，在敞篷卡车上坐成两排，面对面吹号，最后一辆大货车上一架蒙着床单的钢琴。出租车司机兴奋了喊：钢琴呵！

在夜里看秦腔

我去总台取别人送来的戏票,小姐问我要看什么演出。我说:秦腔。她有点惊讶说:实在不怕吵,你就去听吧。

易俗社是专演秦腔的剧社,据说在1912年建成。

听秦腔的人并不多,剧场也老旧,进场时候,收票的人说随便坐。百人左右的剧场,只坐了大约三十人。唱啊唱,过了将近一小时,有躬身子的人带了浩浩荡荡一队人进来,一直走到我坐的第一排,躬身的人这会儿直起身了,朝我右手边正听戏的人说:给让个位。右手边的起身就走了,浩浩荡荡十几个人都落座在前排,我右边是个大约五十岁的男人,入戏真快,一坐下就看着舞台上唱得痛不欲生的杨五郎笑。

我不是个会强横的人,但是躬身的人过来的时候,我已经在心里准备了,如果他对我说让位,我会告诉他,进门时候说了,随便坐,我不让位。而给孱弱者谦让和帮助,我愿意。

看了三段折子戏,都是《杨家将》,秦腔的唱法不叫唱,应该叫呼号。有一句唱词是"杨六郎失落在北方","北方"这个对于我个人极敏感的词,演员唱出了一种凛冽彻骨的嘶叫。秦腔唱腔听起来不复杂,一抑一扬有点程式化的反复交替,但是,那声嘶力竭的绝命呼号,真是远离了唱的定义。在陕北佳县,总有人提起哪里哪里是当年杨家将作战的地方,把那种绝地般的地貌和秦腔连起来想,才能理解人为什么要以号当唱吧。

  杨四郎和杨五郎出来谢幕的时候,我离开剧场了。虽然中途离开,没看后面的大戏,整个晚上都有哭号声跟着,一高一低在某个地方交替出现,把一个昏沉的夜晚越推越深。很像一个孤单的人走夜路,抬起一只脚,又放下另一只脚,一抬一放,就这么闷着头走,不管是不是迷了路。

  听过秦腔的那个凌晨,几次被喊号子的声音吵醒,想到金斯伯格写《嚎叫》,写了那么多行,不如直接请人唱一阵秦腔,或者听听深夜劳作的民工喊号子。后面这种号叫简明到了极致,高一声低一声,听了就是想哭。天亮后,看窗外的街道被挖开,翻捣出很多泥土,安装煤气或通信管道之类,总之是折腾。

李震的窑洞

灰暗肮脏不古不新的西安仍旧有许多人热爱。

我问一个西安人,西安有什么好?

西安人说,中国北方,除北京以外,最像都市的就是西安了。

我很疑虑,这就是都市?也许在日本古奈良城模型前,古老的长安才真叫一座都市。另外,为什么人一定要热爱都市而厌弃乡村?

在西安,我真正认识的人很少,其中一位是在社科院工作,姓李,李先生的家乡就在陕北,从榆林到佳县途中一个叫通镇的小地方,他的家不在镇上,还要继续往山里走。

如果没有几年前听他唱酸曲的记忆,可能这次行程之初在西安延安都不逗留,直奔榆林。

李先生从山里考出来读书,就不再是深山里的人,早已在西安城里定居,但他父母仍然在老家给他起了三孔窑,窑洞有宽敞的院子,院里种了枣树。陕北人形容上好的窑,是说院子垒得平平的,炕上抹得光光的,李家给在外的儿子起的窑还不止这样,听说屋里还铺有青石板。

我问:既然不可能回去,这窑能卖了吗?

陕北人听这话,以为极荒唐,看他们的神色,一个陕北人,走到天涯海角,也要有自己的窑。窑,像房屋的石基,椅子的四条脚,灶底的柴火,绝对缺不得。

听说，李的父母还常提到儿子的窑。李先生的童年，跟着母亲在几所乡村小学间流动代课，在深山里走，平日里没事，听课打发时间。在让人无泪干号的秃塬之间，一个人能考出来，有很多城里孩子想不到的艰难。家人盼着儿子走得远，又坚持在乡下保留一座儿子的窑。他们享受路人经过时候的询问：这么眼亮的窑，是啥人的？村人说：那是李家儿子的窑。路人又问：李家儿子是哪个？于是，李先生无论远走到哪儿，他都会同时存在于传诵于他的乡间，不会轻易被乡人忘掉，李先生也依据他的三孔新窑而成为一个有故乡有出处的人。

听说，他和人开玩笑：假设世界上发生了战争，他第一批撤离城市，回到陕北的通镇，他的窑正在那儿等他，买几只羊，披着皮袄，在崖畔上半躺半倚地放牧，也是好生活。

那么，该盼望战争，还是盼望和平，这成了一个问题。

Ⅰ 去贵州

他们说他们一无所有

从陕西西安直飞贵州的贵阳。

贵州来过多次,对它的印象是小,淡淡的,多石多山。落地的空气是南方才有的湿软。

首先要去黔西织金县,租的面包车等了很久才来,和司机并排坐在前面副驾驶位的是司机的朋友,他们在路边买了饭团之类食物,匆忙上路。

在到达织金县以前,以为这辆车是当地团委派来的,所以很想和司机他们聊天。但是两个人在行驶中吃饭,把包饭团的叶子一张张甩出车窗外以后,一直咕咕咕咕热闹异常地用方言交谈,完全不理我们。

没时间买地图,只好一路上捕捉飞速飘过去的路标,经过红枫湖,又经过猫场、牛场、马场,我在心里对自己解释,这些叫"场"的地方,过去曾经是猫市、牛市、马市。可是,后来又在地图上见到叫"龙场"的地方,买卖龙的集市肯定不存在哦,我的解释显然错的。行驶中,司机一直让车上放崔健的《一无所有》,一个盒带,反复只听这一首,什么歌都怕总听总听。

陕西和贵州同一个习俗,汽车两侧后视镜各拴一条窄红布。问过,用来避邪的。看来"邪"这东西的覆盖辽阔不可测,不知是谁创造了"邪"这可怕之物,让不同地方的人都怕它。

整个上午都在盘山。接近织金县境,遇上修路,民工们抱着足球

· 街边

大的石头正铺路基,车颠簸得厉害,司机和他的朋友下车看底盘。这时候,才看清这两个"一无所有"热爱者的脸,很平常,没特征,不善不恶,不美不丑,刚转过脸去就会忘掉的相貌。其中一个抄手在裤袋说:车不能走了,只能送你们到这里。我们着急:下面十几公里怎么走?他们说:这个你们自己想办法。说了这些他们纹丝不动了。随我们同行的贵州朋友说,看那边小夏利都能走,你这车没事。两人脸色晦暗,慢腾腾地重新上车。车一开,《一无所有》又开始了。

坏道路只是几百米,很快进了县城。织金旧旧的,阴幽的黑瓦下面是挑青菜走过的矮小农民,好像进入了明朝清朝,小河沿着街边弯曲着流。

刚进招待所,就发现了宝物,贵州乡间最美好的东西是冬天用的火炉，有一块比围棋盘还大的方形铁板，是够七八个人同时围拢烤火，烤得熟贵州特有的小土豆。人有了这个铁家伙温饱全能解决。我说这火炉好，织金人说了当然好，买一个要两百多呢。烤火的时候，看见贵州朋友正在院子里数一大叠人民币，然后交给那两个开车来的人，他们装上钱，没有说任何话，很快和车一起消失了。

一百五十七公里的路程，他们要了八百元人民币。听了一路《一无所有》，想把我们抛在半路上，最后拿了八百元走掉了。一星期后，我从织金县返回贵阳，坐长途公交只用了人民币四十元。

八百元在1999年底的分量不轻，两人想的就是早拿钱早返程。

人们说这不是人的错，是时代的错，但是，什么是原罪？

睁大了眼睛的孩子们

　　竹棚搭建的路旁小店前，挤着四十到五十个背破书包的孩子，全都一个姿势，身子前倾，探长脑袋，我以为小店铺里发生了什么大事情，请车停一下，跑过去看，发现他们是在看一台画面一团模糊的九英寸电视。

　　织金县的后寨是个落后的乡，从县城出去，再向西南走两个多小时的泥泞山路，后寨学校的楼房孤立无援地站在群山中间，和山上鲜绿的杂草相比，它不和谐又满面灰怆。"后寨"是官家和书本上才使用的名字，当地人依照老习俗叫它扬场坝。有六名从深圳来的青年参加了共青团中央组办的全国六城市赴黔支教接力计划，在这里做一年乡村教师，我来这里的目的是看望在后寨学校支教的青年。这天是星期五，天晚了，几乎所有的学生都回家了。发现身后一直尾随着一个男孩，他说他读初三，叫宋运，就住在学校。初三，他好矮哦。

　　宋运和几个学生住一间教室，每人一张稍高于地面的床铺，砖头垫起来的，每个床头一只煤炉，一只小锅。宋运的锅里煮着灰黄色的汤，他说是煮红豆。床铺间不互相靠着，而是各守教室的一个角落，他们之间很隔阂，很需要独处吗？

　　从深圳来的支教青年说，宋运学习不好，整个班上，只有他有手表，他不听课，总在看表，因为他负责学校上课下课的敲钟，这份工作，每年能得到一百二十元的敲钟费。我的确看见宋运手腕上有块黑

· 我和孩子们

色电子表。这个身份有点特殊的男孩，后来几天，还看见他在赶场的肉摊前站着，正沉默。

贵州乡村孩子的眼睛都明亮而大，仔细看很漂亮。正对学校门前，起得很高的坟墓上经常仰坐着目光炯炯的几个孩子，一般中国人的概念，坟地被避讳，他们坐在坟墓上，舒服得跟坐沙发一样。有陌生人走近，几个人马上溜下来，向后山飞跑，跑到红土坡上再坐下。后寨学校超过半数学生是少数民族，苗族孩子非常怕生人。

来支教的青年说，刚来这儿上课，下面的学生一点反应也没有，只见他们几十分钟紧盯着老师的嘴巴。过了十几天才知道，学生们平时讲苗语，对他们讲普通话，他们很难听懂，只有努力看口型，猜测老师在讲什么。

我在深圳听去过织金的青年团干部说：那地方美得哦，美得一塌糊涂。

以《我的故乡》为题写作文，一个后寨的中学生这样写：

我家住在湾河，我在那里读过书，读过一二年级，陈老师就不教我了，我就上扬场坝来读，我又扶（复）读二年级，我小的时候，奶奶，和爷爷，（一）直都很爱我们，我，和弟弟和妹妹也很爱爷爷奶奶，也爱爸爸妈妈，我们家的人口有爸爸妈妈，我弟弟还有妹妹，爷爷奶奶，二叔家的（有）五个人口，三叔家有四个，四叔家有四个，五叔家有六个，六叔还没有结hun，幺叔也不（没）有结hun，还有三十左右个人口，都还多得很呢，我是不像（想）算的人，我才没有算他们和我家一起，把他们仍（扔）

掉了，还(不)要他们了，我只要我家的这一大家人，在一起就算了，完了，我不讲了，进(讲)到这里就算了。

这是我拿到这份作文，抄在随身带的日记本上的。是个非常晴朗的上午，在学生的笑声里，听到有人朗读这篇中学生的作文，同时也抄了这位学生的名字，决定永远都不公开它。当时确实很多学生在笑，我想到民间俗语恶意挤对某人，会说，笑吧，笑够了，就该你哭了。

一个读过快十年书本的中学生的言语表达，还有这几百字里透露出来的人情淡漠，让我吃惊。

校长和他的儿子

估计后寨中学校长不久前刚喝过酒,贵州山区农民喝酒是有盛名的。校长去他家灶上给我们炒菜的时候,脸还很红。他女人和他吵架回县城娘家了,他亲自给我们做晚饭。

校长一家住的也是教室,中间隔了文件柜,划分睡觉和吃饭两个区域。摆在文件柜上的蒸饭的木桶敞开着口,远看木桶上是黑的,抬一下手,严严地封住了木桶口的一片苍蝇飞开了,露出桶里的白米饭,很快,苍蝇们又快乐地回来。

校长不会讲什么大话,不断劝酒,几分钟就端着酒杯起身敬酒,又起又坐,反反复复,真是繁琐哦。很快,校长的脖颈双手都红了,如果他穿件浅色衣裳,怕衣裳也红了。这个时候,校长六岁的儿子进来,张着两只手,手上许多蓝墨水,他马上跑出去洗。听说这孩子知道有客人来,下午洗了几次脸,连头发也自己洗过,全身都处理干净了。我看见他过去关掉文件柜上的小电视机,用电视屏幕当镜子,对准了照自己的脸。

校长的儿子跟小狗一样围着饭桌,在我们背后转,随时有人回身给他端的碗里夹菜。为我们的到来而特意洗过的头发还是湿的,头顶上好像顶了一只黑刺猬。

几个小时以后,夜已经深了,在深圳支教青年的住处,我和他们聊天,校长来了,无声地坐在角落里,听有人谈这次支教活动的时候,他说了一句话:真是伟大的人!

· 乡村学校窗口的墨水瓶

不知道他是在称赞去年来后寨的一批深圳支教青年，还是夸眼前围着蜡烛光的这六个深圳年轻人。也不知道什么时候，他悄悄走了。

第二天晴朗极了，听说已经连续阴了十几天。晴朗使人愉快，出门的时候，看见校长的儿子，他在天亮的时候到山坡上跑了几圈，又做了早饭，然后才叫他的父亲起床。

校长说这孩子从来没人管，和烂泥野草鸡鸭鹅狗一起长大。

名叫毛雅秀的深圳年轻人说，明年，2000年春天，她准备把自己三岁的女儿带到织金后寨来，让孩子在最自然的环境里自由自在地疯跑。

我们人类一边进化着，又一边退化着，我们本来选择很多，但是经常觉得生活逼仄扁平没有选择的余地。

在黑暗里贴着悬崖走

晴朗的晚上,天空没有银河,一点天光也没有,黑极了。有人提议去学生家家访,所有的人都赞同,都在起身,在成摞的作业本和从深圳寄过来的食品袋间寻找手电筒。

不过夜里八点多,但四野漆黑,好像夜深得很。出门就爬山,有人晃着手电的光柱说,右边是悬崖。听到这话,立刻觉得每迈出的下一步都很悬,都可能踩空,直坠悬崖。过去经常不理解,士兵上了战场,为什么不怕死,现在一下子理解了,死就在眼前,必须往前走,绝望到底就不会怕了。

我问:还有多远?

前面的人回答:半小时。

很滑的泥,哗哗响的流水,突然横到面前的树枝藤蔓。右边的山体和天空连成黑暗一片,漫天都是风啸声。感觉路变得平坦的时候,进了一个全黑的村寨,所有的村民都睡下了。这一路并没有半小时,其实很近。

有人喊学生的名字。一间茅屋的门一推就开了,在黑暗里,头顶碰着苦屋檐的草,刺鼻子的怪气味。终于有了电灯灯光,昏黄的,几乎没有光亮的灯,被喊到名字的孩子站在地中间,背后是泥垒的火塘,刺鼻子的是煤炭燃烧的硫黄味。这时候看清房子里有几个铺,两条可以叫"百衲被"的黑灰棉絮下面蒙着两个孩子。一个女人躲到暗处,在亮灯的那一瞬间,她钻到茅草屋外面去了。

这个家庭里,最有生命活力的是埋着煤块的火塘。最完整的器皿,是捣辣椒的一只石罐,罐的里侧被辣椒染得很红,火红,几乎是这家里唯一的颜色。

我出门去找躲到泥屋外面的女人,她没走远,靠在黑暗处。想叫她进来,越叫,她反而越往远处躲避,最后,学生的爷爷从外面来了,用苗语劝她,她才勉强走进来,半侧着靠在木板门上。女人头上顶着一个散乱的发髻,衣衫单薄又不整,一直拿手臂挡在胸前。

我问她多大年纪?

有人给她翻译。她想了一会说可能有三十一岁吧。

她说的是苗语,她不能准确说出自己有多大。

这家的学生叫杨朝亮,十二岁,读书了。妹妹九岁,弟弟七岁,都没有读书。父亲叫杨学先,外出做工去了。母亲叫杨行,就是躲着不敢见人的头顶上留发髻的女人。杨朝亮的村子叫织金县后寨乡花树村新寨组。

离开杨朝亮家,去另外一个学生家,突然村中小路上冒出许许多多的孩子,在我们前后小猴一样快乐地跳蹿。

第二个学生叫杨朝友,十四岁,也是苗族,他并没在家,上山抓野兔去了。

一只野兔拿到织金县上,可以卖到十块钱,当地许多人都愿意做这个。杨朝友的家人见老师来了,都起了床,我们到他家,灯已经亮着,杨朝亮的爷爷也是杨朝友的爷爷,他们是同一个大家族。这位爷爷说:杨家的孩子都是公家给养大的。

杨朝友家一个十二岁的女孩,十一岁的男孩,包括一直对我们笑着的他父母,没有人识字。很快,这个家里唯一的"知识分子"杨朝友满头是汗跑进来,问他战果,他说什么也没抓着。

家访结束,摸回乡里的住处,不是很怕了。晚间的露水使路面更滑,深圳来的一个刚刚大专毕业的小姑娘在离住处五米远的地方,一只腿陷到烂泥里,只能单腿赤脚跳着上楼梯。有男生去给她拔起泥里的高筒水靴,高高地举着。

等太阳又升起来,我专门去看前一夜经过的"悬崖",最高处也不过二十米。正有孩子赶着四头牛,在丝线般的阳光里奔跑着冲下来。

徒然地以为摸黑走过的是夺命的悬崖,真够可笑的,但是,这不等于没有人终生都见不到光亮,终生都以为正走在悬崖边上。

借用一下别人的诗:

有的人活着,

他却已经死了。

背煤的人

后寨这地方，用脚尖踢一下，黑的煤就从土里露出来。

迎面过来一个背煤的人，他不像偏僻地方的农民，对生人有好奇心，他只管理着头顶住后颈上的煤筐，不看路上的车，也不看路上的人。当时，我们坐的北京吉普正陷在泥浆里，这和他毫无关系，他只管走他的路。

背煤人穿的像件旧军装。跟双目失明者一样，他直迎着我过来，从我身边走过，脸是半黑的，眼睛里笔直向前的两道暗光。后面，又出现两个背煤人，他们之间好像有意保持着距离，这使每个背煤人都像一个孤独无援的动物。我知道猪狗羊都非常讨厌负重，牛和马是被人和鞭子驯服出来的。这时候，手里正拿着照相机，但是不想拍照，能感觉到，会有很好的取景角度，和生动的一张全无神情的脸在掠过。但是，我要尊重一个因为过度负重而神情麻木的人。

下一个背煤人也走近了，他有意绕开我们，踩着亮晶晶的水银般的稀泥走。在小煤窑里背一天煤，可以拿到七块钱。一个学生告诉他的深圳来的老师，他妈妈去背煤了，妈妈说赚了钱要请老师吃饭。

前面过去的背煤人靠在远处山坡上休息，望着对面山上的小松林。乡里人都知道，那片树是加拿大的什么援助计划种下的。从背煤人停留的角度去看山，确实美得一塌糊涂，想到明信片上见过的阿尔卑斯山脉。

织金这地方，赶马车运煤的人最具威风。拉车的是南方品种的小马，车也不大，煤块大而乌亮，堆成小山丘一样。赶车人直立在车前，背后倚着煤，双腿在马屁股两侧，高高耸立着，勒紧缰绳飞奔在山路上。这才叫"火的战车"哦。

我问贵州人：贵州有驴吗？

他们觉得这问题可笑：当然有驴。

听说，包括织金在内几个县，都在争说古夜郎国是在自己的地界，像人们争着命名香格里拉，争名人故里，是为争夺旅游客源。

没有买马买车的本钱，有人只能用脊梁背煤。脊梁是自产的，不费分文。背上压迫得狠，就是真叫了夜郎国也和每个人关系不大，叫什么名字不重要，背上的重量只有自己知道。

再遇到背煤人，远远地拍了一张照片。冒犯了。

深圳来的年轻人站在山坡上

好几个深圳人都感慨我从贵州拍回来的一张照片：两个深圳年轻人站在贵州的山坡上，远处是无限的群山，重重叠叠，把他们显得渺小极了，而且他们的神色真茫然。事实上，当时他们只是比后面人快跑了几步，先冲到坡上，等待燃放从织金县城带来的一挂鞭炮。很快，大家都站上那山坡。他们被临时捕捉到的神情，没任何形而上的含义。

两个年轻人，一个学中文，一个学设计，都已经工作了，停下了在城市里的事情，只拿每月四百块钱的补贴，来山区做一年支教老师。也有人是辞掉了稳定的工作来了贵州。照片不可能记录下心情的变化，复杂的东西很难留在照片上。比如，后寨这里，肥肉比瘦肉贵，第一次赶场，他们买了十五斤肉，六个人，四男二女，一顿吃掉了八斤，在城市里的人很难想象这一餐他们吃得有多香。比如，乡里电压不足，批改作业的晚上，灯亮着，每人眼前还要再点一支蜡烛。又比如，他们告诉我，来贵州前，总以为人能做点什么，其实什么也不能改变。

从后寨再往山里走，有长角苗人居住的地方，上算术课，学生要不断画道道来演算加减法。道路太差了，我没有去到长角苗的地方，后来在省城贵阳看了一部记录他们生活的专题片。

深圳来的年轻人最幸福的事，是去县城洗澡，有时候能搭上拖拉机去，到了县城，才发觉两个手掌上都磨出了泡，路太颠簸，只有不断抓牢拖拉机上的铁杆，一会儿，手就磨出了泡。他们说，县城真繁华啊。

拉胡琴的人

拉胡琴的人从蓝天当中大块大块的白云彩里走过来了。

是一个盲人,正面向着太阳,他一定能感到阳光使他的胸前暖和多了。后寨这天赶场,有人卖豆腐,有人架起平底锅,煎乒乓球大的土豆在卖。空地上因为有了五六个摊位变得热闹。

盲人停住了,开始提着胡琴。

我问一个学生:这个人常来拉琴吗?

学生说认识这个人,是亲戚,叫冯新义,生下来就盲了,从没见过光亮,不会别的,就会拉胡琴。学生过去对冯新义说了一阵话。拉胡琴的人马上用手里的松香擦弦,站稳了,开始拉。

他拉得不好,音准节奏都有问题,却极其认真,灰的眼睛很专注,像盯着空中一张静止不动的乐谱。拉完了,递给他十块钱。一般的盲人收到纸币会抚摸辨认一下,他没有,直接放进上衣口袋,是上世纪70年代那种,有四个口袋的上衣。他也没有说谢谢。

后来,他还是面对太阳站着,一手拿松香,一手拿二胡。我觉得我不该就这么走掉。事情好像并没结束。我该对他说点什么,可是,给我们做方言翻译的学生早跑了。

离开贵州一个月以后,想到过拉胡琴的人。我拿不准当时是不是应当给他钱。对于他,钱当然有用处,但是,我不能只站在自己的角度只在乎自己的感受。在城市的天桥上那些吹唢呐、拉二胡的,盲人

· 贵州赶场的人们

夫妇互相牵着，听到有人走近张嘴就唱的人，可以给出一张有价的纸。冯新义是个中年人了，一直留在他的乡里，乡人谁也不会因为他拉琴而施舍他。盲艺人冯新义该得到钱以外的更多尊重。

一年和一生

织金县的绮陌乡离县城很近，车程不过十分钟。在傍晚去到那儿，山峰秀丽小巧，叫绮陌河的水流得哗哗有声。山和水之间有一块狭长平坦的土地，在田里做农活儿的人和山水田野一起笼罩着发紫的晚霞。刚一到就听说，深圳来支教的一个女老师带学生到河边写生去了。

绮陌乡学校有两层。上面一层空置了几间，已经宣布为危房，墙体裂了。其他摆了桌椅的教室平时还在正常使用。是星期天，以为学校里没人。楼房对面一排更古旧的黑瓦平房里传出了人声，是教师宿舍。刚接近房门，酒味散出来。远远看见一张木桌，摆几个浅碟子，有玻璃酒瓶被残光照得闪亮。突然，靠近门的一个年轻人扑出来在门前，狠狠地说：拍照，拍照！我们这里要交肖像权费用！好突然哦，马上退到小操场里，一排不知名的高树浑身的叶子用力摇晃。我手里拿了相机，并没举起来，没准备拍照。

给我带路的人说：这老师醉了。

听说，这所乡村小学校的一些老师，倒像城市里的大学老师，他有课的时候，搭上车，甚至有人搭出租车，从县城赶过来，下了课，马上再赶回去。他们在县里有自己的事情，估计和赚钱有关。常年县里县外地跑，可比候鸟辛苦多了。那些没能力做"候鸟"的，只能住在乡间小学的旧宿舍里。难道他们是借酒浇愁？

一个人不爱故乡，并不触犯法律，不爱惜自己的生命，更是他自己的私事。真想倾听的话,杀人越货者都讲得出动机背后的理由,何况无数遵纪守法的良民百姓,他只是不喜欢不高兴不快乐。

到贵州支教的年轻人,刚到当地,就打出一个醒目的横幅:我爱你,贵州。对于一个乡村老师来说,这些外来人只是在这里生活一年,和城市里的中学生参加"魔鬼夏令营"差不很远。一年和一生,能相比吗?

从贵州回到深圳,在回家前,直接提行李去了冲印店。对收胶卷的店员嘱咐了一句:请认真冲印,是从贫困山区带回来的。他在装胶卷的袋子上写了"注意颜色"四个字。我说都是贵州山区的照片,珍贵。旁边的女店员对收胶卷的男店员说:你老家不就是贵州山区吗?他说:是啊。就完了,再没后话。

但是,那个美丽傍晚的学校宿舍门口见到的醉酒人不是个普通打工者,他是个老师,平日里要教学生的。不识字的农民父母常常是在几个孩子中选上一个最聪明伶俐的去读书,天不亮就催促着上路,怀揣两只热的水煮土豆当午饭,盼这孩子将来早点学成,走出贵州遍野的乱石山。

国家说:读书是义务。

国家巨人一样,他不可能看清每一个细小的部分,看这书是什么读法,又是什么教法,人又是怎么个做法。

追 问

我跟着一个小姑娘走,她双手举着刚买的煤油瓶。她家在半山上的,才走了一会儿,后面已经尾随了一群孩子,每一个都要求到他们的家坐坐。进了寨子,路仍然难走,没有一块干净又平坦的石板,猪在涂成赭红色木板壁的正屋里,全身带着泥的铠甲在睡觉。

买了煤油的小姑娘想在供着"天地君亲师"的木牌前面照相,这五个字分别代表天穹、土地、帝王、至亲和师长。小姑娘照过,又有满脚踩着泥的女人抱小孩来请求照相,刚拍完,她笑着跑掉了,既没留姓名也没留地址,脚下绊着柴草、鸡笼和丰满硕大的一坨新鲜牛粪。她跑了,这张照片她本人不可能看到,好像她也没想过看到。

织金县三甲乡有叫绮结河的地方,周围的山由遍野的碎石块组成,真像立满了墓碑的一片坟场。见到一棵小树,枝头吊几只空酒瓶,上下错落着,还有几朵大的多瓣纸花,这让我想到早在1983年春天,在桂黔交界的瑶寨见过用结绳挂某种花草器物来寓意祈福驱邪的表意语言。问了三甲乡里的人,瓶子和纸花绿树一起,是祈求平平安安,估计哪个农户家里小孩子生病,挂了祈福求平安的。

三甲乡中学让我和同行人给学生们随便讲点什么,我很想推辞,不知道该讲什么,没有推掉。首先,到学校新铺成的操场看升旗唱歌,各年级的学生队伍都是男生排得长,女生队伍短,问了,许多乡村的父母只让男孩子读书,女孩留在家里带更小的弟妹或者干活。队伍解散以后，一个老师向另一个老师递过什么，白白的，我以为是三根香烟，细看是三根粉笔。这里的每一天每个教师都只有三根粉笔的定量，没有第四根的，要自己控制使用。

学校领导带我进了初中二年级的一个班，教室里散布着乡村召开村民大会特有的汗味，五十多个学生，整整齐齐全扬着年轻的脸，脑子完全空白，赶紧宣布，我们的对话采用问答的方式。

我问他们谁去过县城，有半数举手了。学校所在的三甲乡离织金县城不过十几公里。

我又问，谁去过贵阳，只有几个人举手。

问到谁出过省，只有一个男学生站起来，他说他去过浙江。他的座位在最后一排，个子比较高。我居然问，是去旅游吗？他说：是去浙江打工，现在又回来读书了。我没话说，教室里忽然静极了。

老师为了活跃气氛，叫一个小个子学生上来讲故事。这学生应该是平时表达能力最强的，他说他要讲一个笑话，下面他完全使用贵州方言，讲了一个愚蠢的县官和师爷把买"猪肝"错听成买"竹竿"的笑话，笑话很短，由始到终，直到小个子学生回到自己的座位，整个教室里没有一个人发笑。县官和师爷，对于今天的人都是远而又远的概念，过去的旧连环画上见过他们的形象，凶狠诡诈，前一个戴两个颤颤的帽翅，后一个手里拿折扇。生于上世纪80年代的乡村孩子，他们的脑子里应该有新东西不断涌进来，而不是从长辈那儿学说古老的县官和师爷的笑话。

坐在教室最后一排的学生高举起手，他的眼睛盯着人的时候炯炯有神。他起身问：我想爱国，该怎么爱？

我真的回答不出来，匆忙应对，自己都感觉所答非所问。

他刚坐下又起来说：我学习不好，父母打骂，我该怎么办？

我不敢完全对这个孩子讲实话，也许面对城市里的孩子我还能略微有应对办法，对眼前这些学生，我不知道怎么说。

炯炯有神的孩子第三次举手了，他又站起来。他说：我们这里的老师对我们不好，我想和老师成为朋友，他们不想，我该怎么办？

这个满脑子是疑问又锲而不舍的学生，我该怎么回答他呢。他以为我什么都能解释，谁说我的困惑比他少？

这时候，班主任说，你坐下吧，谁还有问题？

于是，再次安静，没有人举手了。

再三提问的这个初二男生十七岁了，布依族，一头过于浓密的头发，五官棱角鲜明。我记住他了。

远走高飞吧

山里孩子看待学习极明确,发愤读书,悬梁刺股,为的离开山区远走高飞。

县志上说,贵州织金在五十年前还森林遍布,"大跃进"和人口剧增,新中国成立时的百分之六十以上的森林覆盖,到上世纪80年代减少到百分之八左右。山,不断被剖开,翻成最小片田地,有些地小得只能种几株玉米、几颗土豆。乡间小镇上有县劳动局贴出来的招工启事:小学毕业文化程度,年龄十七至二十七岁,可报名应招到深圳邯泰鞋厂做工。启事上没有写工资待遇。

在织金三甲乡住的"旅馆"是农民家二楼的一个小房间。这家人姓范,我从他们的堂屋经过,见范家女孩在火炉前搓棒子上的玉米粒,坐下和她一起搓。她不到二十岁,穿一件人造皮革的黑色紧身背心,在贵州乡下算是外来的时髦装束。她说她去深圳打过工,过了春节还会去。她的举止言谈,透出见过大世面的松弛,还有点傲慢。想着问她对城市的看法,她把装玉米棒子的筐直接推给我,到外面摆着杂货的柜台上打电话去了。后来我几次进进出出,都看她趴在那儿嘻嘻哈哈打电话,煲电话粥呢。

在织金三甲乡遇见的第二个打工者是在学生刘庆庆家里。进门的时候,刘的母亲有点紧张,她在灶上正忙,我赶紧说,吃过饭了。才讲了几句话,这个母亲消失了,后来到后屋里看见她正在火塘上架一

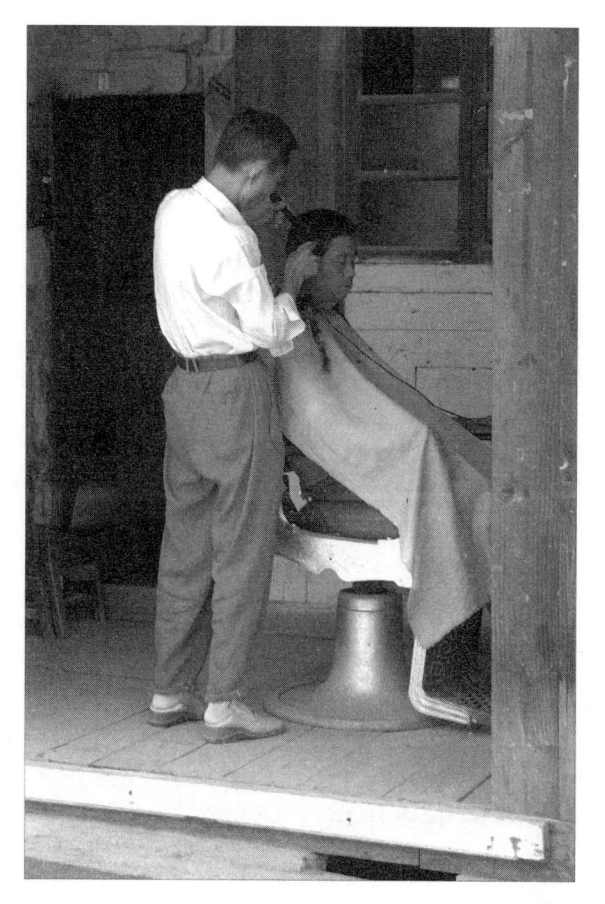

· 理发

只铁锅,头顶悬着一大串蒙满了灰尘的红辣椒。她说她去福建泉州打过工,可惜,好几年,离海那么近,一直都没时间去看海。

我很喜欢贵州的火塘,寒冷潮湿的天气里,烤得人舒服。刘庆庆的母亲在那么简陋的厨房里,很麻利地弄出四种菜。原来,他们今晚要招待客人,是刚从深圳回来的一个姑娘,据说刚下长途客车。我问了，她是在深圳特区关外福永镇做胶带，工资每月四百多，加班能拿到六百多，姑娘二十多岁，说到收入，脸上的神态很优越。从深圳坐长途汽车到这个小村子，要走三天两夜。她刚坐下吃饭，有人叫她接长途电话，不知道那电话在多远的远方，过了很久她才喜鹊一样跑回来，说被客车晃得到现在头还晕着呢。那种流水线上的工，不是好做的，形容起来像旧社会。

天黑了，学生刘庆庆的叔也在夜路上出现，他进来坐，说自己当过兵，复员后在贵阳给民工队做饭，后来给人理发，再学电焊，又学修车，现在回乡开了间汽车修理店。他说他的优点是望见别人干什么，都多看上几眼，看得多了就可能学会。他独自坐一条长板凳，摇晃着，说话的声音很震动，他说除非供不到，哪怕讨饭也要让他的三个孩子都上学，他讲了一阵，走了。刘庆庆家叫他吃饭，随他同来的女人说，都喝多了，回去睡，睡死了叫都不动的。

离开刘庆庆的家，门前破旧的中巴车在路上颠过。车破，灯却极亮，照出整条道路惨白惨白，也照到一伙浑身尘土的男人的剪影，陪我出来的刘庆庆说他爸爸就在其中，上山打石头刚回来。

1999年12月，经过深圳一家旅游用品专卖店，门口的记事板上看见有人用彩色磁铁片贴的一张纸条，饶有兴趣地征集去贵州体验山野风光的志同道合者，有意者可以在元旦假期前给他电话。

对于城里人，贵州是好玩的地方，对于贵州人，大城市才是他们的人生目标。

没吃成烤土豆

　　白天和学生们说定,夜里十点钟去他们离学校很近的出租房里聊天,吃他们的烤土豆。天黑以后,开始下雨,路滑极了,先去看了住在三甲镇上的一对少年,他们是兄弟。弟弟有一个旧文具盒,凑到灯下面,看见铁的文具盒盖上有四个大字"清华大学"。然后,去看一个生病发烧的女学生,她们四五个人租住一间屋子,灯光昏暗极了。有一张旧时候结婚才有的雕花大床,现在是她们的床铺。女学生怕生病误了上课,自作主张吃了双倍的退烧药,剂量过度,起不来床了。

　　学生离开山里的家,到镇上读书,租房一年有的付二十块钱,可见二十在这里也是个有用途的数目。几个学生合出这份钱,免去每天爬几小时山路回家,挤出来的时间全用来背书。这个乡的干坝村有一个学生现在在清华大学读书,三年级,读化工系,他的父亲是种菜的,他说为了给孩子凑足读书的费用,曾经昏倒在卖菜的路上。

　　教育的改革,对于城市孩子显得太慢,而对乡村孩子又实在太快。从贫瘠偏僻乡村走出来,在完全不对等的读书条件和环境下,想成为中国名校的学生,将来会越来越艰难。

　　夜里十点,拐了无数的泥路,无数的弯道,才见到邀我去吃烤土豆的男生,一共八个,全挤坐在一张床上,跟上课一样挺直,有点不自在,都不说话。其中一个举着包扎着厚布的脚,他在上学路上踩到什么铁器,伤了脚。八个男生,内向而沉默,几乎没人说话,光线极

· 货摊前的孩子

微弱的灯泡快垂到地面了,它烘烤着一张小木桌,这是八个人共用的书桌。灯光把八个人整齐划一的侧影和一只极大的伤脚,映照在泥墙上。

  冷场。大家都在看一个学生弯下身,去拨火炉里的炭,又往煤块间摆放土豆,土豆太多了,一下子压塌了火炭。

  土豆烤不成,话也说不成,只有跟这八个孩子告辞,唉。

大家庭在山里奔驰

离开织金县是一个清凉的早上,长途汽车上只有一个乘客。我问,到贵阳多少钱。女售票员说,四十。我脱口而出:这么便宜。她直直地看我,以为这人有问题。她化着太浓烈的妆,实在不敢细看。

车开出没多远,停靠在有房屋的路边,司机和售票员都下去了。我也下车,才发现我们这辆汽车的顶部加了特殊的铁槽,还载着几十只鹅,好像那铁槽是为鹅准备的食槽和护栏。鹅们都挺直了脖子,惊恐地望着远山。售票员正从一间住户的家里拉出一根胶水管,给居高临下的车顶铁槽里注水。

头顶着一群鹅,汽车又开动了。从第三个乘客上车,车厢里就有了家庭的气氛,很快就是个大家庭了,所有的人都在说笑,好像每个新上车的都是熟人。这天叫猫场的镇子赶场,上车的人越来越多,后来变得拥挤又喧闹,前后几十只喇叭一样,大家亲密无间地谈话。贵州方言讲得快,一句也听不懂。

车慢悠悠地行驶,一停在路边,就有人上车来卖白色的饭团。许多人都问:好多钱?几乎全车的人都吃上了冒热气的饭团。后来,男人抹抹嘴,都叼上了香烟。有人拦车,却不马上上来,拉住车门说:四元。售票员说:五元。车上的人想快点开车,全说五元。争执了很久,那人把行李卷顶在头上上车。满载的长途汽车车厢里跟煮着八宝粥的热锅一样。售票员把她收上来的人民币卷成筒,紧紧攥在手里。她和

·贵州一路人

身后的人讲话,仰面大笑。背着菜的老太婆,拿秤的女人,腰上挂着大串钥匙的乡村干部。

叫凤凰加油站的地方,车停了,警察查车。车上顿时鸦雀无声,全注意着车外,有种同仇敌忾的气势。

长久等待。路边截停了一排车。

挨近我的两个人在谈话。二十多岁的男人说得多,二十多岁的女人只是偶然插一句。

男人说:我这人什么地方的人也不是,我就是一个中国人,我是从福建来的,浙江也待过,也会说贵州话。

女人说:你讲贵州话?我听着不像啊。

男人离开这个话题,又讲他这个人适合漂泊在外等等等等,讲了半天，好像背诵《读者》杂志上的锦言名句。

车停了二十多分钟，终于重新开动。女售票员因为顺利过关卡而高兴，遇见对面开过来的车，她会探出头去喊：前面查车！有警察！有警察！对什么车她都这么喊，包括一辆运活猪的卡车。有人伸出头去呕吐一阵之后，再和周围人说笑。喧闹拥挤呕吐颠簸警察查车，好像这些都不算什么，都不能妨碍大家的欢乐。

记得有学者预言说，中国的未来在于中国人口的大面积都市化。这个演进过程，事实上已经发生，很多的县和镇正在变成城市。而造出楼房不算难，在这辆由乡村奔向城市的长途汽车上我想，要使眼前这整车上的人都市化，可不是件容易事，学会安静文明比造楼难得多，要准备出极大的耐心极长的时间，经历预想不到的难题。

1999年11月17日中午过后，一路欢快的人们争着下车，各奔自己的方向。在呕吐物、废纸、青菜叶、鸭子毛之间，寻找落脚的地方，我到了别名为筑城的贵阳。车顶上那些鹅不知道等待它们的是城里人的餐桌，它们正在好奇地巡视城市里的花花世界。

巫峡的背后

城

  城,说的是1999年的巫山老县城,现在,完全被淹没在长江里。这篇文字记录的都是1999年春天我在巫山县经历的事情。

  长江三峡的中段叫巫峡。巫山老县城沿长江南岸的峡壁重叠向上,看着不算很宏伟,上世纪80年代曾经在重庆到上海的客船上看见过它,不过是依着山出现些屋顶,成片的旧屋和山体黑嶙嶙的,融在一起,一级级石阶从江边通向高处。

  山是件大东西,江是件大东西。和它们比,巫山县城只是微小的一块。坐江轮的人进入巫峡段,更有兴趣找神女峰,用想象力把石头往美人上想象。就在努力看石头的那一会儿,巫山老城一掠而过,向下行过西陵峡,向上是瞿塘峡。这些景观到21世纪都不存在了。

  下了快船,要仰望这座老城。黏稠的江水透着光泽。一直向上走木踏板就进老县城了。江岸上喧闹得厉害,摩托车改装的"麻木"车拉客,叫卖干面包小青桃的,跟出了乱子一样,翻天覆地地吵。

  紧跟住来接我的人,看来准备走捷径,穿一条低矮的黑巷子,像钻进地下涵洞,是这小城中无数细肠子中的一条。能望见上面的街道,大树的根浑圆,粗暴地裸露着,把街巷连接起来,街上面,立着个警察,清楚地看见他的两条腿。这条巷子理发摊密布,多种颜色的电线混乱交叉,人们把树根当墙壁使用,挂理发用具,挂不干净的镜子,挂毛巾围布,手里没活儿的理发匠们都瞪大了眼睛看我,好像全巫山县城

· 已淹没的巫山老县城

里的人都回转了头，盯到又疑惑，这个外人怎么走到了他们的地界？

走上正街，才体会巫山人口口声声叫它"城"的缘由。老城纵横着多条街巷，商贸发达，有夜总会，有酒吧，有教堂，有超市，有柯达专卖店，有婚纱摄影，有影碟店，有电器城，有食街，有六间正营业的电脑房，有染红头发涂银灰脚指甲的女郎，有大塞车和夜生活。招手即停的小客车，车门永远不关，随走随停，满城转，只是没有红绿灯。书店里没世界地图，单行本或者挂图都没有。除了红绿灯和世界地图，1999年的它足够追崇时尚。

粗看去这长江边黑乎乎的老城有过时尚的历史，1898年，中国的小火轮首航就经巫山。1905年县城设邮政代办所。1911年设电报局。1946年县城安装了长途电话，可以和外省通话。最早的义学有五所，建于1824年，最早的小学建于1832年。20世纪初，现在的巫山大庙乡开办天主堂女学校，招生百人。

巫山老城里的人真热爱家乡哦。说到江水就要淹没县城，大家都摇头，一中年妇女说，下江洗衣服的石板就要沉到长江底了。街头做石凳的雕花柱脚石可能搬不走喽，她摇头，表情极伤感。

尽管依依不舍，日子还是照旧，讲究吃的习性照旧。用竹签挑一颗油炸小土豆，也要一样样蘸各种酱汁辣子，然后，悠闲地边走边吃。夜晚，挑着灯的食街热闹得很，我问他们，吃这个，卫生吗，不怕传染病？大家都很坦然，说这么多的人，防不到的，一个肝炎，个个肝炎，大家都得，就没什么可怕了。

这样粗犷彪悍的生死观，不只巫山人有，中国各地都有。

坐在一个叫全兴餐馆的小店里，两腿间夹着木质钱箱的女老板问：你是出差还是旅游？她的店不备时蔬，点了什么，派人去买，一个小姑娘飞奔着回来了，白豆腐托在一片绿树叶上。女老板叹气，说这老城快成库区了，大家都要往山上搬。这时候，她放下钱箱，麻利地给几个年轻的农民打盒饭，一块五一份。

我说：他们是"棒棒"？

她马上纠正我：巫山没有"棒棒"，他们叫"扁担"，重庆才叫"棒棒"，"棒棒"随便提个木棍就上街，多落后呵，我们巫山力工，用的是加工精致的竹扁担。

她是想告诉我，巫山文明开化，"扁担"远高于"棒棒"。

每个地方的人都该单纯地从土地获得优越感，喜爱珍视自己的出生地，我愿意把这看作人性的一种。

乡间来的人也穿梭在县城里，有孩子在卖"麦子"，是粗麦粒直接磨碎做成的团子，用树叶包着，粗糙，味微甜，真正的全麦食品。另外是老人，默默地走，肩上扛着一大绺白而长飘飘的东西，轻曼下垂，好看，像仙人的胡子，随着人走动的节奏甩动。我以为是细粉丝。问了当地人，说是"灯草"，煮水入药，给生病的孩子喝。有人去世，也可以点起来做长明灯。这飘飘的东西，居然既能医治疾病，又能给远去的人照明。许多的好东西都来自乡间哦。

在巫山听到一种说法，"巫"字，从字形上看，上一横下一横，两个"人"字被分隔挤压，又孤独，又上下不着天地。所以，他们说巫山的人只有远走他乡，才能舒展，才有作为。要离开很容易，长江就摆在眼前，每天，无数快船慢船靠岸上下客，想离开的人拔腿就能离开。

可是，还是很多人依恋着老县城，狭闭，有立体感和纵深感的空间，集中了最大密度的人车和随时可能突发的磕磕碰碰，想在中国腹地拍纪录片，巫山老县城是最佳地点，架上机器就能工作了。

巫山，你别瞪着眼望我，现在是我，很怕错过任何有趣的细节，我格外专注地在观察你。微微有着哀怨和未知的人们擦肩错臂，享受着老县城里的每一天，活着，居然可以这么盎然有趣，心事重重。

山

现在。我们出城了。两岸没有猿鸣,年轻司机的手一直按方向盘,汽车长长地鸣笛,希望行人快让出路面来。

1999年,全巫山县只有一段路铺了水泥,四十公里长。其余的路,都是颠簸的沙土山路,两小时颠簸走了二十公里,牙齿间掺着沙土,头发挂一层土,如同黄毛女。常有山上滚落下来的石头横在土道上,没有人去移开它,司机熟练地在窄路上蛇一样绕行。

巫山的绵绵群峰望不见头。一小块平坦的地方也珍稀,打谷的人站在二十平方米大的屋顶上,那儿是打谷场。

巫山向西连接奉节,向东连接神农架,县境内有绵延不绝的山峰三十三座,多数两千米左右,最高峰太平山两千六百八十米。在《山海经·大荒西经》中已经有记载。巫山的来历有两种解释:一、传说中叫巫咸的医师为尧帝治病有功,死后封为贵族,划领地为巫山。二、巫,是"雾",神秘而多雾气。一个早上,乡下大雾,四处能看见的只有大团的白汽。几米的距离外,白汽里先钻出一串白花,然后探出举着花的两只小手,然后是鼻尖是脸,然后是个走出雾团的小姑娘,最后是她背后的书包。她是一点点从仙境里剥离出来,进入了我站的这一小块人间。

接下来的十天时间,走了这个县境内的十几个乡,几十个农户。每天最多看到的是半秃的山,稍平缓的山坡上零散开辟了小块田地,像巨大耸起的臀部上，缝了些小块的绿补丁。

一天，一个中年人迎面奔跑，抱一件深色中山装，招手，要搭我们的车进山。当时，我们在距县城将近五小时车程的河梁区，拉上这位搭车的，继续进山，三小时走了五十公里。一路上，中年人都不讲话，后来，他突然说话了，说他1982年被分配到这一带山里做小学老师，当时兴奋得睡不着，想自己终于成为人民教师了，凌晨一点钟，他去叫起专门从山里来帮忙挑行李的山民，两个人摸黑出发，目的地就是河梁区，他们打着手电走山路，走到天亮，又走到中午，还没有到学校，他借口解手，钻到树丛里号啕大哭，他想，这山怎么这么大！哭了一阵又继续往山上走，到学校是下午六点，走了十八个小时。这个人叫谭成风，看样子寡言少语很沉得住气。他说，当时真给山镇住了，年轻嘛！

中年人说完了他的故事，后来也搭上我们车的一个中学生说话了，他挤在车后排说，他第一天上中学也哭了。

我问他为什么。

他说：太远了。

为改变车上太沉重的气氛，我回头问那孩子：是大声哭，还是小声哭？

中学生有点难为情说：淌眼泪。

1999年他十一岁。1998年秋季上的初中一年级。

巫山境内的山峰从古至今，一直是三十三座，一直高耸，一直山路难行，也因此更多自然状态，山间到处是植物的清香，据说是桑叶香，四野里到处有布谷鸟叫。

土 豆

对于土豆，我的评判永远是正面的。1999年这一年，到了重庆的巫山，后来又到陕西榆林，到贵州织金，没一处不见土豆。这以后的第二年，2000年5月24日，《焦点访谈》播出了重庆巫山官阳乡一农民，匍匐在土地里，双手疯狂地刨开泥，翻出已经死掉的土豆秧苗。他双膝着地哭诉他辛苦种下的土豆被区里人强行锄掉，他说：我要活命啊。

生活无忧的闲散人才说，无有杜康，何以解忧。农民是说：没有土豆，何以活命。

书上说，土豆的食用价值被发现，使得因得不到足够谷物濒临绝境的饥饿人口的生存机会增加了七倍。诗人们都去歌唱麦子，显然注重的是唯美，着重麦子在短暂中覆盖了大地的金黄，而真正值得朴素地歌唱的，必是实实在在的好东西，比如土豆。

刚到巫山，他们就告诉我，在这儿吃不到海鲜，当地的出产叫"三大坨"：洋芋、红苕、苞谷。洋芋就是土豆。红苕就是红薯。我说，简直太好了。我最喜欢吃的就是土豆。县教育局的人听我这么讲，才暗自解脱了。后来才知道，我的突然到来，使他们很疑惑。他们接待过自称记者的人，每天住县里招待所，要好吃好喝有人陪着"采访"，并不下乡，吃住十几天就消失了，骗吃喝的骗子。他们在心里想过：喜欢吃土豆的人不会有假吧。后来，陪我一起在乡下转的县里人成了朋友。

巫山的土豆多数只有鸡蛋大，肉质坚韧。这些小土豆，很像一首旧歌的第一句歌词：亚细亚的孤儿在风中哭泣。

穿过土豆地下山坡，瘦弱的秧苗都种在倾斜三十度左右的斜地上，一撮撮白的，是刚撒下的化肥，非常雪白，我理解施化肥应该埋在离根茎十厘米左右的土层下面。这活儿我在插队时候常做，化肥撒在土表层，很容易被雨水冲掉流失。当地农民没懂我的普通话，两只瘦筋暴着的手胡乱比画着，意思是，就是这样子。

一天在县城，见一背篓子的农民从长江码头那儿攀上石阶，陡陡地上来。竹篓里坐一个孩子。来到摆了些菜摊的路边，农民抱孩子落地，耸一耸背篓，那里面是些被坐实了的小土豆，他使它们互相间宽松舒适点。然后，在先摆好的筐篓中间挤个位置，他蹲下来，开始卖土豆。卖不了多少钱，但是能拿到现钞。

有个小学生告诉我，他最不愿意吃土豆，因为总是土豆，没别的，他喜欢方便面，因为有调味袋，有辣有香味。

从县城到长江南岸的邓家乡坐车要走七小时，然后向山里步行三小时，有一个楠木村小学，一共九个学生，五个读三年级，四个读学前班，只有一间教室一位老师。老师无论讲多么紧要的课，都要记着屋里还煮着的一大锅土豆，要随时放下学生去搅动它，不让它们煳锅。它们是九个学生的伙食。

雨天，整个巫山都朦胧着，雾气很重。我们的汽车极小心地走盘山路，前面的弯道上突然出现一片黑影。很奇怪的直觉，好像那是蹲在一起取暖的狼群，全身的狼毫直直地下垂。再走近，有三张脸扬起来，是三个披旧蓑衣在田头避雨的农民，蓑衣像传了千年百代那么旧，黑黑地扎煞着。

司机问他们在做什么？

他们说：弄洋芋。

雨天，蓑衣下面人的脸显得真小，拳头一样紧缩着。是冒着大雾来挖土豆的。

过去的话说，人不能忘本。所以不能不热爱土豆，走遍中国这是真理。

床

巫山农民睡的床大致分两种。一种豪华,旧得快不行了,但豪华,漆过,有雕花的木头,四条床柱,高高地可以挂帷幔,有些还带下床以后踏脚的板。类似的床,很久以前在《水浒传》的旧摹本插图上见过,床边站着柳叶样微微身体前倾的潘金莲阎婆惜之类。另一种床很简陋,床脚是砖头石块垫的,是普通的床铺,沉旧的棉絮,一张木板上睡几个孩子,合盖一床旧棉被,味道浓重。床白天充当衣柜,一家人随手的衣服都堆在上面。

在乡里坐着,喝怪味的茶,一个陌生人闯进来,像个干部。穿件赭红色衬衫,腰上拴了大串钥匙。他说有些地方像我这样简单走走是去不到的,有些农民家的贫困连他这个本地人都不相信:推开泥屋的门板,里面暗得什么都看不见,门后面突然挺起一个孩子,跪在床上,就跪着,向进门的人敬队礼。床是石块垒的,上面铺层竹片,再上面垫玉米叶,连棉花都没有。

我问他:这是什么时候的事儿?

他说:去年冬天,山上的笃坪乡天蒜村。

他说的是1998年。

晴朗的下午,到巫山县的河梁中学,校长要带我看他们学校的"吉尼斯世界纪录",他说:虽然没去申请,我敢断定,申请了就能入选。跟着年轻的校长穿过一层层向下的学校,看见一间大宿舍,一百五十四平方米,住学生一百八十四人,每张双层单人床睡四个学生,床宽九十

· 已经淹没的大昌古城

厘米,床铺整齐,床头床尾各摆一只枕头。每张床下塞着四个人吃一学期的咸菜坛。校长说,他们认真计算测量过,每个学生的休息活动空间一二平方米,相当于一只盛放二十五英寸彩色电视机的纸皮箱。

校长问我:这够吉尼斯了吧?

去大宿舍的时候,学生都没在,去县里参加报考中师前的体检了。校长说农民的子女越来越不敢想大学,读了初中,就报中师,尽早毕业,尽早拿一份教师工资,二百多块钱,养自己养家。

接近小三峡一带,有一条水流极急的河,水雪白雪白地翻卷,冲着河里的大石头,最小的石块也有怀抱大,嶙峋,我来巫山的这一年刚有过河的人被急流卷走。河附近有所小学,上学路途远的学生借住在乡村老师家,我看到了他们的床铺是在屋角的泥地上铺麦秸,四平方米左右大，睡十二个学生。老师家里地方有限，更多学生要爬山路蹚河来上学，走两小时山路算很平常。

一般的游客来游小三峡的终点是大昌古城。这城中的人还见过几次拍电影电视的。有个开"麻木"的夸耀说，他见过唱歌的万山红，来古城拍 MV，大昌人喜欢对来猎奇的陌生人讲城里各种风光事。

几个年轻老师问我有没有看过"男生八号"，以为是个旅游景点。其实是一间男生宿舍，由当地中学向一间铁匠铺租来，给学生们住。去看"男生八号"，石板路上，一个小个子男生跑着给我们送来钥匙。不大的房门开了，昏暗中，满眼都是二层床铺，地上潮湿有积水，全宿舍只有最深处开了一扇一米左右的窗。宿舍的主要光源，来自一处只剩半面墙壁的地方，阳光雨水直接关照到睡在半堵墙旁边的学生。老师们说这里有一百二十平方米，现在住一百二十七个学生。学校每年要付给铁匠铺两千块钱，说到这儿，他叹气。每张床睡两个学生，这个的头对着那个的脚。据说学生愿意这睡法，一个人睡整张床，准备了铺的，还要带盖的，谁家有那么多的铺盖？

我问：有从上铺摔下来的吗？

他们说：经常摔，爬上去再睡，有人早上醒了，发现睡在地上。

拿钥匙的孩子无声地跟在后面，等我们走出来，他用指甲大的金属锁头，小心地锁门。有人说：你问问这学生，"男生八号"比他在家住得好不好，他屋头才恼火呵！

孩子只顾拿钥匙跑了，屁股上两块长方的补丁，左右摆动。

大昌的人告诉我，全巫山的中小学老师都毕业于"北师大"，全称是"巫山北门坡师范大孩子学校"，"男生八号"送出去的就不少。

脸

已经是夏天了，巫山境内海拔两千米的山上，老人还穿棉衣，家境好点的孩子穿着毛衣。

在山顶小学操场上，一张脸直朝我晃过来，七八岁大的男孩，横贯额头有三个字"吕世刚"，蓝墨水写的。

我问：你叫吕世刚吗？

他不回答，年纪小，但是有山间霸王的神气。

这一带叫邓家乡，曾经土匪出入，附近保留着早年的炮台。

吕世刚是不是你？我又问。

他穿的粗线毛衣胸前也缝了明显的"吕世刚"三个字，似乎是怕他丢掉。

另外的孩子都拥上来说：对头！

人一多，脸上有字的孩子转眼消失了。围住我的孩子们都挂着鼻涕，不擦，鼻涕就像他们的鼻子，非常自然地待在脸上。远处，垫得很高的学校里，四个小姑娘在排练节目，身体有点僵硬地跳舞，两只手像摘棉桃一样，在空中左右各挖一下。她们是五年级的学生，也都拖着鼻涕。这情况，在巫山海拔一千米以下少见。我想这应该叫高山现象，和海拔有关，和卫生无关。

有个早上，沿着名叫官渡河的水往远散步，再返回小镇。镇中一条石头黑桥，桥上有推小车卖杂物的，被几个小学生围着，他们在试戴很简易的一种塑料眼镜,试了红镜框的,又试绿的,五颜六色都试试。镜片是早磨花了的塑料片。戴上眼镜很新奇,互相望望,再向上望望山,又望望河,四野循环一周,摘下来放回车上,一个孩子还翻出了几毛钱纸币,好像想买。

我问他们:戴这个干什么?

他们说:好看!

意大利影片《星探》中有一句台词:好上镜的面孔。在巫山的十天,真的每天都见各种各样好上镜的面孔,无奈的,疲倦的,无所谓的,急躁暴跳的,新奇的,快乐的。真正的乡间,没有一张脸谱化的面孔,每个人都生动,因为真实。

巫山境内,有四座天主教堂。在县城里闲逛,正好经过一间。八十九岁的老太太杨碧江,是讲经员,人人叫她杨先生。她告诉我,她祖上九代人信教,"文革"时候批判她,问她为什么叫先生,她说:过去我教过娃儿们读书,做的就是先生。老人带我看讲经的大厅,还破例打开了所有的灯。这里的布置有点中国味,有点琐碎花哨,但是也温馨。老太太带我下木楼,我问能不能给她拍张照片。

她说:这屋头太暗了,到门口,让太阳照到脸上。

杨先生的脸给太阳照到,平和而洁净。

粮　食

巫山农民的主要粮食是土豆和玉米饭。玉米磨得半碎，干"楂楂"多，没法儿煮得软，口感极差，吃沙砾一样。

平缓又靠河的土地不多，可以种水稻，如果不缺钱，巫山同样能吃到本地白米，外地白米当然品种很多。农民家白米一般舍不得吃，留给读书的学生带饭。我问了三所学校的二百五十人，有二百一十五人没有吃午饭的习惯，每天只两餐。

官渡乡一带是比较富裕的地方，小学校里有一口露天蒸锅，四层蒸屉。午饭时间，带饭的学生都等在蒸屉旁边，我也过去看，蒸汽散开以后，露出来每个学生带的白色纱布饭包或者手绢扎成的饭团，个别的包着咸菜丁，多数只是一团白饭。假如有人带几片肥腊肉，整个蒸锅里将有奇迹发生，肉的香气能穿透同一锅里的几十个饭团，一揭开盖子，满屉流香，所有的带饭人都有福了。

山上的乡村小学，几乎没人吃午饭，老师也一样，有些学校不安排吃午饭时间。在一所希望小学，遇见一个男孩从远处横穿过田野，两脚扑腾甩着泥，一直狂奔进学校，像黑泽明的片子《影子武士》中进城报信的那个士兵。等他跑近了，先看见他手托着一只大白馒头。在那个晦暗的环境里，白馒头格外夸张地白哦。我问：哪儿来的馒头。几个孩子神情复杂，好像有点妒嫉说：镇上有得买嘛。

一次，我们的车顺路带上了三个返校的中学生，都是小姑娘。

其中叫许时梅的，十五岁，背很大的书包。我问她，能看看你都背了什么吗？

县里的人说：山里孩子有什么保密的，当然能看。

许时梅的书包最上面是一块薄布，方方正正，包了一双丝袜子，两件棉布内衣。然后是同村初三学生托她带的一大玻璃瓶咸菜，大约三斤重。下面，拳头大的塑料袋包裹了很多层，是切好的腊肉片，一共七片，切得薄极了，透明的，白的部分多，红的部分少，这是她两个星期里的荤菜，平均每两天一片。最下面是一布袋，盛了晒干的小土豆，指甲大，干得沙沙响，土黄色。最后是大瓶红的辣椒酱。这就是许时梅两星期的食物。许时梅给我们看书包的时候，另外一个女孩把她的书包藏到脚下边，我注意到了，一般这说明她带的东西可能比不过许时梅，或者她不想自己的秘密被人知道，贫穷常常是最隐秘的。

寒暑假外的每个星期天中午开始，巫山的山间会有许多孩子闷着头，贴着山崖走，因为家住深山不得不住宿，学生们回家的全部目的是去取食物。随便问一个：你背的什么？他肯定回答：是吃的。有一些货车慢悠悠地走，搭一个学生收一块钱。愿意花钱坐车的不多，剩下的继续背着自己的粮食慢慢沿着山路走。

腊　肉

在巫山的十天里，逐渐形成了腊肉思维。一切好的，贵重稀罕的，能快速转换成现钞的，唯有腊肉。朱文在城市里写了小说《我爱美元》，换成生活在巫山的人，必然写《我爱腊肉》。

离开的时候，买的唯一纪念品是县城超市里带包装的腊肉。送我的人看了，说这个不行，要农民家自己用木柴熏出来的。腊肉这东西在巫山是硬货币，可以卖到四块钱一斤。当天带腊肉进城，当天可以换回人民币。有个叫向宗刚的小学生，他家的两侧土墙上，一侧挂满他从读书以来，得过的奖状，另一面挂了七十六条腊肉，轻易舍不得吃的，全家都知道，那是向宗刚未来的学费。

早上，只有五点多，但是窗外的拖拉机经过，没法再睡了，被迫起来，站在每夜只收五块钱的小客栈里，乡村也没有宁静，整个山沟随着拖拉机翻滚。这时候，看见两个学生立在小街上，热气腾腾的小食店正揭开锅，白雾把两个小人裹住了。这是星期天，我们要上山，学生放假回家，想搭我们的顺风车。女生叫冯艳，男生叫张铸。

张铸读初一，从学校回家要走六小时山路，他就是前面写过的，见到大山流眼泪的孩子。张铸站着，腰带上垂下一截塑料绳，挂着两把钥匙和半卷压扁了的透明胶纸，一把削铅笔刀。

我问他带刀和胶纸干什么？

他说：粘破了的本子。

我问：经常有破本子？

他点头。

后来，我们都上了车，发动机吃力地上山。张铸说他家里只有妹妹和奶奶，父母带着弟弟去郑州打工，春节才回来。到了张铸家，大家都下车，一个很老的老太婆非常大声地对张铸说了一阵巫山话。张铸说他平时回来都住阁楼，然后，他不见了。我自己上阁楼，木板吱嘎地响，好像随时会塌。上面低矮，只有一张木板床，被子像一条带骨连肉日积月累晒成了干儿的厚牛皮，这就是张铸的床。阁楼房梁上挂着的腊肉，整个阁楼四壁熏得漆黑，跟进了煤窑差不多。张铸每两星期跑六小时山路，回来陪房梁上的腊肉们睡一夜，再跑六小时回学校。

这时候，闻到了香味。我对美食全无兴趣，但是那是太不一样的香哦。从阁楼的木板缝里，能看见下面院子里，出现一个抱着大碗的小男孩。是张铸的父母和弟弟意外回来了。从郑州回来的小男孩正端着碗吃腊肉，他才三岁，完全和人世无关，只知道肉香的小动物。

我将永远记得这场面，下了阁楼，张铸拥着弟弟，目不旁视，摸那柔软发黄的头发，摸那吃得油亮的脸。十一岁的哥哥对三岁的弟弟会有那么深的情感，那弟弟只顾了吃，小胳膊绕住大碗，肉是韧的，不容易咬。腊肉巨大的香气到处弥漫。

我问张铸：你不吃吗？

张铸说：都给他吃。十一岁的孩子，神情里出现了成人才有的柔和亲切。

专心吃肉的弟弟小名叫海风，大名赵博士。

我以为听错了，在地上写了"博士"两个字。

・山区学生的"学费"——腊肉

张铸说：对头。

三岁的赵博士出生在海南岛，兄弟两个一个姓张一个姓赵，为逃避计划生育。

这时候，碗里的一大块腊肉给赵博士吃完，他把空碗塞给张铸，张铸拉住赵博士黝黑的小手不放松。

金属是有质量的。同样，腊肉也有质量。农民孩子张铸和赵博士的情感质量沉实厚重，超过了腊肉。那个中午，居然忘了我是拿着照相机的，忘了照相。

6月的夜晚，在海拔超过两千米的巫山乡间小店里吃腊肉土豆火锅，隔一会儿，店主过来，把满满一脸盆土豆腊肉续进滚沸的锅里。红油漂荡，气温十度左右，寒冷在背上，身前烤得灼热。

想找本腊肉史看看，应该没有这种书。

电

我没有到巫山乡间最偏远的地方,那里很多没有通电,没有车能到,要步行爬山,需要充足的时间,和提早计划行程。

现代的,文明的东西,不一定都要进山,但是农民很需要用上电。可有人说,引电进田里,把电灯拴在牛头的两只牛角中间,让牛在夜里耕田,像顶着矿灯作业的矿工。城市里旅游用品专卖店里的登山头灯,好的是德国产,大约三百元人民币,是广东话讲的"扮嘢扮靓"的玩家配备,扮嘢的准确翻译是有点装腔作势?

农民说,就在十几天前,一场暴雨,一头顶着电灯耕田的牛被雷劈死了,多悲剧的一头牛。电把我们的生命给改变了,也把一头牛的命给夺走了。牛说:电,是世上最坏的东西。

巫山的师范学校没有设艺术专业,全县的乡下学校都没有专职音乐教师,最合格的歌唱老师就是电。

一个年轻的小学校长半披着带有商标标签的西装,说他的学生正准备练一首歌。仔细听,听不出旋律节奏。

我问:唱的什么?

他说:我爱北京天安门。

哦?实在听不出来,北京天安门是这么个唱法?

校长马上说:干电池没电了。他去操场地上拿录音机。唱歌的学生正围着方盒子录音机卖力地唱,地上摆了几只大电池。

校长说：换块电池。

学生说：电池都没电了。

从县城过长江轮渡到江南，车行将近两小时，然后再爬山，有一所黄枣村小学，七十多个学生。1997年，这个黄枣村通了电，但是，从村子里把电引进学校，要用两千块钱，这钱学校拿不出，黄枣村的学生唱的国歌，谁也听不出来是国歌，大家想怎么唱怎么唱，没有统一的调子。

鞋

走进乡村供销社,想看看哪一种鞋是最好的。一个女人给我找,在陈旧的农具中间翻腾,拿出一双靴子,擦掉灰尘,原来它的本色又新又亮,顿时成了全供销社里最有光泽的东西。靴子是紫红色,高筒,橡胶的,有一块贴上去的很结实的商标,是一匹飞马,标明是宝马牌的。宝马,不是产自斯图加特的德国汽车。

我问这靴子要多少钱,这女人好像不是专业售货员,她说她要去问问,把小店全扔下,从后面的门走了。县里人估计要二十多块。这么贵的东西谁会穿,谁有那么贵重的脚?他们说。

十天里,我见到各种光脚的背煤人、背柴人,光脚上学的学生。光脚好处多,无论怎么走,都不动用钱的。

一所小学校走廊里全是鞋,每间教室门口堆一堆。下课钟响,敲钟的人晃着,提着锤子走过,整个人逆光,走过鞋的森林。跑出教室的学生都在找鞋,用巫山话讲,他们都在喊:我的"孩子"在哪儿?这所学校怕学生把外面的泥带进新铺了水泥地面的教室,规定学生一律脱掉鞋子才可以进去上课。即使这样,打扫教室的时候照样烽烟四起,从灰尘里钻出来的孩子还龇牙齿笑呢。

有卖草鞋的店子。草鞋都穿成串,干鱼片那样一层层重叠错落开,挂着。我想买一双,问了,只要两块钱,仔细挑,草里都加了化纤绳,可能为了结实。科学的东西谁能拒绝?我说,我买纯草鞋。店主是黑

· 玩泥巴的孩子

脸的老人，马上把暴突着筋骨的脚给我看，他穿的也是草鞋，他说穿了三年都没坏！我说不要这种加化纤绳的。他说没有！转身坐进店里，好像我在捣乱，明明摆着好东西不要，偏要坏东西。

信

巫山的一所小学里，四年级的学生们按照老师的安排给深圳一所中学的学生写信。事先，发下去一份深圳学生的名单，巫山学生自己选定谁做收信人，他们都想挑选和自己同姓的。下面是巫山学生正要封口寄走的信，我做了摘抄，在括号里加了短评语：

"我每天五点半起了床以后，就吃饭，然后就向学校奔跑。（奔跑！）这次我没考好，我想这该死的80分，就像个魔鬼成天纠缠我，我恨死你了，你不让我进步。"（80分即魔鬼。魔鬼即你，人称变换得有点神奇。）

"我每天五点半就起床，（为什么和前一封信同样的开头？）自己做饭吃。我的数学不好，可我喜欢体育，我很想提高。"（跳跃性太大了。）

"我们每周干一次升旗仪式。"（干？）

"每当放星期，一天难得玩一下，奶奶叫我和弟弟干活，放星期应该休息，我和弟弟要去干活。"（想讨个公道。）

"我们这儿大桥下面鱼可多了，都是一条母鱼下的，每年人们都要吃上一顿。"（整条河里的鱼都是一条母鱼所生？）

"每年过春节，我的压岁钱只有五六十元钱，我们这里吃团员（圆）饭要把门关着，在房子前的墙壁上挂一鞭炮，吃饭前还要先请死去的亲人吃,把筷子拿出三四支放在碗上,过一会儿,把筷子拿下来,然后在座位下面倒一些茶,在(再)把饭倒了(?)自己就准备吃饭。"(一篇民俗报告。)

"我家十分困难,爸爸妈妈出门在外,只有外公和我在家。我回家有时作业没做完,就到了晚上。但又没有灯,我非常困难,所以,字写得不工整。"(这封信就这样戛然而止了。)

"我每天天不亮就起床,吃饭后,再背着书包,拿着手电筒飞快地像(向)学校跑来,如果慢吞吞的(地)走,就会迟到。刚不久,我们这儿小草绿了,树叶也很茂盛,花儿开了,五颜六色,多美呵。放假后可以来我们这儿观赏。"(从紧张突然转向抒情。)

看来这些学生写信的时候,互相借鉴过,半数以上都写到生活虽然艰苦,可比"战争时期"好,好像他们刚经历过战争。其实深圳学生寄过来的礼物还没有到,几乎所有学生信中都写礼物已收到,谢谢。只有一名学生讲了实话说:你们寄给我的东西,我还没收到。

几十封信摆在旧木桌上,还没封口,老师四下环顾说,拿什么粘信封呢?

古　城

　　陪我看大昌古城的人说他祖父就是当年驻扎大昌的守城军官，骑马挎枪的一位中队长，"骑马挎枪"是他的形容。

　　大昌古城有一千七百年历史，它的清代建筑群是川渝两地保存最完好的，在1999年还保留有东、西、南三座沧桑古老的城门。我坐"麻木"在城里转。当地人给"麻木"车两种解释：一、对交通规则完全麻木，横冲直撞，谁也管不到；二、减震性极差，颠簸得难受，客人坐到下车还没给颠得周身麻木，绝不收车钱。

　　古城中有早年富人住的"温家大院"，文物保护单位。大宅里只有一个后人，农民装束，小心言行，很内敛的老者，他叫温光林。他叫我看一对木雕的窗，图案精美，木质坚实，刻工极细，有蝴蝶、蝙蝠、寿桃、菊花、牡丹，等等，两扇窗上的图案组拼在一起，是个双喜字。他说这窗给一美国游客看中，想出八百美元买走，温光林说不卖。

　　几乎没有人气和家具的大院空宅一样。老人说很多窗门和楼梯栏杆都在"文革"中被人当劈柴烧了。空宅墙上留着清晰的"最高指示"和画成心脏形的红色"忠"字。

　　离温家大院不远的全木式建筑据说是过去的烟馆，吸鸦片的地方。三峡变成库区以后，整个大昌古城将给淹掉，政府承诺把建筑群向上迁移。不懂这些石板木壁飞檐间的气息离开了原地会变成什么样子，它们一件件是怎么个迁移法儿。

大昌人私下在谈论,像旧烟馆这当年的是非之地,拆掉的时候,准能搜寻到当年珍稀的物件,金首饰、黑烟泡、银圆都可能。人物故事都散光了,实物大约还有存在。

旧烟馆对面,有人正卸门板。

当年骑马挎枪者的后人指给我们当街的青石板说,这里曾经是贺龙歇脚喝茶的地方。我问他哪一年,他说长征嘛。

我好奇贺龙走的路线。

他说:哪有什么准路线,老人儿都说,一队人马从那面山上来,又往这边山上走,哪儿人烟稀少山高林密就走哪儿。人马是俗称,其实只有人没有马。

古城有一段商业街,卖粗织布,卖草鞋,卖绣花彩线,卖皮硝,卖粗盐,进一条倒退三十年的时光隧道就是这感觉。

大小三峡的旅游到1999年相当冷了,古城里几乎没游人,发黑的木板壁前摆出一只只带靠背的木椅,整条街没见人,木椅守门。

一个年纪超过四十的人对我说,他小时候的大昌古城小孩子们早起的第一件事情是穿上棉袍,夹把扫帚,出门洒水扫街,家家如此,互相招呼着,把街面上的石板路青亮亮地显露出来。他说现在谁还扫街,顶多打扫打扫自己的屋头。

河

我要说的不是浑浊的长江,是它众多支流之一,小三峡的大宁河,它是绿的,透明,翡翠一样。和当地人一起坐客船到巫山县城,船票只用十五块。河中有石滩,没机动船的时候,有些地方靠纤夫拉船。

客船由一对父子开,不等满客绝不起锚。船舱口蹲着个老农民,穿身黑衣衫,新染的,黑得发亮,他摸出一小瓶酒在喝,满船的酒味,粮食酿的白干,一块油炸小麻花下酒。船舱里三个正学走路的孩子,老农民过来挨个儿呼唤他们,留长指甲的手提一小块麻花引逗孩子。麻花虽然好,小孩子都怕酒味,跟跟跄跄都躲开了。

巫山县城到大昌古镇,五十里的水路,遇上三条旅游船。一条停靠石滩,船上的游客找宝一样在拣石子。另一条停在陡壁下,游人在走新修的一段"古栈道"。真正古老的栈道只剩了沿石壁凿出的石孔。第三条游船正高速行驶,船头上立着一个人,白人,黄白的头发,黄白的衣裤,飘飘地独自立在船头,估计是包了整条游船。人们猜测包一条船去大昌,要付二百美元。

喝酒的老农民蹲到船头甲板上,这时候和他并列的是一辆托运的"嘉陵"摩托车。

这条河发出大的响声,河水翠绿,好像是翡翠的碎裂声。大宁河一进入长江,马上失去神奇,汇入浑黄的江水,翠绿顿时消失。

乘着客船从大昌到巫山,走出古代,又见到繁华的浮光掠影,长江渡船上验票的女人有浓妆，穿黑皮短裙，松糕鞋，头发油亮旋在头顶上。推销鞋垫的人用便携扩音器，对着拥挤的巷子一条条呼叫，同一客船上三十多乘客，沿大河堤岸向上进巫山，很快被淹没了。

一位在巫山工作的人告诉我，二十年前，她就在大宁河中段的小镇上做老师，每个月回一次县城，天不亮就从山里走，最幸运的是能赶上拉煤的船，在船上找个位置睡一阵很幸福，没人在意眼前这条大宁河有多绿多透亮清澈的水。

领　　导

巫山的田地坡度大，穿过一小片土豆地，要努力给脚后跟加后坐力，不然，怕会滑下去。我要去半坡上的一间草屋，它很破，黄泥墙裂开了，在外面能瞅见屋里床铺。刚要进门，一个孩子抱条长板凳大声喊：领导好！

这喊声太突然，吓了一跳。

把我叫领导，可能因为看见我是从汽车上下来的？

巫山的孩子们在路边见到汽车，马上会站住敬礼。他们敬的礼，竟然是好莱坞影片中美军式的，手猛然抬起，顶在太阳穴上，停顿一秒钟。同样的姿势，只有美国总统登上"空军一号"前经常做。不过，他没大喊一声领导好。

一次去一座高山顶上的小学校，校长误会了，可能以为我们是来检查"普九扫盲"工作的。泥路，车进不了学校，要走一段路，才到了踩得蜂窝煤一样的泥操场上，所有的学生全定住了，敬"美式军礼"，喊领导好！然后，好像进入了某个怪诞程序，一排几个小姑娘端温水脸盆，香皂毛巾，让我们洗脸。糊里糊涂被让进一间教室，每人一杯茶。一个穿毛背心的校长打开本子开始汇报。在校长的"汇报"里听到的数字抄下一些：

邓家乡，全县十二个贫困乡之一。海拔最高1680米，地处渝鄂边界。人口4184人。土地8848亩。1999年初，中学生流失28人，经多方动员，除一人外，现全都入校就读。全县人口中，目前15—49岁这一青壮年年龄段中，有文盲（未读完小学三年级）2787人，占全乡人口的百分之三十。目前正组织各类扫盲班……

我们发现了误会，校长也不再惴惴地汇报了。可即使一介平民，听到当地农民有这么多的文盲，也相当吃惊。

钱

　　钱是一些纸，由机器印出来的。但是，钱可比纸比机器厉害多了。

　　巫山的农民如果想得到钱，靠种粮食当然不行，只有卖小土豆或腊肉，钻进私开滥采的小煤窑，带上最简单的水桶草席外出打工。

　　在巫山乡间，正式的老师工资二百到三百块。民办教师一百一十块。还有代课的民办教师，收入更少。民办学校教师刘昌富，教语文、历史、政治、地理、美术、体育、书法七门课，月工资二十四块。同校另一教师杨世林，教数学、物理、化学，工资二十一块。

　　相对富裕的福田镇中学学生，四十个住校生中，六个从来没有过零用钱。每两星期有五块零用钱的二十七人。能拿到十块的七人。这钱包括买肥皂、蜡烛、文具等生活必需品。

　　县城的集市上，见到个老人，整个上身都钻进一只竹篓里，几分钟都不出来。从露在外面的一双解放鞋可以认定他上年纪了。很好奇，转到他背后去，发现他是钻在篓子里数钱。非常黝黑的脸和手，一张一张折平肮脏的纸币。他脚下很多杏叶，正是巫山杏黄的季节。杏这植物好，不太用侍弄，自然生钱。

　　巫山县的江北，先坐车两小时，然后坐摩托车两小时，再爬山两小时，有个叫陈家的村庄，缺水，村里人挑水要走很远，那儿有一个自然形成的山洞水潭。这村上有位四十七岁的代课民办教师王绪田，月工资二十一块，加各种补贴，大致可能拿到七十块左右。在乡里算是不错的,是每月见得到现金的人。王老师经常帮学生垫付学费,有个学生的父亲欠的学费还没偿还,儿子的学费也是他交上的。1999年夏天,他家里遭遇不幸,刚收上来的全校三千块钱学费,遇到入室行窃,钱被抢走,王老师的妻子遇难,杀人抢钱者居然就是本村一个二十三岁的青年。出事以后,青年自杀,王绪田找回了学校的学费,但是妻子没了。青年的家人牵过一条牛来,赔偿了王绪田妻子的性命。我离开巫山后,得到巫山人传来的消息,几个月后,王绪田又找到了女人,在凶案发生的屋中新婚,继续做他的乡村教师。三千块钱,因为这一叠纸赔上了两条性命。哀伤未散,新人住进来了。

人活得越像个人,相应的知觉系统会越敏感细腻。相反,混沌粗粝的人生,天大的事,抹一抹就过去了,根本不唏嘘。

有一天等待吃午饭的时候,看着厨师把一块焦黑的腊肉按在砧板上,跟按倒一只黑皮靴差不多,窗外正对着的是崖壁上一些人工开凿的石孔,它们开在绝壁上,人想接近它们,唯一的方法是在崖顶拴绳索,悬在空中,垂直吊下来。开始以为那是放死人骨殖的崖窟,类似在广西见过的瑶族石窟墓葬。问了当地人,他们说是旧时富贵人家存放细软的"石寨"。他们还说这一段崖叫郑家崖,没一定功力身手的人攀不上。早年土匪横行,当地富人雇工挖了这些石洞,听说石洞里面是开放的喇叭形,洞口小,内部又深又宽敞,比普通的房间大。土匪强人明知道那里全是藏的财宝,却不方便拿到。大致数了,一面崖上的石寨有二十多,上下参差,不规则地排列在陡壁上。

我说:你们福田这地方过去这么多富人。

当地人说:那时候的财主可不一般,气势好大哦。

石寨以下，有一些自然的山洞，洞口掩蔽着杂乱的灌木。据说，逢上灾年，总会有衣不遮体的人家离开村子，躲进山洞，赤身裸体，省了每天穿衣穿裤的繁琐和花销。

昏昏的太阳照着1999年中的郑家崖，富人的家财在高处，穷人的裸体在低处。全是被钱财这东西给搞的。

家

汽车轰轰地进山，突然车上的乡村老师叫，说下面走路那个孩子，家住得太远了，带上他吧。

彭洋军上车了，蒙蒙的，靠车门的人抓住他后肩拎他上来，塞到车后座。彭洋军小个儿，穿一件厚呢西装，脏得已经看不出底色了。我说：这衣服该洗了。他不出声，挨个儿看车上的人，笑的时候，很大颗的门牙露出来。

认识他的乡干部说：这衣裳是外面人捐的，看，越洗越小，对头吧？

他们问彭洋军。这孩子还有点摸不着头脑，不明白为什么拉他上车，一路上，他都不出声，看窗外的景色。

绕上一座山，有粗的树林。在巫山很少见到超过碗口粗的树，大家都说这儿好呵。彭洋军有点坐立不安，忽然他说：我家到了。还没变声儿，他的嗓子很细尖。

抢在我们下车之前，彭洋军先跳下车，直接朝山坡上跑，绕过一片蒙着塑料薄膜的肥胖的烟苗，那么小的孩子发出那么大的喊声，他在喊爸妈。马上，黄泥屋后的半坡上一前一后，跑下两个人，是彭洋军的父母，都赤脚，裤上溅着泥。

他们全站到路边了，父亲的一只眼好像受过外伤，有点残疾。他们笑着，大声和彭洋军的老师讲巫山话。我一个人转进去看他们的家。住人的屋里一张木床，堆了衣服粮食棉被，乱蓬蓬的，有点暗。另一间很整洁,有一盘石磨,墙上挂着笸箩,靠墙白茬的木棺材一具,木头发出清香味。一面墙上写了汉语拼音字母 aoe,另外一面写的是日、月、山、水、火、土。一个老太婆迈过门槛进来,指着棺材朝我笑,可能说那是她的寿材,已经备好了。

石磨、寿材、汉字,这些东西组合在一起有点超越平凡生活的感觉,老太婆腿脚还很好,取了笸箩出去了。

走过窄窄的烟苗田田埂,我们要继续上车赶路,彭洋军的父亲从泥屋里追出来,手里捧着盛雀巢咖啡的最大号的赭色玻璃瓶。阳光穿过树枝均匀地落在他身上。可惜,根本来不及举起照相机,他几步就奔到跟前,希望我们互相传递,尝尝这瓶子里他刚泡的茶。这个时候的彭洋军像个穿紧身西装的小绅士,站在有坡度的绿荫中间,昂着少年粉红色的有点骄傲的小脸。

傍晚,我们回程的车又经过这里,看见彭洋军的母亲穿一条很蓝很蓝的裤子,在靠近路边的田里朝我们笑。泥屋把她照成了金色的。彭洋军的牙齿很像他慈善淳朴的母亲。

带着的胶卷全用光了,当时,在距离县城大约一百公里的笃坪乡。去古老的巷子里转,想买胶卷。人们说去供销社问。很快,看见一座气势非凡的房子,比一般农民的屋高大得多。木墙壁上左右相对有两条标语,左侧是"共产党万岁",右侧是"毛主席万岁"。原色是红的,已经褪得差不多了。一个手上托着婴儿的农民过来主动介绍,说这是过去地主的家,现在一部分做了供销社,他愿意带我去参观。

地主的家是一层一层不断进深的院落。两层木楼,扶手、门窗上都雕刻着花朵、鸟兽。这家地主姓谭,父辈上盖了这座远近闻名的豪宅，老地主死后，为显示重寿盛事，盛了尸首的棺木在种满花木的庭院中停放了整整三年后，才择吉日入土下葬。死者生前做当地的保长，几个农民都说：那权势好大哦！

谭地主的儿子葬了父亲不久，土改开始，他被拉出家门，枪毙了。

谭家的屋几乎全空着，后院里长着高草。房梁上"百世其昌，千祥云集"的墨迹还清晰。

一个提热水瓶的农民进来，他说这个谭地主早年相当豪横霸道。他专门带我们走向一侧门，从这里向外，能看到小镇上众多粗陋的黄泥屋，覆盖着黑朽的瓦片。有背干草的人正从窄巷里经过，草捆太大，他被夹在巷子里，哗哗地蠕动腾挪想挣脱。农民说，现在我们脚下踩的这些地，都是当年谭地主家的。他很气愤地提起热水瓶，好像想摔，好像谭地主就在眼前。

离开谭地主家，供销社还没开门营业。暗色布帘后钻出个睡眼蒙眬的人，问他胶卷。他说：一年多没进货了。

没买到胶卷，重新回去想谭家的后人，托婴儿的农民说：有一个女儿不知道嫁到哪儿了。还有一个儿，就在镇上，最近起了屋。

我问起了什么样的屋。

农民说：就是一般那样。

结　尾

　　整整十天颠簸，刚坐轮渡从县城过长江北岸的时候，看到满树的黄杏，再回来，果子落尽，只剩树叶。回想这几天，在山路上几乎没见过空着两手的人，每个人都是负重者。最多是背麦秸的。麦秸垛多有两个人那么高，淡黄的一座移动小山。巫山的山路就是打麦场，农民怕来往的车不帮他压麦，有意搬了石块，本来不宽的路变得更窄，引导每一辆车经过他的麦秸。我们每天跑路，每天义务劳动。

　　除背麦秸以外，还有人背粮食、背孩子、背石头、背土、背煤、背油菜秸、背黄杏青桃、背带泥的秧苗、背木犁。一个老人背篓底层不知道装的什么，上面摆了一大盒仙人掌，开着紫花，肉质叶片上的尖刺对着老人的后脑。有一回车坏在路上，背背篓的农民经过，我问他背的什么，他有点戒备地看看我，用浓重的巫山话说：洋芋。

　　背了东西以后的人，可以腾出两只手臂，用力地摆，加快赶路速度。

　　在巫山真正赋闲的是驱赶野鸟的稻草人，它们干活，不背东西，不赶动，还穿着鲜艳的衣服。穿蓝的是男稻草人，穿红的是女人。男女比例均匀，悠闲而显眼地站在田里。巫山的土地不肥沃，麦子只长到二十多厘米高就没力气了。麦子结穗，土豆开花。稻草人高贵地看护着土地，有些两只袖口还拴了红的塑料胶袋，呼呼鼓着山风。和人相比，稻草人简直令人羡慕。

　　农民说，雨季快了，一夜暴雨，搞不好土豆麦子玉米和稻草人一起无踪无影,推开门,只能看见红色的山泥,没办法,田都开在山坡上。

离开巫山不久,1999年7月29日,报上消息:重庆巫山望霞乡可能发生约一公里面积的山体滑坡,可能威胁到的包括乡政府、民居和学校,危岩还可能牵动一座古滑坡体,一旦山坡像多米诺骨牌一样倾覆,将可能造成长江河道堵塞,县城被淹没等一系列灾难。后来,再没听到后续消息。

县志上说,巫山旧名"依旧",怕很快就不能依旧了。

敬畏

大动物天山

由乌鲁木齐出发,开车一路向西,朝帕米尔方向,走了一千多公里,才到喀什,差不多晃荡了整整四天。四天里,远看的都是不绝的天山。

天山不只是山,更是巨大无比的动物,半卧在大地上,不见头尾。能感觉到它森严凛冽的气息,它不动,可是它活着,人们只是经过它身体中正休眠的某个部位,即使很小的移动,也要奋力,在那些大的皱褶之间星夜兼程,渺小地经过。

世界这么辽阔的原因,我曾经以为人人都不问自明,其实远不是。它就是大的,我们就是小的,小不可能理解大,这是最后的最简单的真理。人类的认知力想象力都制约了我们,不具备进一步掌握更真理的能力。唯一能做的,只是望着车窗外的山谷沉默。

这时候有人说,有两个日本旅行家走的和我们同样的路,下车解手时候,跪在地上哭了。

辽阔不需要理由。自然界并不是为人而设置,10月,荒草,山壑,全没边际的沙丘,只是遵循它本来的样子,每一年的10月都如此。有几片成规模的胡杨林,金色的,人们总要介绍它们不死不倒不烂,总这样,真孤独。

高速公路上设卡检查车辆的交警说:司机不是民政吧,民政同志就是要开快车。

你能多快,人间速度和天山山脉相比,完全可以忽略不计。

羊下水

新疆的人们吃羊肉毫不费力,土地上挖个浅坑,架起锅就开始煮。

在库尔勒,那天,刚吃过手抓羊肉,酒足饭饱,大家心不在焉去散步,看见那间已经安静下来的厨房,露天的,里面空无一人,梁上悬一铁钩,挂着的一副羊下水。羊不见了,在几小时前它被剥去了皮,骨头和肉,连脑袋都下了锅,半小时前我们把它吃了。最后只剩了这么一小团内脏,残留部分,它的心肠,紧紧的就那么一小串。一些生命总是享用了另一些生命哦,这是什么事呢?最后只留下一副心肠在冬天就要到来的风里孤零零地垂着。

早期人类在原始部落间互相残杀,经常要先去剜对手的心,表示绝对的征服。而羊对于人类,不是对手只是食物,锋利的刀子直取羊肉而弃羊心。

羊的心肠就不是心肠?

做馕的人跪着

面馕个个紧贴着,都放进红的炉膛了,下面只要等待,等麦子的香味出来。但是,做馕的人还守着火炉,原地跪着。本来,他可以起来走动,这会儿,这么多陌生人围着他,他很不自在,不知道该干点儿什么,只好默默跪着,他被端着照相机的人紧紧围住,难受,热锅上的蚂蚁一样。

气味散开,面香传遍小巷子,做馕的人去转馕,取馕,再卖馕,一律都是跪着的。

馕出灶前,他整个上身探进了炉膛口,向炭火洒水,火花溅开,好看。后来,他卖馕,他的眼前全是拿着纸币的手,几十个人抢宝物一样要买新出炉的馕,他一个人根本招架不过来。等炉灶空了,灶上只剩他一个,还是跪着。人们满意地散开,手里捧着冒热气的面食,他还没起身,这次手里举起一个巨大的石榴,熟了,裂着红口子。他好像是需要给那条红口子跪,还要多跪一会儿。

离开做馕人,大家都去等吃饭,餐厅里有桌有凳,餐厅后院,几个正往碗里分手抓肉的农民跪在一条新挖开的土沟旁边,土沟上架着黑铁锅,这餐饭食就出自这只大铁锅,几十只碗都满了,热气腾腾。

吃过了那么香的馕,谁还会饿,但是还是继续吃,好像停不下来,这是多坏的习性。而食物和水果都来自于最低矮的地方,来自脚下,取食者只能取一种姿势,只能跪着。

· 跪着卖馕的人 ·

沙漠公路

2004年底,看到过一个报道说,又有人徒步走出塔克拉玛干大沙漠,他们的起始点正是眼前这条沙漠公路,人们形容这儿是死亡之旅的起点。

我惊奇地发觉沙漠公路原来也是路哦。这个奇怪的想法忽然冒出来,在亲眼看见沙漠公路平展展一直铺向远方的时候,看起来和普通公路没什么不一样。公路起点的碑石对面有卖瓜的维吾尔老人,他只卖瓜,无论如何都不肯卖切瓜的刀,可是没有刀怎么在半路上开新鲜的瓜?最后,连路上的交警都跑来替老人说情:买了他的刀,他还怎么做生意?有人说:他再回家去取么。维吾尔老人急得呜呜叫,脸上全是皱纹,可能他的家离这里很远很远,四周只有荒野,没有任何民居。

这时候的沙漠公路,安静极了,笔直,一条灰带子。现场切瓜,实在是甜。

喀什人家

我最理解居住在喀什旧城区的人们，他们很不喜欢被打扰，蒙面的维吾尔女人们匆匆经过，小孩子见到游客会喊叫，要糖果，要拍照，还扒着相机想看见照片里的他自己，真看见了，又尖叫又嬉笑。十几岁的男孩子闷着头，赶着拉树枝或者拉蔬菜的毛驴车过去，咕隆隆车轮响。

听说这里过去是烧陶人的聚居地，能见到黄土高墙上排出一列小陶罐，各种憨厚敦实的形状，天空衬着它们的倒影。随便走进一个穿红衣裙的女人家里，长桌上摆放了很多盘的水果馓子，摆得冒了尖。

我们问：你家里要招待客人？

女主人说：你们就是客人啊。

再问：吃了，怎么结账？

她说：随便给。

巷子尽头出现一个小男孩，可以肯定他还不到上学的年纪，他不抬头也不出声，只管自己贴着蜿蜒向下的墙壁走，那么小，又那么心事重重，有点急促，目不斜视，穿一身奇怪的灰布套装，裤子还开裆，多可爱又不知道为什么伤心的孩子。

巷子出口，很多大男孩，兴致勃勃，正看挖掘机轰轰地布设下水管道，小男孩走到这儿，照样沉思，好像什么都不可能惊动他，步伐稳实专心致志，那神态姿势完全像个成年男子，一个思想者。

- （上）集市
- （下）喀什老城

清真寺里的老者

老者在走路,看着是一束黑色在移动,我正站在二楼往下看,看他斜插过那个庭院,院子当心一棵茂密的无花果树。黑的袍子,黑的帽子,黑的胡子,全身都是黑的。后来,他停在发暗的树影里不动了,好像在等什么或等谁。

我是透过一段铁艺镂花的回廊在看他,现在只能看到他的背影,好像怕他忽然转身向上望,赶紧移开。

什么地方有人在唱,音调拉得太悠长。

头上别一只铁蝴蝶的小男孩

这个孩子正和他的祖母说话,他们分别坐在半露天的土炕上,很多喀什人家门前都有这么个乘凉的地儿,真好,方便又舒适。

这是个男孩,嬉笑着,忽然揪下了头上的小帽。谁会想到,他那满头的小卷毛上别了一朵铁蝴蝶别针,颤颤的,闪着金光。那可是女人用的东西哦。我们全都笑了。

他显然是忘了头上还别了什么,看见我们笑,不好意思了,一双小手满头摩挲,这下子,铁蝴蝶就更颤微微地发着光了。

他的祖母也在笑,花袍子也颤起来,她的笑主要显出了苍老。

· 小男孩与老祖母

盲人歌者

在喀什大巴扎的一个出口外，盲人坐着，向深秋灰沉沉的天空唱他的歌。

开始，我还在市场里买围巾，就听到歌声，花色多得晃眼的围巾摊档之间，听着一声声逐渐拔高的音高，没想到唱歌的是个盲人乞讨者。

出大门，在拥挤的人流里看见他在地上，没有眼珠的眼睛抽动着。他的全身都在用力向上，那一定是某个很了不起很超脱的地方，任何人都触摸不到那儿，只有靠歌唱者的高音才能到达，那是个好地方。

一个乞丐，给人高傲的不可接近的印象，好像他不是坐在肮脏的人间，他和俗人没什么关联，他只是在众人经过的地方放出越来越高的声音。

很多人路过，弯腰过去，把钱放在他身前的地上，他不摸那些钱，头越扬越高，声音一直不绝。

这次去南疆，是在 2005 年的秋天。

LOOK AROUND
THE WORLD